千里烟 著

中年荒芜

百花洲文艺出版社

楔子

这是另类的精神游戏，在这个人无能为力的时代里，他们希望构筑一个低成本的虚幻田园，然后推到，再建造，再推倒……循环往复中，他们听到毁灭者的喘息和被毁灭的呻吟，仅此而已。

它是麻将战争，也是人心战争，情感战争；它是三缺一，是三个女人争夺一个男人的战争。

1

秋风，如一把泛着寒光的利剑，不知被谁从天地一角倏地抽出，忽闪虚晃几下，亮光刺目。浮光掠影间，天，就凉了。所以，有人说，武艺再高的武林高手，在秋天，也有找不到来自对手的挫败感。何况眼前这一庸常中年猥琐男呢？

自打识字以来，贾大华就对自己的姓名不满意。"西""贝"分离，"贾"这个姓，就像被阉割的生殖器，上下脱节，怎么看，怎么血脉不通。"大华"亦是如此，"大"，是被阉割的"太"；"华"，是身首分离。假如下辈子还为人的话，贾大华一定会选择一个自己喜欢的名字，不阉割的，气血相合的，浑然一体的。比如，王申，比如，王力。比如，王子。

贾大华爱热闹。

热闹是人气，也是寂寞。爱热闹的人一般不会坏到哪儿去，但要说好到哪儿去，也要让人搜肠刮肚好半天，说不出一二条来。爱热闹的人，骨子里总有那么一点幸灾乐祸，什么事都喜欢往人前凑，无主见无原则，略显浅薄，胸无大志。但有时生活中也有另外一些爱热闹的人，他们把自己藏得很深，装作一副天真无辜的样子，其实，心里的小九九早就盘算开了，这一类，又可怕得很。贾大华的爱热闹，是前一种，是浅表层的头脑简单的那种。一般人家也不想把他往深处想，觉得浪费时间，无多大意义。所以，办公室里有贾大华没贾大华，大家是不设防的。当一个人不被大家提防的时候，要么，这个人给人留下了坦坦荡荡的印象，要么，这人是个酒囊饭袋，人们根本不把他当一回事儿。

贾大华在办公室里聊天，手里必须抱上一壶热茶，边喝边说，边说边喝，滔滔不绝的话语连同他的唾沫，向同事们批发，东南西北四面出击，毫不吝啬。话题很多时候是从他手里的茶壶开始的。今儿一个瓜果壶，明儿一个提梁壶，他的茶壶变着法子换，常人以为他是喜新厌旧，他说这是一心一意，是变着法子的公公正正地"养壶"。刚刚说完养情人包二奶话题的同事们听贾大华说"养壶"，便来了兴趣。平素只听人说怎么"养孩子""养老""养二奶"的，大家倒想听听他养壶的心得。见大家的注意力都转到他这边来了，贾大华便摇头晃脑地说开了。

贾大华喝了一口水，清了清嗓门，说：这养壶的学问大着呢，不比养老虎、养情人简单。就说"开壶"吧，这一步一步的，就把你们整晕。

郑天一插嘴问什么是"开壶"，是不是和"开苞"一个性质。贾大华说："开壶"是用新壶前必须做的功课。当然，你说是开苞也行。但这两件事是截然相反的。和处女上床，你们哪里忍得住？可这"开壶"，就不一样了。新壶买回来不能直接喝，要先伺候。白水煮至少一个小时。壶盖与壶身分开，放到凉水锅里，锅用文火慢慢加热至沸腾，一小时后关火。这里面的原理，各位都是大教授，肯定懂的，热胀冷缩，为的是让壶身的气孔释放出所含的土味及杂质。

郑天一说话没正经，说：不就是前戏么，先洗个澡。众人哄笑，于是有的感叹"开壶"之奥妙科学。

贾大华说：这哪跟哪。白水煮过的壶再与一块老豆腐，注意，是老豆腐，一起放到清水中煮，至少一小时。

众人惊呼：还要老豆腐啊？我们喜欢的是嫩豆腐。

贾大华说：这第二步叫"去火气"。煮完还不算完，要是有嫩甘蔗头的话，再一起放清水里煮一小时。

众人明显有点听觉疲劳。

贾大华仍旧兴致勃勃，说：这还不算完，第四步，将壶与茶叶一起放清水里煮一小时……

从白水、老豆腐、嫩甘蔗头到茶叶，众人明显有点厌烦了，郑天一更是朝他投去鄙夷的目光，觉得贾大华简直是暴殄天物。再看看贾大华手里捧的紫砂壶，也没见着特别之处，很快便没了兴致。不知是谁看到墙上的挂钟，大声嚷了起来：到点了，校车快开啦！于是，大家散了，稀稀拉拉地走出办公室，连个招呼都没跟他打，办公室成了进出自由的菜园子，贾大华倒像农夫扔在菜园子里的粪桶，自个儿在那儿臭着。

贾大华用不着坐校车，他就住在草城大学附近。草城大学早年建设的时候，在学校西南角做了几栋教师宿舍楼，后来，为了规范管理，学校后勤部门将这几栋教师宿舍圈在院子外面去了。见听自己侃大山的同事们走了，贾大华顿时百无聊赖起来。一到下班的点儿，贾大华就头疼，就脑子短路，就发愁，就无所适从，嘴巴像被小气鬼拧紧的水龙头，紧得慌；也似被小气鬼故意松开一点点的水龙头，水珠子似的闲话，在嘴里控制不住地往下滴。该回家了，可贾大华的屁股犹如西沉的落日，落下去就落下去了，它重重地搁在板凳这地平线上，不想再次升起。

不想回家，是现代人、特别是现代男人的通病。现在，不想回家的男人多的去了。女人回家，或急着做饭，或急着哺乳；而男人呢，外面到处是为他们而开的饭馆，到处是迎面而来深邃魅惑的"事业线"。男人并不缺乏被喂养被哺育，一切可以轻而易举地解决，所以，男人们当然不必急着回去面对家里线条拖沓的黄脸婆。

一栋红砖青瓦的老办公楼，一团浓密的树荫，甚至一扇裸露着几十年树龄的木门，树下门后，这些，都是藏人之地。草城这个地方，说大不大，说小不小，好在藏个把贾大华这样五大三粗的汉子，还是藏得住的。

几十年前的草城，倒有那么一股俊秀飘逸之气，虽然略显青涩，但山峦犹如年轻男人的眉宇，郁郁葱葱，有棱有角；小河潺潺歌唱，昼夜不停，有着乐不可支的情状，青涩中带着几分傻气和天真，不知忧愁为何物。那个时候的草城，阳光也多，雨水也多，各色树叶高高低低大大小小汁液饱满，默默低垂眼睑深情凝视着大地，而大地上弥漫的，是草长莺飞的浪漫氤氲之气。

当然，那个时候的贾大华也是意气风发的。那个时候的贾大华不喜欢坐，他喜欢跑步，而且是马拉松式的长跑。沿着草城大道，从南到北，他的白球鞋底犹如一面手掌，把草城的大地抚摸了个够，大有"普天之下，莫非'贾土'"的气势。抚摸这个词，对于贾大华来说，或许还不够准确，应该是践踏，一种亲昵的践踏。狠狠的、爱的践踏。这一践踏，踏出了青草混合着泥土的略带点土腥味儿的气息，踏出了贾大华生命的力量和朝气，也踏出了他对未来的一股子野心。在草城的大地上行走不止一日两日的贾大华，脚下粘起来的灰尘要是搜集起来，恐怕也能垒座假山了，这座山，犹如一个日渐成长起来的男人，横亘在他心中，成为他的记忆。

贾大华到底是从什么时候开始变得不想回家的呢？

贾大华不是那种爱校如家、爱生如子一脸忧国忧民的模范，在草城大学这所三流高校里，他顶多算得上一位三流教师，或者说不入流的教师。贾大华的相貌与草城的命运有些相似，年轻的时候眉宇间时不时露出俊朗之气，眼神犹如潺潺的河流，闪现出灵动与秀气，虽说不是什么风流倜傥，但让人看上去觉得舒服，丝毫不刺目。而人一到中年，身体的大好河山被时间这个恶魔这个侵略者的铁蹄践踏得惨不忍睹——皮肉松垮不说，说起话来满嘴浊气臭气，吃饭时唾沫四溅，再加上衣着不整，怎么看，都像是丐帮帮主。而丐帮帮主的精气神还未曾丢弃呢，人家一直都有根打狗棒伴随左右，而贾大华，连根打狗棒都没有，就那么赤条条地活在这个世界上。

2

人都走了，没人聊。总不能和桌子板凳说话吧。和桌子板凳说话这样的傻事，贾大华还真做过。那天，系办的同事们都赶着坐校车走了，办公室里的桌椅板凳乱七八糟地横在中间，空空如也。贾大华喝了一大口茶，看着一把剥落了漆的浅红木椅说：郑天一，还别说，你的话还真有些道理。怎么？不服？我吃过的盐，比你吃过的白米饭都多……

放下茶杯之后，贾大华将身体又转了个方向，对着另一把深红色的木椅说：袁大可，不是我说你，你能不能像个爷们儿那样跟我说话？别吞吞吐吐的行不行？

贾大华疯狂地爱上说话，与他童年时候的口吃有很大关系。贾大华口吃的一段日子里，他的嘴巴、舌头和牙齿彼此不买账，没有配合，虽然他紧急调度，也还是无济于事。因为口吃遭到他人嘲笑，贾大华的嘴巴上从此就加了一把锁。现如今可好了，他贾大华做的就是靠说话糊口的行当，每天在讲台上对着莘莘学子口若悬河，对他来说，也算是快意恩仇了。

贾大华是有老婆的人。老婆姓陈名吉，陈吉同志每天上班很早、下班很晚，当然，也就错过了家里早餐晚餐的时间。陈吉从不在家吃饭，公司有工作餐。对于她来说，家，就是个一次性投资、以后再也不用花钱睡觉的便捷旅馆，而贾大华，就是这家旅馆永远不会辞职离去的服务生。从小服务生做到老服务生，贾大华对这家客栈也算是尽心尽责。儿子贾海十八岁，在外地读大学，十天半月也没个电话，有电话打到贾大华的手机上，意味着又要往他的卡里打生活费了。说起"外地"，贾大华觉得挺可笑的。贾海其实是在上海读的大学。贾大华本是上海人，这个秘密，很多人不知道，人们从贾大华一口正宗的草城话，断定他是百分之百的草城人。当然，说籍贯是个秘密，也有点儿故弄玄虚，贾大华压根儿就不是个引人注意和重视的人，籍贯是哪儿的，多大年纪，甚至他有什么秘密，这些都无关紧要。上海老家没人，除了前妻张玲和儿子贾洋，贾大华也懒得回那个所谓的故乡了。所以，外地，外地，贾大华认为：就是他贾大华现在生活以外的地方。

不知从什么时候起，贾大华感到每天没着没落的。

以前还没觉得，跑步、游泳，很多事情转移了注意力，可人一过四十五，贾大华就不跑步不游泳了。随着运动的渐渐停止，他的皮肉也在骨骼周围如浓稠的褐黄油漆，肆无忌惮地蔓延开来。身体笨重之后，有一段时间，他还寻思着减一点脂肪下来，可一动就气喘吁吁。后来，就懒得动了。懒得动之后，身体又迅速膨胀了几次。再后来，就莫名其妙地突然止住了，好像身体本身也懒得搭理他了。

　　日子就这么笨重地有一搭没一搭地往前挪。一开始，下班后贾大华回家还看看电视，现在，电视也懒得看。没什么看头，闹得慌。开哪个台，里面就是一群人。有时是一群专家，坐在一起七嘴八舌指手画脚，贾大华特烦这些所谓的专家，他们的全部工作好像就是在电视台混吃混喝，不干正经事儿；有的台呢，是一群年轻人，穿着同色系的衣服，站着追着疯逗打闹，笑得前仰后合，观众倒好像石佛一样；有的台，时不时出现一群大爷大妈，他们在超市排完队买完打折换购的鸡蛋后就赶去电视台，东家长西家短，一地鸡毛。以上这些，贾大华还能原谅，但有一次一个电视台弄个狗狗比赛的节目，看得他气得直捶桌子。几条警犬在台上比赛，两三米的跨栏跑步还好说，可走八米高的钢丝，下面却不垫垫子，狗狗浑身颤抖地趴在钢丝上走着，一次，两次，重重地落下来，狗狗的眼里闪着胆怯和恐慌，结果，摔下来腿骨折。贾大华大骂着关了电视，决定再也不看这些劳什子了。还有一段时间，贾大华在家里茶几上摆象棋，一个用左手，一个用右手，自己和自己下，输了，就左手打右手或右手打左手。下了三四天，手背隐隐作痛，贾大华这才明白自己是最大的冤大头，顿时乏味起来。一乏味，贾大华立马起身，将"楚河汉界"从自家窗户里扔了出去，永远断绝了这纷争。

　　时间这个敌人无处不在，却又让人生生地抓不住击不垮打不倒。

　　有一天，贾大华既没看电视，也没下棋，他坐在沙发上，头向后仰，眼睛闭着，眼睫毛就像二十年前草城的草轻轻覆盖大地。起初，他幻想能像叔本华那样在沙发上永远睡去，他甚至起身去浴室慢慢地细心地洗了个冷水浴，就像清洗一件刚出土的文物。他穿着整齐，还在胸口抹了一滴香水，以便自己有尊严体面地永远离开。他把自己想象成一具木乃伊，所有的脂肪和水分无情地抛弃了他，剩下的也是他唯一需要的，除了空洞，还是空洞。可梦境一样的死亡，无论如何没有光顾到他。生与死，有另一只手掌控着，这只手，无暇顾及他这个平庸之人。

贾大华重新睁开眼睛时，终于有了一个决定：为什么这么憋屈自己呢？憋屈来憋屈去，有什么用？这分分钟也死不了，还不如去找热闹的地儿热闹一会儿。不能大活人被尿憋死的这么亏待自己。

哪儿热闹？放眼望去，这巴掌大的草城——电影院是小年轻们谈恋爱的地方，人家坐那情侣包厢，自己不能去当风景陪衬当电灯泡吧，这把枯茅草一般的年纪了，还是识趣点；去京客隆、乐购、麦当劳、肯德基坐着，拿一张报纸点一杯咖啡透过玻璃窗看风景？也傻，再说，那里没什么自己想吃想买的东西，学那些上幼儿园的不懂事的娃儿去吃垃圾食品，就显得为老不尊了；美容院、溜冰场、健身房之类的更没劲，美容院是专属女人的，脸上抹上白面粉躺着，一说话面膜变形；溜冰场更不能去，摔个狗啃泥还不知道自己怎么变得这么不可救药越老越糊涂；健身房里埋头在跑步机上驴推磨一样地跑，何必呢。想来想去，贾大华作出了唯一选择：还是去麻将馆。

打麻将需要资金。贾大华不缺钱。若干年前，他利用自己的智商和胆略抓住机遇炒股赚了上百万，现在房子也有两套，工资够花。再说，他也不在乎钱。即使这些都花光了，以后，他还有退休费供他苟延残喘呢。贾大华在乎的，是有没有人和自己说话。麻将馆人多，不管认识不认识，咸的淡的，总可以扯上几句。遇上四个角儿围坐在一张麻将桌上，由不得人不说话。去麻将馆，贾大华只为听个人声，感受一下人间的烟火气。

3

对了，贾大华决定去麻将馆还因为一件事的触发。下午，贾大华挨了批。监考时，贾大华在教室后头睡着了，呼噜一声接一声，惹得考试的学生们捂着嘴巴笑。一边笑，一边抄；一边抄，一边笑，学生们有潜入无人看管的瓜田偷瓜的快乐。这个场景是教务处处长马雁从监视屏上看到的。马雁是个离婚的单身女人，精力充沛，也没什么精神寄托，现在全部的希望就是祖国的下一代和教育事业。当时302教室的荒诞呼噜和大胆抄袭让马雁处长很气愤，这甚至超越了她对前夫出轨的容忍限度。马雁马不停蹄地赶到院长办公室告了贾大华一状。校长又打电话给贾大华的顶头上司系主任袁大可，迫于压力，袁大可打电话向贾大华询问此事。

贾大华当时正准备离开系办，他一撂电话，说：是睡了，怎么着吧？贾大华这话透着一股子硬气，他不是和别人老婆睡，连和自己老婆睡都不是，自己和自己睡，怎么着吧？话利利落落地抛出之后，贾大华还是发现了自己语气里透着一丝软，自己睡自己也不是不可以，睡的时间不对，地点也不对，还被人家摄了像，不管怎么说，证据在人家那儿呢。

袁大可手里拿的话筒往下坠了坠，他看着话筒上小孔，说：贾大华，在系里可以混，有我罩着你。这是全校期末考试，现在院长知道了，我有什么办法？

贾大华拿开话筒，看了看，又将话筒贴在嘴边，大声说：知道就知道了，开除我吧，我还正想找个理由把我他妈的开除呢，你要是有本事，把我开除人籍。我也用不着你罩着！说完，"啪"挂了电话。那边的袁大可气坏了，两秒之内又将电话打过来，说：真是邪门了！我没发你的脾气，你倒先发上我的脾气了！贾大华怎么回事你！

开除人籍，是贾大华的一个发明。贾大华确实不想在人堆里混了，一点儿也不好玩。在这所日益萧条的三流大学里，他贾大华只是硕士研究生文凭，比起那一堆博士博士后，什么也不是，四十五岁那年，混个教研室副主任，平时斥鸡赶狗的事都是他做，遇上那些以开会名义出去旅游玩耍的机会，他就成了绝缘体。

教学生这一块，贾大华是没什么信心的，自己都教育不好自己，又怎么去教育别人，那不是误人子弟么，再说，现在的学生，还要人教吗？人家说把职业当事业，屁！事业这一块，贾大华是没什么指望了。而家庭，老婆陈吉作为草城大业文化公司副总，无形之中的强势使他甚至没心情和她说话，说也说不到一块儿去。老婆说的是选题、策划、明星、影视、炒作；贾大华说的是形而上、形而下、非理性、存在、辩证法、经验主义。要说这两个人，如果没耐心去沟通，是没法交流的。怎么走到一起的，到现在，贾大华都有点莫名其妙。贾大华和陈吉当时的介绍人是系主任袁大可，至于袁大可又是怎么认识陈吉的，贾大华没深究。二十年前离异的贾大华头脑简单，重新走进婚姻时的心境是：自己这个二手货，有人收购就不错了，哪还有挑三拣四的道理？没想那么多，贾大华糊里糊涂地就再婚了，甚至是感恩般地再婚了。当时袁大可做媒说起据说是他家的远房亲戚陈吉时，贾大华就问了这么一句：是女的吧？

袁大可愣住了，说：当然是女的！开什么玩笑！

贾大华说：是女的就行。

　　至高的形而上

　　在时间的拐弯处

　　你的影子，无处不在

　　穿越过世纪的尘埃

　　因为一种思想

　　你的光芒一路照耀

在人类精神的花园

你是一片长青的叶子

I am thinking, therefore I exist

来自哲学的呓语

谁的声音如梭

在每一个交叉的路口

智者如此说

这是贾大华最喜欢一首诗。四百多年前的笛卡尔为什么在贾大华的心目中还留有如此深刻的印象，贾大华觉得这不仅仅靠来自于书本的好感，也并非因为五十四岁的笛卡尔终生未婚。笛卡尔的墓碑上刻着这样一句话：笛卡尔，欧洲文艺复兴以来，第一个为人类争取并保证理性权利的人。贾大华喜欢和欣赏一切有理性精神的人。理性是智慧和态度，贾大华欣赏的这种理性，不流于表面，而是潜伏在他的灵魂深处。虽然这么多年来他的目标是完全抛却自己的理性，做一个苍白无知的人。

比起要在奇冷的斯德哥尔摩的冬天凌晨五点起床为瑞典女王讲哲学课的笛卡尔，混在三流大学不思进取的三流副教授贾大华，明显，要幸福得多。比如，他能这么肆无忌惮地以此种态度与系主任与袁大可讲话。

袁大可与贾大华的电话打得很长。见贾大华说开除人籍，他一时也不知说什么，笑着说：贾大华，不看僧面看佛面吧？不是我，你现在还是光棍呢！

僧、佛在贾大华这儿，都不管用，他提高嗓门，说：袁大可，我正要问你呢，以前我没来得及问，你到底是怎么认识陈吉的？

袁大可一时语塞，但他不能停下来，他气得撂电话之前，极力克制着自己，说：贾大华，陈吉是我远房表妹，我五姨太的外孙女，我告诉你一百遍了。

贾大华反问道：真的？

袁大可说：你怎么不相信呢？爱信不信。

贾大华说：那怎么这么多年不见什么五姨太和你们家来往？

袁大可说：五姨太死了，五姨太的女儿也死了。

贾大华说：你的意思是现在死无对证了？

袁大可气恼地说：你爱怎么想就怎么想吧。

贾大华说：我懒得想，想那些，累不累呀我。

袁大可手拿话筒对着空白墙壁笑笑，说：就是嘛。

挂了电话的袁大可不由得擦了擦额头上的汗珠。没想到这个贾大华活到快天命之年，倒对这件事认起真来。想想自己过去对贾大华工作方面的纵容是不是有点儿过了，否则，他又会追问为什么的。

还是悠着点儿好，袁大可在心里说。

4

一辆车尾剥落了些许油漆的黑色桑塔纳驶过草城大道后，悄无声息地拐进一条窄窄的竖着青灰墙砖的小巷，同时，也驶进一个女人的视线。这是一双黑白比例搭配精巧的眼睛，它们在眼眶这个精致的器皿里圆溜溜地滚动着，让人感觉很是清凉。这双眼睛的主人有个极其舒展的名字：叶美。这是一个让人情不自禁伸懒腰让自己处于最舒服姿势的名字。

此刻，叶美正站在大宝麻将馆二楼的一扇窗边朝楼下俯视着，眼神有些漫不经心，如不愁吃喝的人在闲暇玩乐时撒向沟渠的渔网，不在意有没有收获。这份懒散，是叶美的工作性质决定的。在麻将馆做服务员不比在农田里插秧，麻将馆本来就是无聊之人打发日子的地方，懒散，随意，要是谁扎起架子忙活一番，反而与环境不相适。三十五岁的叶美已经过了做小姐的年纪，不是妓女，妓女虽然也有懒散的神态，但为了生计，她们整个身子杵在街头巷尾暗夜里的时候，还是有那么一点点功利性的夸张。叶美则不同，她不需要拉客，她拿月薪，虽然这份月薪仅勉强够她糊口，这份月薪也不带任何附加条件比如，五险一金，比如年假。

大宝麻将馆在丽红超市的二楼，四四方方的，中间几个小四棱形的廊柱支撑着这里的东南西北风。麻将馆近三百平米，靠街面那边有宽大的落地窗，另外两面是实体墙。丽红超市前几年生意火红的时候，这二楼摆放着大大小小的柜台，柜台上站立着千百种商品。超市生意黯淡下去后，这二楼便以年租金十二万元的价格租了出去。麻将馆老板姓王，名颂，三十六岁，他以儿子大宝的名字办了一家麻将馆。牌客们口里总是称王颂王总前王总后的。十年前王颂蹲过监，这段经历，成了他出狱后开麻将馆的资本。老板娘小田在超市当收银员，冷冷的眼神透着一股子高贵劲儿，与不苟言笑的王颂站在一起，倒也般配。

二十张麻将桌按次序每行五张地摆在大宝麻将馆里，叶美是这里唯一的服务员。她的工作不仅仅是端茶倒水，还负责组织牌局。私底下，叶美称自己所做的工作为麻将红娘。四个牌客坐一张桌子，可哪四个凑一桌，就很关键了。有的驴头不对马嘴，有的七拱八翘，有的脾气臭，有的爱放鸽子，有的喜欢赖账……形形色色的牌客信息，已经输入叶美的大脑。叶美按自己的定律组织牌局：牌德不好的人，叶美就把他们当成一件湿衣服，在那儿晾着；牌德好的人，当然是叶美首选的目标，他们大气，输赢都显得云淡风轻，有时赢得多，还不忘给她十元八元的小费，说是买零食吃。对于这些人，叶美一直奉他们为座上宾。

大宝麻将馆的生意只能说马马虎虎，混得过去，只要每张桌子能凑齐四个人，四个小时下来，每人每小时3元，就能收32元钱了。二十张桌子如果能够坐满，那就是32乘以20；加上晚上一轮，每天就有两个640元的收入。除去水电茶水服务租金的消耗，所剩也不是很多。这个阶段的大宝麻将馆，二十张桌子从未坐满过，不然，也不会出现叶美在窗边热情招呼牌客上楼打牌的事情了。

暗红色的布衣沙发，是老板王颂两百块钱一个买来的，摆成一长溜儿。坐的人多且杂，上面沾了油污、灰尘。灰尘一多，油污显得更突出。深夜，麻将馆剩下零星的几桌，叶美着实熬不住了，就把热水瓶放在桌边，自己歪靠在沙发上睡会儿。有时半梦半醒之际，发现麻将馆灯光如白昼，再看整个大厅，空空荡荡，桌上只有散乱的麻将，不再有一个人。这时的叶美连忙起身，揉揉眼睛，打着哈欠，起身一个个地关灯。等麻将馆在最后一声"啪嗒"声中沉浸在黑暗中时，叶美一天的工作才算真正结束了。

空气里流窜着看不见的暑气，在人们的胳肢窝和裤裆里乱窜，让人略略有些骚动不安。总之，夏天过后，它不再没原则地膨胀，如法国梧桐上的知了们一样，因为缺乏安全感，瑟瑟缩作一团，充满了烦躁和声嘶力竭。

一辆尾数为1414的桑塔纳在大宝麻将馆对面的马路边停了下来。显然，1414，不是一个讨人喜欢的数字，一般有点收入的人是不会用这个牌照的，何况是一辆过时得不能再过时的脱了漆的桑塔纳。很快，车门被推开，一个模样还算周正、个子一米七左右的男孩从车里钻了出来，硬硬的发梢、端正的面庞。他站直身体，长长舒了口气，好像刚完成某个任务归来的士兵。然后，他的头上仰，视线恰好与站在窗边的叶美的视线碰上了，叶美绽开笑脸，向男孩招招手，大声喊道：三缺一，墨迹，赶紧上来吧。

显然，被叫做墨迹的男孩听得很分明，他的步子不由得迈大了，矫健的背影向对面跑去，桑塔纳被弃置一边。

本来，叶美所喊的墨迹，应该是"磨磨唧唧"的意思，墨迹本名叫慕容墨，人们嫌这三个字拗口，就"墨迹""墨迹"地叫了。墨迹是草城舵落口一带的黑车司机，刚来这个陌生的城市一年。假如舵落口是草城一个小小的灶台，那么，慕容墨只喜欢围绕着灶台转圈子。也就是说，他只在草城的舵落口一带讨生活。平素除了开车，墨迹的业余时间几乎都泡在这麻将馆里了。按理说，墨迹风华生茂年纪轻轻的，除了奔事业赚钱，还应该多一点和女孩子花前月下的恋爱生活，慕容墨却早早断了这个念想。一是因为自己不是草城本地人，在这儿没根没基，开黑车赚的钱除去吃饭租房，所剩无几；二是这慕容墨，对世界对爱情的看法好像还挺灰暗的，只想让自己活得简单些，不想自寻烦恼。好不容易在草城舵落口寻得大宝麻将馆这么个快乐的地方，他也暂时不想欲望多多自寻烦恼了。

慕容墨穿着一双花了十元从草城旧货市场淘来的灰白色耐克运动鞋，一双脚踩在楼梯上，是那么的坚实有力。他耳边，已经传来"噼噼啪啪"的麻将碰撞声了。这是他喜欢听到的声音，这声音，与汽车发动机的声音一样，令他身心愉悦忘却一切烦恼。以前的墨迹，在乡下，喜欢听的是蝉鸣鸟叫，但自从他走进草城之后，觉得那是乡下野夫的恶趣味，小打小闹，终登不上大雅之堂。

慕容墨被大宝麻将馆服务员叶美安排上麻将桌后，便开始了他今天出车后的第一场麻将游戏。这是一张正方形的电动麻将桌，中间一个小小的圆钮一按，麻将上下自如，由散乱到有序。慕容墨太喜欢这种秩序了。13张麻将牌抓到跟前，排成一排，慕容墨会有一种当将军的自豪感。13张牌，犹如13个士兵，或进或退，或左或右，或冒死冲锋，或每三个地抱团倒下，都由他慕容墨指挥。一盘打完，稀里哗啦，桌上的废墟被推入黑洞，全被那个小小的按钮清除干净，重新排序，而新浮出桌面的，是又一个新世界。这个世界除了有序和公平，陌生和新奇，还有一种崭新的挑战，当然，更有一份对胜利的希冀。慕容墨在失败中一次次站立，他又重新培育它们，指引它们朝着胜利的方向前进。

世事纷繁乱如"麻"，一理贯串"将"由之。有人说，麻将，看似一种简单的娱乐工具，实际上却暗喻着复杂而深刻的易理：筒，就像天上的日月星辰，共36枚，暗寓36天罡；条，就像地上的山川河流，纵横交错，条理分明；万，意味着人事。条和万各36枚，合计72枚，暗寓72地煞。九，是极数，所以，筒、条、万的最大数是九。筒、条、万暗寓天地人三者合一而又互相制约。筒、条、万总枚数为108，东南西北共16枚，中发白共12枚，一副麻将总数恰恰是136枚。《易传》上写着：太极生两仪，两仪生四象，四象生八卦，八卦最后衍化为136爻。

一副麻将巧妙地把136爻囊括其中。其中玄机的确非凡人所知。慕容墨从没认为自己不是凡人，但他很享受在规则和纪律中生活的新鲜乐趣。天覆地，地载物，人生在天与地之间，受着大自然的制约，他情愿受这种制约。同时，慕容墨又相信"三分技术，七分手气"这句话，他相信，上天是公平的，不管是在哪一方面，他慕容墨不会永无休止地输下去。

当然，二十多岁的慕容墨的思想境界，对麻将的认识程度，还远远达不到很高的境界。不过，一个小青年，在勤劳的工作之余，在草城这个异乡，偶尔玩玩麻将，无可厚非。快乐就行，能付得起房租吃得饱饭养活自己就行。同时，慕容墨内心也有自己的小算盘：在草城无根无基的他，打麻将说不定是个拓展人脉的好方法呢。有混个脸熟的，人家可以时不时坐他的车；运气好，有混成哥儿们的，说不定定点包他的车。到那时，在草城赚大把大把票子的可能性，还真不是没有。

5

正如慕容墨所想：这一个一个的人，在一起久了，就像这麻将，难免碰撞出这样那样的故事。

前面写到草城大学三流副教授贾大华因为在家没人说话，决定走进麻将馆消磨时光，这天，贾大华终于走进了大宝麻将馆。

端着绛紫色茶杯的贾大华第一次走进大宝麻将馆时，已经是仲秋了。乍一看，人们还以为贾大华的杯里装的是一缕残阳。这草城的秋天，下半天比上半天要凉爽得多，看树梢的叶子，在风中微微喘息，有一种冷得发抖的情状。四十八岁的贾大华，对于"夕阳""残阳"之类的词汇，还是有免疫力的。虽然很多时候觉得有点儿力不从心，但贾大华从没想过自己在他人眼里已显出老态来。很多年，贾大华都没照过镜子了。看自己，也从不参照别人的眼睛，他只活在慢条斯理、拖拖拉拉、要死不活的岁月里。

这天的贾大华，膨胀的身体套着一件横条T恤，肚子的势力，因为横条指点江山，也扩大了范围。贾大华的骨骼粗，身子宽，腹部如山坡推波助澜到下面，化解成一段缓坡。背着山坡走路的贾大华有点重心不稳，头只好微微后仰着，不时拉出一个弧形的弓来，好像时时刻刻准备战斗的样子，虚张声势中，显出与其他穿着人字拖叼着烟的散淡牌客的不同之处来。

贾大华进来时，叶美正把水壶从电磁炉上拿开，准备把水灌进热水瓶里。无疑，对于叶美来说，贾大华是一个新面孔。这个新面孔，并没有一股清新之气，相反，他像冬季里的阴天，老气，没有生机，在叶美眼里激不起一丝波澜。什么样的人没见过，什么样的男人没见过，什么样的老男人没见过。叶美视贾大华为空气，继续忙自己的。她脚边簇拥着十几个热水瓶，这个时候的叶美是皇后，热水瓶是她的臣民，俯首称臣等着她的恩赐。

叶美在麻将馆里做的事无非就那几样，其中，烧开水、灌开水、倒开水，这是必做的。热水瓶花花绿绿，瓶壳大部分褪色了，边沿沾了不少灰尘。叶美的屁股撅着，左手叉在腰间，右手提着水壶。一股氤氲之气顿时笼罩了叶美。听人说，水蒸气可以蒸脸，做面膜似的，叶美将自己的脸凑近水蒸气，很是受用。有人说，叶美倒开水，是大宝麻将馆的一道风景。也有几个烟不离手的老女人偶尔对着叶美臀部的线条撇一撇嘴，低声咕噜一句：骚。

贾大华进来的时候，大宝麻将馆已经有十几桌牌在营业了，沙发上有一男二女坐等，正好三缺一。叶美已经灌完开水，她拿眼睛扫了扫贾大华，虽说不认识，觉得还是有点面熟。这草城舵落口，每天人来人往，也就那百十号爱出门的人在眼前晃，不然，不会觉得眼熟。叶美走向靠收银台的一个麻将桌，朝贾大华招招手，喊道：那……什么，过来，过来，这桌齐了。这是叶美招呼人的独特方法，不知道名字，称呼为"那……什么"，也可以理解为姓"那"名为"什么"。还有另一种方式，无论是24岁，还是42岁，叶美一律称"美女"或者"帅哥"，这个肯定没人反感，而且都认为美女帅哥的称谓属于自己。

大家心领神会，都知道这"过来"二字是包括自己的，彼此又朝其他三个人看看，觉得合适了，可以坐在一张桌上，很快，就调动悠闲的步子不急不躁地围坐在一起。叶美俯下身，歪着脑袋，好像头被谁刚砍下搁在麻将桌上。她打开麻将桌的电源，问：你们是喝白开水，还是茶水？

叶美说"水"这个字，用的是平舌音。"水"从叶美嘴里出来，和草城的"草"一样，都变成了平舌音。贾大华耳朵里顿时钻进一缕南方气息。贾大华是上海人，这气息使他想到了黄浦江。他扫了一眼叶美，举举手里的茶杯，面无表情地说：我有。

这是贾大华对叶美说的第一句话。贾大华特别在"有"字上加重了音。这个字好像一个秤砣，重重地落在叶美心里。我有，有，有……叶美心里说，靠，老娘我没有，没有，啥都没有。你有，那是你的……

叶美个子不高，刚一米六，初看并不起眼，但细看，还是有可回味之处：一双丹凤眼，很精致的眉毛，皮肤在这北方显得有点儿出众，白中透着点水分。但那种白，也不知是不是因为涂脂抹粉。三十多的女人，皱纹倒没见着。怎么说呢，叶美属于那种第一眼不引人注意，丢在人堆里不扎眼，但却让人觉得还有什么没看着，要再第二眼搜寻她的人。叶美或许就像她的名字，像一片普普通通的叶子，人们在她的名字"美"后面要打一个问号，然后，心里还是会有一个答案"扑通"落下来：耐看，还可称得上美。

20号麻将桌。两男两女。贾大华对面坐着周雅琴，上手坐着王诗，下手坐着慕容墨。与这三个陌生人坐在一起打牌，贾大华心里有着说不出的新奇。

贾大华左手的大拇指上套着一枚冰种翡翠戒指。戒指的界面是一个貔貅，貔貅上趴着一个如意。整个如意是纯绿的，像一片嫩绿叶，晃眼。在抓牌推牌的过程中，周雅琴的视线动辄就跑到贾大华的手指上。对于首饰这些小玩意儿，女人天生喜欢，没法子。贾大华也瞅见周雅琴在关注了，不动声色，好像没看见一样。

你一言我一语，打麻将的过程中，贾大华的身份很快被明确了：大学教授。听说贾大华是草城大学的哲学教授，叶美表现出格外的热情，给贾大华的茶杯里加水的次数明显多于他人。每次倒茶，贾大华打开杯盖，等叶美的热水瓶倾斜下来的工夫，都要说声谢谢。

叶美说：给大学教授倒茶，是我的荣幸，谢什么。

贾大华每次都认真地纠正道：不是教授，是副教授。

叶美觉得这人认真迂腐，就哈哈哈地笑开了，说：教授和副教授有区别吗？

贾大华说：当然有区别。

叶美说：副教授也可以提拔成教授。

贾大华瞥了一眼叶美，说：我？不可能。

叶美有些奇怪，一个人，对自己的某个结果这么了然于心，那活着有什么意思呢？总得抱点希望什么的。明显的，叶美好像很不服气，她说：怎么不可能，难道你要退休了？

贾大华说：隔行如隔山，你不懂。

叶美已提着开水瓶走到旁桌去了，一边走一边说：没有我不懂的，活到这把年纪了，有什么不懂的。

话匣子一打开，下面的交谈就顺利多了。周雅琴"扑哧"笑起来，看了看贾大华，又看了看他的翡翠戒指，说：贾教授，这戒指不便宜吧？

贾大华从眼前抽出一张"发"，扔到桌子中间，说：眼光不错。

王诗是个二十多的美女，她吐出一口烟，烟雾向贾大华的方向漫来：我看一般般。

贾大华看了看王诗，说：你的眼光也不错。咦，我好像见过你。

王诗说：您是不是经常逛旧货市场？

贾大华说：你这么一提醒，我想起来了。有一段儿，我特别爱去淘宝。

王诗说：去旧货市场淘宝？得，那儿都是些骗子。

慕容墨生怕冷落了自己，说：贾教授，我看，你说话前后矛盾。她们的结论是不同的，可你的说法一样——眼光不错。

贾大华端起杯子喝了一口水，说：年轻人，并不矛盾。她说我的戒指不便宜，我说她眼光不错，这个意思是她猜出戒指的价值；这位美女说戒指一般般，我说不错，那是从评价她看这戒指的质地。每个人的标准是不一样的，但她们并没有说错。

慕容墨还是不服气，说：那你这个戒指到底花了多少钱呢？

贾大华说：一定要说吗？

慕容墨说：是的，我想知道。你把我弄糊涂了。

贾大华笑笑，终究没有说出价格，含糊其辞地说：糊涂了好，糊涂了好。

6

20号麻将桌谈得热闹的时候，麻将馆老板娘小田已从超市下班了。她和叶美打了个招呼，就坐在收银台里织毛衣。这件毛衣成了小田的一个招牌，鲜红的，像块红领巾，像个肚兜，又像一件超人的红三角裤。谁也不知道小田为什么织这么个玩意儿。当然，叶美也不想弄清，她不明白的事多着呢，像这种不痛不痒的事儿，她犯不着去浪费脑细胞。

小田在织红三角裤的当口，不时拿眼睛瞟瞟麻将馆的牌客。遇到生面孔，她的眼睛要多停留几秒，这是她的职业习惯——作为超市的销售员，时时提防顾客偷东西。还也许是她和王颂生活多年留下的后遗症。王颂以前逃亡那段时间，小田一直不离不弃地跟着，防警察，防跟踪，她和王颂，也算是患难夫妻了。听人说，小田为了王颂，是和家里决裂了的。当然，小田眼里也揉不得沙子，她对王颂别的要求没有，可以没钱，可以贫贱，可以粗茶淡饭，但这个男人要对她一心一意。小田是渴望和享受爱情滋润的人。有男人宠着的女人与没有男人的女人是不一样的。因为有王颂，小田眼神里自始至终透着一股儿高傲。

贾大华的横条T恤很打眼，小田一下子就看见了。她照例在这个有点儿略生的面孔上停留了几秒，并没发现什么特别之处，就重新把视线搁在了红三角裤上。今年是王颂的本命年，这已经是她织的第二条红三角裤了。

慕容墨还继续着翡翠戒指的话题，说：求求你，贾教授，你一定要告诉我。我是一个打破沙锅问到底的人。不然，我回家睡觉都不踏实。

周雅琴一推牌，说：糊了，清一色。贾大华从抽屉里拿钱，看着慕容墨，说：那我告诉你，十万块。

慕容墨睁大了眼睛：这么个小破戒指，十万块？

贾大华说：是的，就这么个小破戒指。

王诗瞥了一眼，好像并不吃惊，说：这个，十万块很正常，也不算太好。买上当了。

贾大华说：我说她眼光不错，就是这个意思。确实，买得有点上当了。

王诗说：上个月我老公买了一个，8万块，水头比这个要好。

贾大华说：难怪你看得准，原来有比较。

周雅琴说：你们都是有钱人哪，赶紧输一点给我，平衡平衡，不然，社会不和谐了。

慕容墨不满地说：凭什么输钱给你？谁不爱钱？君子爱财取之有道！我每天早出晚归开一破车我容易吗我？

贾大华说：是这个理儿。小伙子，看来，你很喜欢"破"这个字。

周雅琴转向慕容墨：你是做什么的，小帅哥？

慕容墨说：司机。

王诗乜了一眼慕容墨，有些嘲笑的意味，说：司机应该坐在驾驶室里，怎么跑到麻将馆来了？

　　周雅琴说：哦，我知道你了，在旧货市场看到过你。

　　慕容墨反问周雅琴，说：那，你是做什么的？

　　周雅琴神秘地一笑，说：不告诉你。

　　慕容墨说：弄这么神秘可不好哇。你知道我天生好奇。

　　周雅琴：就不告诉你。

　　慕容墨说：鸨母？

　　周雅琴：去！

　　贾大华看了看周雅琴，这次看得有点儿细。周雅琴不超过35岁，有两颗小虎牙，脖子上戴着一串珍珠项链。她穿了件米黄色的连衣裙，眼珠因为这米黄，衬托得乌黑乌黑的。再看看比她年轻的王诗，像个老烟鬼，不住地抽。一团一团的烟雾滚向他人然后在麻将桌上方散开。周雅琴不禁咳嗽了几声，王诗将烟狠狠抽了两口之后将烟头扔在地上，用脚踩了踩，说：不抽了，不抽了。

　　贾大华不喜人抽烟，他自己当然也不抽，但他从不在言语之间表现出来。他只眼帘低垂，看着面前的牌，思忖着该打出哪一张去，但要说贾大华对于麻将是多么认真，也不尽然，准确地说，他的一具肉身踏踏实实地坐在这儿，思想却不知溜到哪儿去了。

　　贾大华一坐下来，按说要打四锅，或者说，四个风。四锅是什么概念呢？一锅，就是每人轮流要做四次庄。四锅，意味着每人要做十六次庄。打一锅的平均时间大概一个半小时，四锅至少六个小时。以前的贾大华是惜时如命的人，现在想想，这么把时间浪费在麻将上，实在令人吃惊。

　　贾大华不想把牌桌上气氛弄得过于紧张，杀气腾腾，他说：麻将平均每四圈费时约两点钟。少说一点，全国每日只有一百万桌麻将，每桌只打八圈，就得费四百万点钟，就是损失十六万七千日的光阴，金钱的输赢，精力的消磨，都还在外。

慕容墨说：算得够细的。不过，全国每天肯定不止一百万桌麻将。

贾大华说：刚才那段话，不是我说的，是一个叫胡适的人说的。

周雅琴问：也是草城人？

贾大华说：不是，安徽的。

慕容墨问：来过草城？

贾大华说：肯定没来过，人家过去是北大的校长。

慕容墨说：说他干吗？和我们不是一路人。

王诗"扑哧"一声笑了，说：唉哟，真是笑死我了，你们可真逗，人家心脏病死了多少年了，你们还在这儿侃这个……对了，贾大教授，你是不是教哲学的？

贾大华说：聪明！

王诗说：不然，你不会对胡适的话记这么清楚。

贾大华说：丫头，我看你也不是凡人。

王诗说：我本来就不是凡人，是仙女下凡。贾教授你可是凡人一个。

贾大华说：是是是，我是凡人。此处用词不当，不该用"也"字。

王诗接着又叹了一句，让贾大华吃了一惊。王诗说：唉，只有读书可以忘记打牌，只有打牌可以忘记读书啊！

贾大华知道，这句话出自梁启超之口，从这个丫头片子口里不经意地冒出来，可见，这大宝麻将馆的水还是很深的。这丫头，一头大波浪卷，眼睛画得像鬼打青了一样，一口一口地抽烟，她到底什么来历？为何不去正经读书或工作呢？贾大华脑子里有了疑问。还有周雅琴，这个少妇，来自哪里，靠什么为生？贾大华不自觉地看了看手腕上的表，秒针走得挺急，时针纹丝不动，但这表面，恰如生活，都是有步骤有预谋的了。

麻将馆西北角传来喧哗声，一个酷似单田芳的沙哑声音隐约传来，好像在发脾气：给我听好咯，没有这么不讲规矩的。就是旧社会也不带这样的，你们岁数轻，也不能这样欺负老年人！

周雅琴摇着头，笑笑，说：韩老爷子又发脾气了。这麻将馆好像是他们家的，动不动就在这里发脾气，人家来这里都是找乐子的，谁看他的嘴脸呀。

慕容墨说：都七老八十了，也不自重！

王诗说：这叫不懂事！动不动在这里教育人，也不想想，这里是学堂？是北大？人家贾教授都没板起面孔来训人，他一民间发言人，有啥资格？

周雅琴的食指竖在嘴边，说：小声点，听到又不得了。

贾大华只觉身边掠过一股风，满头白发的韩老爷子手里端着一个瓜果紫砂壶，很快走了出去，玻璃门在他身后关上后，还传来一句"这世道变了，世风日下"。

几乎在同时，玻璃门又被一双白皙的手推开，贾大华一看，是自己的哥们郑天一来了，后面还跟着他那长发飘飘的老婆苏小杉。苏小杉的一双脚还没完全踏进来，就忍不住掩着嘴咳嗽起来。贾大华对郑天一一脸谄笑，算是招呼。

郑天一和苏小杉，可谓草城的神仙眷侣。要说这神仙一样的人儿，也出入这乌七八糟的麻将馆，那他们与这风景也太不相宜了。可郑天一和苏小杉就是这种直白简单的人，他们最大的优点是：不装。

郑天一也是堂堂的大学教授，他的口头禅是：装什么装！

谁叫草城没什么好地儿玩耍呢。

郑天一和苏小杉还是小孩子的那一套情趣，不能空着，闲着，要找地儿玩。以前，两人是去游戏机室或者电玩城玩，后来，大概对这游戏腻味了，或者说怕玩物丧志，他俩竟戛然而止。接着，是和贾大华斗地主，不带彩，拉着贾大华斗到深夜两三点。贾大华这人现实，不带彩，还玩到三两点，神经病呀？所以，贾大华不和他们玩了。

现在，贾大华躲到麻将馆来了，所以，郑天一他们跟着来，就不稀奇。还有一点也决定了郑天一不在乎来麻将馆，他是外国哲学教研室的，人家的研究领域是形而上学、心灵哲学之类，与贾大华的马克思主义哲学教研室还是有那么一点点区别的。

7

与尼采对叔本华的评价一样，贾大华也觉得叔本华是自己的教育家，他使一切现代人得以发现真正的自我。生命的前四十多年，贾大华觉得就像一口大的咸菜缸，装满了与眼泪滋味相似的苦涩，它们是他下饭的菜，自己必须每天咽下去。充满亚硝酸盐的食物一天天侵吞着他的健康。反正他不在乎他的健康，无所谓，要拿去，便拿去。贾大华的四十多年就是这么活的。要死不活地活，无所谓地活，耍赖似的想引起他人重视又担心引起他人重视地活。

贾大华的父亲是学植物的，对铁树情有独钟。贾大华还没出世的时候，他的名字就放在那儿了。铁定的，小名就叫阿铁。贾大华就是铁树。贾大华的母亲对儿子的名字并不满意，觉得这个名字生硬，另给他取了一个尘世中的名字：大华。贾大华父亲说：男人就是要生，要硬。生，是生命力的生；硬，是骨头硬的硬。男人要是不生不硬，那还叫男人吗？

贾大华小时候有一个致命的弱点，口吃。不知道从什么时候起，每一句话在贾大华口腔里都变成了苦涩的石子，好像刚从大海里捞出来似的。贾大华觉得自己生命的前二十年都是在与口吃作斗争。他努力让自己的语速慢下来，让自己的语言变得像一个耄耋老人。他常常觉得自己的嘴巴和牙齿，还有舌头，所建构的就是一个坚不可摧的城堡。他决定一定要从里面冲出来。后来在中学，他得知很多名人都患有口吃，比如，《伊索寓言》的作者伊索、古希腊思想家亚里士多德、古希腊伟大的政治家演说家和雄辩家狄摩西尼、英国首相丘吉尔、美国总统华盛顿等，这些人，给了贾大华无穷的信心和勇气，他也学着演说家将小石子含在口里说话唱歌，舌头磨出血丝也毫不动摇。有一天，学校举行演讲比赛，他竟然毫不犹豫地报了名。最后的结果是，他以流畅的语言、无可辩驳的逻辑赢得了演讲大赛的冠军，当然，他也不再有一丝口吃。这是贾大华人生的第一次胜利，彻底的胜利。

随着年龄的增长，贾大华发现自己的个性离"生硬"二字越来越远，甚至还有点儿背道而驰的意思。特别是在选择人生伴侣这件事情上，贾大华表现得相当的疲软。前妻那个时候不叫前妻，姓张名玲，是他明媒正娶的妻子。张玲服从父母的媒妁之言，嫁给了贾大华；贾大华也服从了媒妁之言，娶了张玲。在上海普陀区的一个小里弄，起初，他们的日子还勉强过得去。贾大华在一所中专学校教书，张玲在棉纺厂当挡车工。没想到，儿子贾洋两岁的时候，张玲向贾大华提出了离婚。贾大华当然不同意，他为儿子着想，无论如何不能伤害儿子。

哪知，张玲说了一句令贾大华如雷轰顶的一句话：贾洋是车间杨主任的，不是你的。这是贾大华无论如何没有想到的，贾洋是个假洋鬼子。贾大华的父母也因为这件事的打击，一病不起，先后离开人世。没说的，离婚。离婚后的贾大华，考了草城一所大学的研究生，变卖了老家的一切，远离了这座与他无关的城市。

想来，小名阿铁的贾大华其实是一株移栽的植物。毕竟，在北方，他存活了下来。并且，开始了新的生活。但是，对于这种新生活，贾大华在短暂的激动之后，并没有走进，他成为自己生活的旁观者，一个局外人。贾大华一直在想，自己从父亲那里继承了什么。苏格拉底从他的父亲那里继承了一个雕塑作坊，虽然他面目丑陋、步履蹒跚、身材矮小，但他在伯罗奔尼撒战争中是一个勇敢而顽强的战士。而他呢？并没有如他父亲所愿，成为一个生硬的男人，他继承的，仅仅只是一个与植物有关的小名：阿铁。而且，这个名字随着时间的推移，已经湮没在历史长河里，唤他小名的人已不在人世。自己的灵魂在哪儿？他不知道。

虽然贾大华远离了上海，可前妻张玲却并没有从他的生活中消失过。张玲终于改嫁给离婚的车间杨主任，可好景不长，患有心脏病的杨主任撒手人寰。张玲带着贾洋一直艰难地生活着，从挡车女工，到下岗工人，再到推车沿街叫卖盒饭，终于有一天，她撑不下去了，想到了活在草城的前夫贾大华。她通过贾大华就读研究生的学校找到他现在就职的单位，终于和他通上了话。贾大华很久没听到那种腔调了，遥远而虚无，问她是谁。张玲说：我是贾洋的妈妈。贾大华愣住了，贾洋的妈妈他是知道的，可他忘记了前妻的名字。贾大华说：哦，你好。

张玲说：贾洋考上大学了。

贾大华说：哦，祝贺你。

张玲说：学费五千多，我实在拿不出来了。阿铁，还有一件事我欺骗了你，贾洋是你的儿子。

张玲的一句"阿铁"，才使贾大华记起张玲的名字，但他的回答仍然很平淡，说：哦。

张玲迟疑了几秒，说：是我对不起你，鬼迷心窍，当时怕你不离婚，就编了个谎。你原谅我吧。

贾大华说：贾洋的学费我可以出。可我现在有儿子了，叫贾海。

一个贾海，一个贾洋，这说明你还是忘不了你的儿子。张玲在电话那头呜呜地哭起来，贾大华木然地听着，听了一会儿，他挂了电话，将哭声阻隔在话筒那边。

这次电话之后，张玲隔三岔五地打电话给贾大华，每次说的都是贾洋。起初，贾大华有点不耐烦，觉得她说的是一个和他毫不相干的局外人，可第三次第四次之后，他对贾洋有了一些具体的印象和兴趣，在张玲的语言中，贾洋变得有血有肉，慢慢成长起来。

比如，张玲说贾洋读小学一年级的时候，第一学期，他就拿了一张大奖状回来，那张奖状他哭着嚷着一定要贴在家里大门上，好让街坊四邻都能看到。可奖状没贴一个星期，就被他一个调皮捣蛋的邻居同学给撕了。贾洋哭得那个凶啊，好像夺了他的性命一样。再后来，贾洋就吸取了教训，不贴在家门上了，贴在房门背面。到现在，贾洋房间里的奖状像糊鞋底一样，糊满了。张玲讲到这里的时候，停顿了一下，好像故意配合贾大华走进想象中的场景一样。

张玲接着说：贾洋只在每年大年三十的时候问起他的父亲。当他知道他的亲生父亲在草城当大学老师的时候，眉宇之间满是骄傲和自豪。他说一定好好读书，将来出现在父亲面前的时候，不至于羞愧。

说着说着，贾大华的嘴巴因为吃惊张开了：这是当年的挡车女工张玲吗？这不是她的语言。贾大华冷冷地问：你到底是谁？

那边说：贾大华，你怎么啦？我是张玲，你的前妻哪，怎么啦。

贾大华说：哦，没什么。

再以后，只要接到张玲的电话，贾大华的手都有些微微颤抖。他觉得张玲很不真实，自从他离开上海之后，张玲只是活在他记忆中的一个女人，可现在，二十年后，她却要从记忆里走出来，占有他本就狭窄的生存空间。贾大华感觉自己的生活一下子被张玲搅乱了，乱得他说不出话来。

半个月后，贾大华刚好有一次到上海开会的机会。他决定见见久违的儿子贾洋。电话中，贾大华和张玲商量他们在什么地方见面。贾大华在上海的家已经不在了，变成了贾大华的股票，躺在一张硬硬的卡片里。张玲和贾洋住在上海哪个地方，他并不知道。贾大华也不想去张玲的住处，他在徐汇区的一个酒店住下之后，要求张玲带着儿子贾洋到酒店里来。

张玲说：去酒店干吗，你来家里看看吧，看看贾洋的那些奖状。

贾大华坚决地说：不合适。

张玲说：有什么合适不合适的，你总得看看你儿子的生活环境。

贾大华说：我说不看就不看，你别为难我。你要是想见，带着贾洋来酒店吧。

张玲叹了口气，说：好吧。阿铁，这么多年，你还是这性格，一点也没改。

贾大华说：要是这点性格一改，那我就成糯米团了。下午四点你们到酒店来吧，我们一起吃个饭。

张玲说：等会我带点泡菜去，自己做的。

贾大华在一楼大堂等着贾洋和张玲。黑皮沙发像一团往事，拥抱着他臃肿的身体。他陷在这团往事里，有点不能自拔。此刻，他觉得放松、瘫软，觉得自己是一个连自己都动不得的怪物。他拿过一份华丽的杂志随手翻阅着，有点心不在焉。他没有想张玲，想的是他的儿子贾洋。贾洋从童年到少年，再到青年，这么一段长长的时间，他失踪了。作为父亲，他这个角色出现了盲点。现在，该如何面对他？他长得矮小，还是高大？他帅气，还是猥琐？不论什么样的结果，贾大华在这个等待的过程中，都显得有些惶恐不安，就像小时候打碎了花瓶，而下班的父亲正在敲门一样。贾大华确信这么多年他已经百炼成钢了，可他还是有点把持不住自己，额头上沁出细小的汗珠。

半个小时之后，贾大华接到张玲的电话，她变卦了。她说她不准备带儿子贾洋来见他了。这么多年过去了，他一直都认为他的亲生父亲已经去世了。现在突然带儿子见他头脑中已经死去的父亲，一时半会还接受不了。贾大华在电话这头很想骂人，可他还是忍住了，没有说。他按照原来的计划，在酒店五楼会议室开会，做记录，订返程的火车票，然后，按照会议的预定日程返回了草城。

贾大华决定把上海的儿子贾洋暂时搁下，他还想看看张玲的动静，她到底想打什么主意。他不想玩捉迷藏的游戏，无聊，且累。他只想看看张玲最后亮出的底牌，如果他能接受，他就接受；如果不能接受，他会删掉她的电话号码，重新让她在脑子里休眠。

8

草城的秋天，天空因为高远，澄澈了许多。贾大华总喜欢习惯性地抬头望天。自从到大宝麻将馆打牌，贾大华的精神状态好了不少。这打牌的，基本上是草城舵落口一带的居民，虽然不认识，但平时买个菜啊，散个步啊，哪里又遇不到呢，看着眼熟，坐下来后，贾大华就不计较了。对于麻将，贾大华可以说是无师自通，所以，输钱的时候也不多。当贾大华完全放松地在皮椅里呷上一口铁观音时，心里竟有那么一丝丝惬意。

有的人渐渐熟了，拿起贾大华新换的紫砂壶端详，说：这壶是古董吧？贾大华赶紧将紫砂壶抢过来，说，您小心，这可不能随便动，一百二十万哪您！

苏小琳说：得了吧？这要一百二十万，您骗谁呀？苏小琳是苏小杉的妹妹，这姐妹俩平素来往不多，苏小杉是中学教师，而苏小琳是个打工妹（打工妹是苏小杉在场时的说法，很多男人都知道，苏小琳在草城当小姐，她平素一般和洋洋在一起，两人形影不离）。

贾大华说：还真不骗你，这是时大彬的壶。

苏小琳说：时大彬是谁？不认识。

贾大华说：你要是认识时大彬，那还真就怪了。人家是明朝万历至清朝顺治年间人。

苏小琳说：那还真是古董了。

贾大华说：可不，我家祖传的也就这么一个宝贝，要是不整天捧在手心里，我就不踏实。

韩老爷子在不远处插一句，说：我看这壶，悬。

贾大华大声说：老爷子，您走眼了！

洋洋说：贾教授，小心碎了。

贾大华豁达地笑笑：天下没有不散的筵席。万事万物都有它的寿命。碎了，就表示缘分到了，也没什么遗憾的。

也不知贾大华说的是真是假，反正贾大华一脸的一本正经，不相信它是真的都不行。苏小琳说：别整天手里拿个茶杯。贾教授，你知道吗？你手里握着的，其实是个悲（杯）剧。

周围人笑。贾大华也笑起来，茶壶茶杯都分不清。虽然他觉得一点儿也不好笑。叶美提着水壶，穿梭在牌客中间，时不时也笑几声。

贾大华偶尔被人叫出去喝酒吃饭，有时吃不完的菜，就打包。贾大华喜欢打包。贾大华总想象家里有只猫或者狗。打了包，因为要去打牌，就只好提到麻将馆了，麻将馆有一长溜窗台，贾大华就搁在那儿，打牌的人手头有个什么东西的，都往窗台上搁。有次贾大华见叶美在啃馒头，指着打包的餐盒，随口说：叶美，你要是不嫌弃，这里面还有菜，还是热的，将就点吃。

叶美听了，很高兴，说：我正想吃点菜呢，这馒头，不甜不咸，咽不下去。叶美就把快餐盒打开了，看见里面的排骨烧鸡，一脸的高兴劲儿，说：哎哟，这么多？今天真有口福！

贾大华看叶美用手拎了一块丢在嘴里，心里一动，说：以后有菜就带给你，反正不吃也浪费了。

叶美说：贾老师，你真是个好人，怎么谢你呢！

贾大华说：谢什么谢，要说谢，我还得谢你呢。

叶美正要追问下去为什么谢她，正好有人要茶水，叶美就提着水瓶过去了。麻将馆里的话，很多都是耳边风，要是句句当真，那只能说明太天真。

叶美是个守口如瓶的人，但是，她还是对贾大华说出了一个秘密。

叶美是看不过眼了，洋洋的眼睛就像鬼打青了一样，只要贾大华一来，她就凑上去，和他坐一个桌子；还有苏小琳——苏小杉的妹妹，一头大波浪卷的头发，身上的香水辣鼻子。洋洋和苏小琳以前与叶美走得很近，她们是老乡。老乡见老乡，两眼泪汪汪。现在叶美不希望洋洋、苏小琳和贾大华坐一个桌子了。洋洋太骚，她看人不分好坏，只认公母。只要是公的，她就发骚；而苏小琳呢，太浪，要是她浪起来，年轻的身体和热腾腾的妖气，再本分的男人也把持不住。

来大宝麻将馆之前，叶美在一个按摩房做饭，当时大宝麻将馆老板王颂在那儿吃了叶美做的饭，觉得她做事麻利，就把她挖到麻将馆当服务员来了。叶美记得很清楚，当时王颂是这么说的：叶美，跟着一群小姐混，你能有什么出息？

叶美说：我只做饭，又不做别的。

王颂说：每天和这伙人一个锅里吃饭，你就不怕得病？不如去我那儿，当一个干干净净的服务员，赚的钱不比这里少，怎么样？见叶美还在犹豫，王颂说：你儿子也不小了，常在河边走，哪有不湿鞋？要是被她们搭上了，那你就完了。

叶美早把懵里懵懂的儿子小宝从老家接到草城来一起过活了。听了王颂的话，叶美的后背不禁爬上几滴冷汗，她沉默了半天，终于点了点头。

王颂这里工资确实比按摩房里的工资高。但叶美来了之后，王颂就把其他的两个服务员辞了，说叶美能干，一个顶俩。时间一长，当初的工作热情过去后，叶美也顶不住，疲乏了。隐隐之中，叶美有点后悔来这儿当服务员，想在那按摩房做饭还是要比这散淡。但是，不在这儿当服务员，又能去哪儿呢？眼前一抹黑，没有活路。

贾大华就是在叶美的这种两难的日子里出现的。每每吃着贾大华带来的饭菜，叶美心里就溢过一丝满足和甜蜜。叶美觉得贾副教授是个好人。既然是好人，就不能不提醒他一些不知道的事儿，这麻将馆可比不得学校里那么单纯。有天牌局散场后，叶美见贾大华端着杯子走出门，忙跟了出去，在楼梯间小声对他说：贾老师，跟你说个事。

贾大华觉得奇怪，看着叶美，说：什么事？

你知道洋洋和苏小琳是什么人吗？叶美边说边回头看屋里。

贾大华说：什么人？

鸡。不知怎么了，叶美嘴里蹦出这么一个字来。

好端端的女孩子，一下子变成了鸡。贾大华以前这么猜测过，不过，没多往这方面想。贾大华看了叶美一眼，"哦"了一声之后，问：你咋知道？

叶美说：别的人我不敢肯定，她们是我老乡，我还不知道？你以后注意点就是。

贾大华说：明白了。谢谢你，叶美。不过，和小姐打牌也没什么，只要输了给钱，就是个好角儿，你说呢？

叶美有些尴尬，说：是。嘴里虽然应着，心里觉得贾大华有点不识好歹。叶美还有点不甘心，接着说：麻将馆各种各样的人都有，说者无心听者有意，以后要提防着点儿。

贾大华拧开盖子喝了一口茶，说：知道了。谢谢你。你忙，我走了。

叶美看着贾大华下楼的背影，愣了愣神，转身回到大厅。一到大厅，老板娘小田不知从什么地方冒了出来，她站在叶美跟前，酸溜溜地问：叶美，怎么了？你们说什么？

叶美说：什么说什么？

小田说：别装糊涂了，那个什么贾老师。

叶美说：真的没说什么。

小田说：你要记着，人要有自知之明。

叶美没有继续搭理老板娘，她心里隐隐有点儿后悔，不该背叛自己的老乡。洋洋和苏小琳都是她村里的，叶美在草城的舵落口站住了脚，因为同乡这层关系，她们也想出来打工。苏小琳更不用说，是苏小杉的妹妹。人家在草城有靠山。当初，她们和叶美初来草城一样也是在小饭馆里打工，没想到端了几天盘子洗了几天碗就熬不下去了，应聘上了据说月薪八千的工作。叶美一听月薪八千，心里就明白，这做的肯定不是正经事。是正经事，这月薪八千，还能轮到这些外地小姑娘？外地小姑娘有什么？一无学历，二无背景，三无钱财，唯一拥有的，只有和野茅草一样的青春。叶美是在洋洋和苏小琳做了三个月的小姐之后才知道的。那天在街上，做钟点工的叶美和苏小琳撞了个正着。叶美在苏小琳背后，只看见一缕缕白烟随着风从一个女孩的前面扑向自己，她快步上前，从侧面发现是苏小琳。

叶美姐！苏小琳喊道。说着，从包里抽出一支白色香烟递给她。

叶美做钟点工的时候不抽烟，雇主不喜欢，但叶美还是喜欢抽烟的，她接过，看了看，字有些模糊。她看着苏小琳。

小琳，你现在在哪儿？做什么？叶美打量着苏小琳，苏小琳的头发是爆炸式的，黄得像麦穗。

我在娱乐城上班呢。苏小琳一脸轻松。

你姐呢？叶美心里隐隐担心。

问她干吗？我和她性格不合。在一起好打架，还是老死不相往来的好。苏小琳一脸的轻描淡写。苏小琳读过高一，连老死不相往来这样有文化的话偶尔也能说几句。

在娱乐城做什么呢？叶美明知故问。

苏小琳的眼珠子向上翻了翻：做什么？喝喝酒，唱唱歌。忙得很呢。

赚多少钱？叶美问。

这个嘛，你要是做就知道了。保密！苏小琳将烟叼在嘴角。

叶美说：你姐呢，不知道？

苏小琳说：跟她说干吗，她也管不了我。叶美看见苏小琳的手指上还戴了一个戒指。叶美心里有点儿酸，有些羡慕，但又有些鄙夷。很复杂。她匆匆打了个招呼就走了。后来，叶美失业那阵，苏小琳又碰着叶美，听说她失业，说她们那儿缺一个做饭的，问叶美去不去，叶美没想那么多，就去了。这个时候，苏小琳和洋洋已经不在娱乐城干了，在一个三居室的屋子里，苏小琳和洋洋一人一间房，还有一间，是个中年女人的，东北的，据说，是她们的老板。叶美每天做完饭就回家，她还是住自己租的平房。叶美做完一段时间饭，知道了洋洋和苏小琳是怎么赚钱的。形形色色的男人出入这个三居室，或者她们分别被带出去。她俩无非就是和这些男人们睡觉，然后，和皮条客东北女人分成。大宝麻将馆的王颂和洋洋以及苏小琳都睡过，也吃过几次饭。这些个秘密，都装在叶美心里，叶美懒得说。这是个笑贫不笑娼的时代，说出来，人家笑话的是她。这个贾大华贾副教授，她好心好意告诉他，他好像并不买账。这个年纪的男人对什么都看得云淡风轻了。小姐就小姐罢，只要打牌给钱，就是好角儿。看来，这贾大华也有点饥不择食。叶美心里觉得自己比洋洋苏小琳她们还是高出一个档次的。自己虽然当服务员，可不卖身。赚的钱虽然少，但都是干干净净的血汗钱。想到这里，叶美觉得有点无聊，轻轻叹了口气，看了看窗外。

高楼的一角，偶尔能看到飞过的鸟雀，叫不出名字。它们倏地闪进云朵里。叶美从这秋里，看出的是落寞。

"叶美——"靠窗的一张桌子上，传来一个男人的叫声。叶美知道是要茶水的，她的手从膝盖上拿开，从沙发上慢慢站起来，提着水瓶走了过去。

叶美将几十人的茶杯倒满，这才回到沙发上，她从兜里掏出烟盒，抽出一支烟来，点上，夹在右手食指和中指之间，慢慢地吸起来。此刻，是叶美最涣散的时候，全身的皮肉也像她一样在沙发上歇了下来。别看这几十人的麻将馆，她一个人伺候还是很费心费力的，倒茶不是一次就算完事的，二次三次是常态，十次八次的也不少，来麻将馆泡着的人，不少都是茶篓子，一杯接一杯地喝，就指着你倒。有时一盘牌还没打完，那杯里就空了，不时传来"叶美叶美"的叫声。

叶美吐了一口烟，一些细小的杨花飞絮在麻将馆里乱窜，偶尔歇在叶美的脖子上，她就不耐烦地拿手去抓。贴在脖子上的杨絮好像在和叶美捉迷藏，叶美上，它就下；叶美下，它就上，如此三番五次，叶美烦了，用指甲壳将自己的皮肉狠狠掐出两道括号般的印来。这嘴巴不会说话，但很给力。用此处的疼，止别处的痒，这是叶美的一贯做法。叶美的手有时并不怎么干净，不干净的时候，她就隔着衣服抓。衣服摩擦在皮肉上，一下一下地，有着说不出的舒服。抓痒的时候，叶美偶尔拿眼睛瞟一眼窗外，好像在等什么人，但那面部表情又是漫不经心的。窗外啥都没有，只有一条平平常常的街道，加上几株老气横秋的树。当然，还有一条铁路，过道的铁轨，被行人踩得发白。

叶美所住的平房中间拉了个帘子，她住里间，儿子小宝住外间。

小宝十五了，在美发学校学美发，学费三千八，学了三个月之后，叶美拿出所有积蓄，在小区寻了一个门脸房，想叫小宝自立门户做理发生意。哪知，小宝离了师傅，不敢在顾客头上动刀子，顾客歪着头在椅背上睡了半小时，见自己"毫发未伤"，很是不悦，把小宝大骂了一顿。小宝哭着到叶美那儿，叶美骂小宝：心不狠，怎么能赚到钱？剃头的就得敢动刀子！小宝不吭声。王颂的儿子大宝正好也在麻将馆里，两人玩了一会儿卡片。骂归骂，叶美马上心又软了，叹了口气，将小宝送到麻将馆楼下不远的"一剪梅"发廊，恳求老板带带儿子。老板看了看小宝，视线停留在他的上嘴唇上，那里有一道浅浅的印记。老板眼里闪过一丝同情，说：先学着洗头吧。叶美脸上堆着笑，用手挥挥小宝，说：还不快去洗头！看着小宝钻进洗头间，叶美在老板面前说了些感谢的话，就继续回麻将馆做事了。

王颂坐在麻将馆的收银台那儿，看着叶美，脸上明显表现出不满来。他的声音硬邦邦的：叶美，刚才好几个桌子要换零钱，你去哪儿了？

叶美说：我去楼下有点事。

王颂说：工资我可没少给你，一个月一千五，你这样工作可是给我打了折。

叶美说：王哥，特殊情况，你就担着点儿。

王颂笑起来：叶美，一句王哥我就心软了？说着，从柜台里面拿出一个饭盒，说，拿去吃吧。

叶美说：又有什么好事？

王颂说：和派出所的几个哥儿搓了一顿。里面装的可是醉虾，我都没舍得留给大宝吃。

叶美不客气地接过，打开看了看，一股酒味儿迎面而来，大概他们敬酒时不小心泼了些酒在菜上面。叶美把饭盒放在窗台上，朝里面走去，一边走，一边喊道：刚才谁换钱？谁换钱？

叶美心软。禁不住王颂的好话。好多次叶美都想离开，不在这儿干了。一个人，每天对付一两百人，端茶倒水，组织班子，一双腿，每天不知走了多少路。可王颂那边，好像一千五还高得不得了似的。平素他在外面打个包，带回来，也算是对她的恩惠。同样是打包，王颂的和贾大华的就不同。王颂把打的包，都算在福利待遇里面了，即便还是偶然的。贾大华呢，不计回报，纯粹的好心。所以，叶美更愿意吃贾大华带来的东西。贾大华的细致还在于，带来的不仅是菜，还有一盒新鲜的米饭，可以直接开吃。叶美津津有味地吃这些东西的时候，贾大华有时还没上场，他坐在沙发上，一边喝茶一边和叶美有一句无一句地说着闲话。

叶美正准备将筷子伸向打开的饭盒，老板娘小田走了进来。叶美有点儿心虚，忙将饭盒盖上了。小田好像就是奔着饭盒来的，她走到叶美身边，咬着牙，小声说：叶美，我已经提醒过你一次了，人要有自知之明。

叶美将饭盒扔进了垃圾桶。老板娘走过去，从喉管里调动出一口硬币一样的痰扔进了垃圾桶。

9

贾大华喜欢上了打麻将。到底是老师，为了学会很好地打麻将，他还特意花一百元买了一副麻将放在家里，利用业余时间研究麻将技巧。

贾大华发现：牌，有动牌和不动牌之分。

花牌不算，麻将的136张牌里，有字牌和数牌34种，其中，20种牌面是正反有别的，其余的14种牌面却是正反不分的。如，东、南、西、北、中、发6种字牌，万字牌的1到9万，筒子牌的6、7筒，条子牌的1、3、7，都是以正向书写刻制的，所以，排列牌张的时候，只能正竖，而倒置不但看起来别扭，而且不符合大家的习惯。所以，打牌的人，习惯把倒竖的牌一张张正过来，这些牌，就称之为动牌；相反，白板、筒子牌里的1到9筒、条子牌里的2、4、5、6、8、9条等14种牌，无论正放或倒置，其牌面形象都是相同的，这些牌无须摆动故称之为不动牌。动牌与不动牌在战术中是有一定的参考价值的。贾大华一个人坐在麻将前，摆放了一个关于动牌与不动牌的案例。

假设，贾大华的对家已经有9张牌落地，手里只有4张牌。很有可能是碰碰胡模式。假如4张牌是2筒2筒西风西风的话，2筒牌面正反相同，不必去动它，而西风原有一张，后摸进的一张成倒竖状，这时，对家无意识中就会将其扶正。如果细心观察到对家这一动作，便能初步肯定他碰碰胡叫停牌中，一对是动牌，一对是不动牌。然后，根据手里的牌及盘面形势，哪些牌出现过，哪些牌没出现过，就能把对家碰停的动牌与不动牌范围大大缩小，这样，便可推测出对家的待和牌大致是哪些，以便于自己控制牌张，不致放铳。

对于这个新发现，贾大华很是欣喜。原来，麻将中有许多微妙的东西需要去细细体味。

然而，牌局变幻莫测，有时由不得自己在那儿细细分析，灵活运用战略战术。贾大华的牌打得很臭，输的时候多。也许，这与贾大华的性格有关，优柔寡断、患得患失。有时候叶美看他输得太多，用胳膊肘捅他，叫他去上厕所，叶美帮他挑几盘土。所谓挑土，有多种含义。虽然都是让别人顶替自己去打麻将，但这顶替的时机是有讲究的。有的人，火气不好，牌运不佳，便叫他人帮自己打上一两盘，换个火气，换个牌运；还有的，自己有事情要离开一会儿，也可以请他人代替自己打几盘。在麻将馆，挑土这种事叶美虽然不常做，但偶尔还是有的。有的牌客要上厕所，有的要出去买点什么，有的要回家拿钥匙开个门什么的，分身乏术，叶美就会临时出现在牌桌上替换一下。至于拿胳膊肘捅他，只是叶美的习惯性动作，显然，在大宝麻将馆，叶美必须装作和任何一个牌客都很熟，这也是老板的要求。换下贾大华，叶美的牌运出奇的好，就那么一两盘，叶美就帮他和上大和。见叶美牌运亨通，其他人不乐意了，说贾大华你赶紧来，上个厕所还赚了，以后不许让你挑土。

贾大华看着抽屉里厚起来的钱，大嘴咧开来，他不住夸叶美会打麻将。叶美也有口无心地和着。麻将馆里的话，就像天上的浮云，一阵风一眨眼，就会轻轻飘过，谁往心里去呢？来麻将馆的人，是来消遣的，寻乐子的，他要是夸你了，那是他此刻心里高兴；要是不高兴，他也可以给你脸色看，不停地换零钞倒开水来折腾你。叶美曾经捡到过一条小狗，取名步步，后来养着，在步步身上投入的感情要比这些牌客多。和这些人，是没有交集的。叶美的工资从老板那里拿，吃饭做事赚自己该得的钱，其他的，叶美从来就没想过。好在叶美也不是一个爱招惹的女人，没有很出众的姿色。人说，一白遮百丑，女人白，丰盈，也许很招中老年男人喜欢。

有天坐在沙发上，贾大华觉得无聊，端着杯子过来了，坐在叶美对面。他说，叶美你长得挺白的，标准的南方美女。

叶美切了一声，说，还美女？人老珠黄了都。

贾大华说，我觉得挺美的。

说完，贾大华将杯口凑近嘴唇，轻轻呷了一口，那神色有那么一丝暧昧。接着，贾大华又问叶美手机号。叶美说，我天天在这里，要手机号做什么。

贾大华说，偶尔我可以问问什么时候能上场，免得在这里干等着。

叶美的手机在斜挎的包里，身子还是没动。贾大华接着说：没想到你的胆子这么小，连个手机号都不敢给，怕我吃了你？

此时若不给手机号，还显得叶美有点自作多情了。叶美报出号码，贾大华用手机存了，接着，叶美的手机铃声响了起来，贾大华说：我的号码拨过去了，有事的话，找我。

叶美压根没想着存他的什么号码，只礼貌地应了一声，说，行，三缺一的时候找你。

又来了三位牌客，看着贾大华向十号桌走去的背影，叶美抽出一支香烟。贾大华的背部很宽，但在叶美看来，并不是可以依靠的类型。叶美虽然好久没尝过男人的滋味了，但还不至于饥不择食。

除了老家的电话、儿子的电话，叶美的手机基本不响。贾大华的那个未接来电就在叶美手机里，叶美准备存上，想了想，觉得也没什么意思，便将电话删掉了。

当晚，叶美睡下之后，贾大华的消息就来了。他给叶美发了一条短信，写着：睡了没?

叶美没理会，她依稀记得是贾大华的号码，觉得有点儿幼稚。再说，我睡不睡觉，与你有什么相干呢? 你是我什么人?

贾大华见叶美没理，也没再发。第二天在大宝麻将馆，他们就像没事人一样，彼此只点点头，就各自忙去了。大概想着也没什么意思，当天，贾大华把叶美的号码也从手机里给删掉了，两人有一种还没开始就……就此别过的意思。

10

秋阳好像一位坦荡荡的君子，走在其视野里，人有着说不出的敞亮。

小宝在"一剪梅"学成出师那天，叶美想找人庆祝一下，她不想请王颂和小田。想来想去，想不出个人来，最后，只有贾大华这个名字从她脑子里跳出来。

她决定请贾大华一起和她，还有小宝吃个饭。贾大华晚饭前的时间正好在学校开会。一个陌生的电话在贾大华手机里出现了，贾大华觉得奇怪，一接听，一个女人的声音。贾大华的手机里有好几年都没出现过女人的声音了，他的心里有些异样，一刹那，有点儿灵魂出窍的遐想。接着，那个女人说：贾老师，我们在金大地酒楼，想请你一起吃个饭，快过来吧。

贾大华还是不明白这个女人是谁，他想：这个女人为什么叫我到金大地去呢，我又不认识她。毕竟，有人请吃饭也不是什么坏事，贾大华不想错过。贾大华糊涂糊涂地说：好，我马上去。那边的女人心满意足地挂了电话。

贾大华接电话的时候，系主任袁大可在旁边，他有些好奇地问：贾大华，你老婆的电话？

贾大华说：我老婆？你又不是不知道，我老婆什么时候给我打过电话？

袁大可笑道：不会吧？你老婆难道就从没给你打过电话？

贾大华说：没这档子事儿！她知道我死不了！

袁大可说：唉唉，你是不是又对我不满啦？不就是做了个媒吗？

贾大华说：是，说得轻巧，给我做了个媒，你可把我拉进了火坑！原指望这后半辈子能吃个热饭睡个暖脚，好家伙，这叫什么事呀，比打光棍还难受！

袁大可笑了笑说：我倒要听听，你怎么比打光棍还难受了？

贾大华说：光棍不受道德和法律的约束，可以谈恋爱，花前月下，有人陪着自己，虽然花点钱，但能买点享受和浪漫，是不是？

袁大可说：莫瞎来，莫瞎来呀，贾大华，你可是快退休的人！

贾大华说：袁大可，闷头鸡子啄白米，我要是瞎来，我还会在这里说吗？再说，我这个年龄，想瞎来，也来不动呀！

袁大可说：但愿但愿，作为知识分子，保持晚节还是很重要的。

贾大华说：我算不上知识分子。你可别高抬我。我是一竿子到底，也没什么节。

袁大可说：不算知识分子，那你算什么？

贾大华说：就是一流氓，老流氓。

袁大可说：上次你监考睡觉的事，反省得怎么样了？在学校的处分意见没下来之前，你最好去找马处长谈谈。

贾大华说：不敢去。

袁大可觉得奇怪，说：不敢去？

贾大华一脸正经：不安全，人家好几年没闻见男人味儿了。

袁大可说：你呀，你。

贾大华说：我是没品味，我爱吃腥，但你别说，有的鱼，老子还就是不吃！

袁大可笑着摇头，他实在无话可说了。

这边，贾大华收拾桌子端着茶杯去金大地。金大地是草城舵落口一带比较有名的酒店，平素，贾大华请客，或被请客，很少去金大地。金大地的菜好看不好吃。但凡到金大地请客的人，要么是极要面子的人，要么是对草城舵落口一带并不熟悉的人。贾大华觉得去金大地吃饭，还是开车去好，显得排场。可笑的是，对方看上去和他很熟，可他还不知道这女人是谁。不过三四分钟的工夫，金大地就到了。门童将车门拉开，点头哈腰地将贾大华迎进去，玻璃门旋转着，从光影里看玻璃墙上游弋的金鱼，感觉挺好。

叶美和儿子小宝站在门口。穿着红礼服的服务员拦在中间，连问几位，叶美回答说三位。看到叶美和小宝，贾大华才想起刚才那个电话是叶美打的。叶美穿了一件藕荷色的上衣，头发盘着，脸上还化了妆，这从嘴巴上看得出来，口红红得滴血，好像刚生吃了一只鸡。贾大华的视线在叶美脸上多停留了几秒，不知为什么，贾大华还有些看不习惯了。叶美很快明白贾大华的眼神，她拿起餐巾纸在嘴唇上轻轻擦了擦，说：贾老师，感谢你给面子，请进，请进！

三个人鱼贯而入在包房里坐下。这是贾大华第一次近距离看叶美的儿子小宝。小宝的上嘴唇上确实有一道红红的印记。叶美拿过菜单开始点菜，服务员忙不迭地记着，已经写了不少了。贾大华叫服务员将叶美点的菜念一遍，服务员照办了。听着听着，贾大华的脸色变了，拿着茶杯，要起身的样子，说：叶美，你心里到底有没有数啊？三个人，点十个菜，你当我是饭桶呢！

叶美说：我刚发了工资呢，难得吃一顿。

贾大华说：发多少钱的工资，有你这么得瑟的吗？

叶美老老实实地说：一千五。

贾大华一声冷笑：一千五？真是没见过钱，一千五算个屁？还不够别人一盒烟钱。贾大华然后转向服务员，说：你也是，点这么多，也不言语一声，就由着她点，人家的钱是大风刮来的，是不是？

服务员有点儿委屈，说：我也不知道来多少人啊。

贾大华冷着脸，说：别给我犟嘴，我们一来你就问过，三个人。服务员不吭声了。

贾大华说：把菜单给我。贾大华接过菜单后，拿着圆珠笔在上面划起来，最后上面只剩下三菜一汤。贾大华说：行了，去吧，快点，我还要打牌呢。叶美还要抢菜单加菜，贾大华说：你要是再加一个菜，我立马走。

叶美说：好，好，这么客气，不加了，不加了。

菜还没来的当口，贾大华问小宝在哪儿做事，小宝答非所问，说您的茶杯真好看。贾大华的玩笑劲儿又上来了，说：你还真有眼光，你知道值多少钱吗？小宝问多少钱，贾大华：一百二十万！小宝吐了吐舌头。叶美并不理会他们的话题，她努力把话语的缰绳拽到自己手里，她说：贾老师，能不能帮忙把小宝弄到学校读个中专文凭？花多少钱我都愿意！

贾大华说：开什么玩笑，你以为我们学校是卖假文凭的？

叶美连忙解释说：不是这个意思，不是这个意思。嗯，您是草城的，又是大学的，门路比我们广，以后要是有合适的机会，帮小宝介绍一下。

贾大华说：小宝有什么特长？

叶美说：会剃头，搞美发的。

贾大华说：那这方面我就不认识人了。

叶美赶紧说：随便什么事都可以，不一定搞美发。

贾大华说：行，我放心里了。对了，我老婆工作的写字楼好像在招保安，要不，叫他去试试？包吃包住一千五。

叶美想了想，说：那行啊。当保安，衣服都不用买了。

小宝嘀咕着：我不想当保安。

贾大华对叶美说：我打听清楚了再告诉你。这个消息还是一个月前的。说着，贾大华拿出手机，找出来电显示，将叶美的电话重新存上。

四个菜中，第一个上的是麻豆腐，这道菜是贾大华的最爱。他看见麻豆腐，立马伸出筷子夹了一筷子，说：快，趁热，趁热，冷了就不好吃了。

小宝看着并不动筷子，说：怎么像一堆稀屎呀！

叶美拿着筷子要打小宝，说：这孩子，吃饭说这种话！

小宝说：好，不说稀屎，那怎么像我们老家的豆渣？妈，你怎么点这种菜？

贾大华接过话说：麻豆腐好，我最爱吃麻豆腐。小宝，你知道这道菜里面有哪些原料吗？

小宝的话冷冰冰的：不知道。

贾大华饶有兴致地又夹了一筷子放进嘴里，嚼了，咽了，还舔舔舌头，说话时，唾沫随着絮絮叨叨的话喷了出来：这麻豆腐呀，怎么炒的呢？

小宝不耐烦地说：你别问我，问了也不知道。

贾大华表现出特别的耐心，说：要用到羊油、黄酱、黄豆芽和雪里蕻……把这几样炒得黏黏糊糊的，变成灰绿色，将炸好的辣椒油泼在上面。这盘小小的麻豆腐有几种颜色？你看看，红、绿、黄……

小宝问：那这麻豆腐到底是什么做的呢？

贾大华并不回答，将问题抛到叶美那儿，说：叶美，你说，这麻豆腐是什么做的?

叶美想了想,说:既然麻豆腐里面有个豆,那肯定是豆子做的了。

贾大华说:聪明!是绿豆做的。绿豆味甘性寒,所以,可以清热消暑、美容养颜。说这句话的时候,贾大华看了看叶美的脸,大概是喝了酒的缘故,叶美的脸白里透红、灿若桃花。贾大华叹了口气,说:叶美,听人说,你一个人带着儿子过?

小宝将桌上的麻豆腐挪开,离贾大华远一点,说:唾沫都喷进去了。

叶美用眼睛白了一眼小宝,笑着对贾大华说:可不是。哟,贾老师,您不愧是老师,什么绿豆黄豆的,都一套一套的,弄得倍儿清楚!

贾大华笑笑,并不接叶美的话茬,而是自顾自地说:遇着合适的,找一个。一个女人,在外面混生活,不容易。

叶美说:以前想过,现在不了。

贾大华说:为什么?

叶美说:早些年,有男人想和我结婚,条件是要我还生一个。

贾大华:那就再生一个呗。

叶美说:我不愿意。

贾大华说:生就生一个呗,只要他养得起。

叶美说:生,当然容易。养,我怕了。

小宝插话说:就怕又生一个我这样的。

叶美说:谁当真呢。也许,人家不过是随口一说,我也没往心里去。

贾大华看了看叶美,又看了看小宝,摇摇头,没说什么,继续埋头喝酒。

小宝胡乱吃了几口,就放了筷子,说是想去打游戏。叶美允了,从兜里掏出十元钱给小宝,说:玩一会儿就回去,帮我把衣服洗了。小宝应着,和贾大华说了声再见就走了。包房里就剩下叶美和贾大华两个人,面对面的。两个人好半天没说话。贾大华突然觉得有些尴尬,但也有点儿小温暖。他手里握着刚才叶美擦过嘴的带着唇膏的餐巾纸，团着玩。趁着酒兴，贾大华看着叶美，说：其实，你又不差，青春是不等人的。

贾大华就是这样，喝不得酒，酒一喝多，话就多。叶美有点儿难为情，说：贾老师，这是您抬举。我知道自己的斤两。像我这种人，您能和我一起吃饭，那就是给了天大的面子。唉，哪里还有什么青春？残花败柳了。

贾大华脸上不悦，说：说这话的应该是我。说实话，我最愁的就是每天吃饭。没滋没味的。今天很高兴，来，把杯里的酒干了。

叶美也举起杯，说：好。

贾大华放下杯子，推说去上厕所，准备去收银台买单，哪知，服务员告知他们的单已经买了。贾大华心里对叶美生出敬意来：这女人，虽然人穷，但还是有志气的。心里这么想着，回到包房拿茶杯时看叶美的眼神也有了几分欣赏，叶美也笑着，说今天是来草城之后吃得最开心的一次。

两人一前一后出了门。贾大华说开车把叶美带一段路，叶美说：我住得近，不过，我想坐坐这小车。贾大华说，那来吧。副驾驶座上，叶美这里摸摸那里摸摸，贾大华从侧面看了叶美的胸脯一眼，不自觉，眼里流露出一丝柔意来。

车停了，叶美好像没醒过来。贾大华也没催，坐着。叶美说：贾老师，你说，我这样的女人，还有希望吗？

贾大华说：什么意思？

叶美叹了口气，说：这么多年，支撑我活下去的，是我的儿子，我就是为小宝活着，我要是不在，这孩子就没指望了。

贾大华说：很好。人活着，要有志气，要有精气神。

叶美的手放在车把手上，顿了顿，推开车门，回头说：谢谢您。

11

不知谁将一份写有母亲将三岁兔唇孩子从18楼上扔下的消息的报纸，放在大宝麻将馆那脏兮兮的沙发上。"兔唇"两个字，叶美还是认得的。叶美想到小宝，又想到自己，为了讨生活必须成天忙碌的单亲妈妈。她想象着自己和小宝如果从18楼一起跳下，那什么都可以完结了。这个念头一闪而过的瞬间，叶美心里滋生出一种罪恶感。假如连他的亲生母亲都想把他丢掉，那谁还会喜欢他呢？叶美觉得这个放报纸的人故意给她设的套儿，于是，叶美将报纸撕碎，再揉成团，丢进了垃圾桶。叶美正胸脯起伏着浑身不如意地生闷气，贾大华来了，问看见报纸没。看到垃圾桶里凸起的一团，他明白了，问叶美怎么把他的报纸撕了，报纸又没招惹谁。

叶美冷冷地说，就是招惹我了。

贾大华说：我的报纸，招惹你了？怎么招惹你了？

叶美说，就是招惹我了，就是招惹我了。你欺负人。

贾大华在沙发上坐下来，说：这可是稀奇了，我怎么就招惹你了？那是我刚买的报纸。贾大华突然住了嘴，大概见叶美眼眶有些湿润，他说：好，好，是我的报纸招惹你了，你撕得对，行了吧？如果你撕一张不解气，我再去买一大摞给你撕，行不行？

也不知怎么了，叶美心里的一团无名火此刻非要发泄出来，叶美说：去买呀，我等着。

贾大华将茶杯放在柜台上，真的出去了。不一会儿工夫，他进来了，怀里抱着一摞报纸。看着茶几上的报纸，叶美愣住了。贾大华说：撕吧，想撕多少撕多少，撕完了我再去买。不就是几张报纸吗？咱们撕着玩儿。说着，自己拿起一张撕了起来。叶美没有动，看着他一直撕，将那一摞报纸撕完。自始至终，他们没有说一句话。

　　也是怪，贾大华将一大摞报纸撕碎之后，叶美的气全消了，她甚至觉得自己做得太过分了，有点对不住眼前这个老实可爱的贾老师。这么一个五大三粗的大男人，简直低到了尘埃里，任她这个外地女人欺负，还有什么话可说呢？当然，贾大华也不气，一直笑呵呵的，好像什么事情都在他的掌控之中。刚把报纸撕完，他就坐上了麻将桌，开始了方城之战。

　　只不过是一张随便放的报纸，便引起叶美如此的情绪，贾大华有些百思不得其解。但不解的同时，心里又略略有些安慰：这个女人能对自己发脾气，说明她心里还是有他的。贾大华对于叶美的态度并不计较。打麻将时，贾大华捋着手里的牌，突然悟到一个道理:人也好，东西也好，大凡都有自己的位置。就像麻将牌，每张牌，也应该有自己的位置。懂得打麻将的人，都知道竖起13张牌。但从实战的战略战术而言，摆牌的次序，的确非常有研究的必要。一般人摆牌，习惯按照从左到右的顺序排列，而且，按照筒条万分类从小到大摆放，这种摆放方法，在战术上属于最原始的方法，假如对手细心观察，一眼便能看出自己的牌局。举个例子：一般人摆牌总是5、6、7、7万地排下去，当上家舍出6万时，下家便从手里抽出5、7万嵌搭吃上，举手之间，别人对这个下家手里还有6、7万就了如指掌。这样，自己的牌就无所遁形。贾大华发现，这个牌的摆放就应该5、7、7、6的顺序，无论吃碰，丝毫不会露出破绽，让他人无迹可寻。

　　一张报纸使叶美的心里露出破绽，这是贾大华没想到的。

　　大宝麻将馆的百分之八十的时光，都是无聊的。叶美觉得这个麻将馆就是一个大戏台，形形色色的人在这个轮番上演。在利益驱动下，人们表面上一团和气，骨子里却巴不得对方兜里的钱都跑到自己兜里才好。贾大华也不例外。也许是动了脑筋，也许是投入了精力，最近一周，贾大华的牌运转了，每个牌局都能赢上几百块。和他坐同一个麻将桌的女的输得没钱了，最后散场的时候还欠贾大华五十块。贾大华不让那女人走，那女人上前两步用自己的膝盖抵住贾大华的小腿，问他想怎么着？说如果实在不放过她，去她家也行。贾大华装聋作哑问去她家干吗，女人说：睡觉。

贾大华说：睡几次？

女人说：你以为我们女人这么不值钱？还睡几次？

贾大华说：不是女人不值钱，是你不值这么多。

正说着，贾大华的右脸颊传来一声脆响，那女人的丈夫出现了。听口音是东北的，他问贾大华想怎么着。

这对夫妻，是东北的，女人在这里做鸡，男人协助她的生意，女人的母亲在这边帮他们带孩子，一家人的日子过得还不错。闲了，女人和男人都上这麻将馆打几圈牌，女人在打牌的时候，顺便扩大自己的人脉。这大宝麻将馆有个东北帮，一般人都不敢招惹他们。听见动静，叶美也赶了过来，她暗暗为贾大华担心起来。

贾大华看着眼前的东北男人，并没有退缩，他将右手握着拳狠狠地送出去，打在东北男人的鼻尖上，顿时，鼻血喷了出来。贾大华收回手，说：欠债还钱，天经地义，你们倒还有理了？

东北男人抬起头，大概从没人敢在他面前这么嚣张，突然，从腰里拔出一把匕首，刺向贾大华。贾大华的大手好像一把钳子，把东北男人的手腕给钳住了，东北男人疼得嗷嗷叫。等贾大华松了手，东北男人甩了甩手腕，说：好，算你狠，明天这个时候我们在楼下单挑！说完就走了。

叶美看呆了，觉得贾大华好像就是警察，同时，也暗暗为贾大华担了一份心。不知不觉到了晚上，睡觉时，叶美有点不踏实，给贾大华发了条短信，说：贾老师，这几天你避避吧，别招惹他们了，他们是不要命的。

贾大华说：谢谢关心，我可不是吃软饭长大的。

叶美问：明天你还去麻将馆吗？

贾大华说：去啊，为什么不去？

第二天，贾大华照旧去了大宝麻将馆，倒没见那东北男人露面。

贾大华有一种强烈的感觉：在打麻将的过程中，自己渐渐找到了自信。打麻将不仅仅是智力、谋略、意志和技巧的竞赛，这里面还有辩证法。看着面前的13张牌，贾大华觉得自己就是一个将军。运筹帷幄，调兵遣将，其中的乐趣不言而喻。难怪毛泽东曾说：打麻将这里边有辩证法，有人一看到手里的点数不好，就摇头叹息，这种态度，我看不可取。世界上一切事物都不是一成不变的。打麻将也一样，就是最坏的点数，只要统筹调配、安排使用得当，就会以劣代优、以弱胜强。相反，胸无全局，调配失利，最好的点数拿在手里，也会转胜为败。最好的可能变成最坏的，最坏的也可能变成最好的。

如果说最近一段时间贾大华重新恢复了自信，那么，这种自信，是麻将带来的。输钱赢钱，对于贾大华来说，已经不再重要，重要的是，他能够在这个战场上，获得自己需要的精神享受和抚慰。这种享受和抚慰使他暂时忘却了事业的不如意、家庭的不如意。

这天晚上，袁大可打来电话，电话通了，好半天没声儿。贾大华说：有话就说，有屁就放！

袁大可说：贾大华，这个周末，你去一趟北戴河吧。

贾大华说：又开会？

袁大可说：我有事，你代替我去玩两天，要是发纪念品，你领着，归你。

贾大华想了想，说：行。

北戴河对于贾大华来说不稀奇，自己开车去玩过，住的是刘慧珍的家庭旅馆，玩两天，花不了几个钱。但贾大华从没花过公款旅游。既然袁大可求他代替他去玩，那何乐而不为呢？

秋天的大海，不论是近看还是远看，都暗藏一股肃杀之气，海水已经转凉，好在贾大华火气大。穿着短裤游完泳吃完烧烤洗完澡在宾馆躺下，贾大华打开电视机，八个台起码有三十个专家在那里滔滔不绝，贾大华骂了一声"他妈的"就关了电视。贾大华不爱看书，象棋也没带来，于是就拿出手机来摆弄。贾大华一个一个地看电话号码玩，看到老婆的号码，他翻过去了；看到儿子贾海的号码，他也翻过去了；最后，叶美的号码出现在眼前，他停住了。他准备打过去，可犹豫着，不知打通了说什么好。他想想决定改为发短信。他写了这么一句话：我在北戴河。

发完短信，贾大华盯着手机屏，等着叶美的回信。可是，没有动静。等了大概半个钟头，贾大华失望地把手机扔在枕头上，又去洗澡。洗完澡，他坐在床上喝了半瓶啤酒，然后关灯睡觉。

大概半夜，手机响了，贾大华迷迷糊糊地从枕边摸出手机，就着微弱的荧光看见这样一行字：我刚看到，很高兴你给我发短信。

贾大华清醒了几分，开了灯，回复道：还在忙吗？

叶美这一次回得很快，说：嗯。还在麻将馆。

贾大华不知道下面该说什么了。他闭着眼，眼前就浮现出大宝麻将馆的喧哗来。不知为什么，叶美的那双眼有些忧愁。贾大华赶紧睁开眼，又给叶美回了一条短信，说：注意身体，我睡了，晚安。

贾大华虽然说他睡了，也说了晚安，但并没有睡，而是等叶美的短信。可叶美并没有再回复。这一折腾，贾大华竟睡不着了。后半夜，他的体内竟有了好多年都不曾有过的冲动，他把手放在自己的生殖器上，想了想，又把手挪开，枕在头下。他决定不再自慰了，这么多年养成的这个习惯，突然间，让他觉得很没意思。贾大华决定做点有意义的事。他闭上眼，开始想念人间的事。一个一个的人，一件一件的事。他的脑海里浮现出儿子贾海的模样，很可人。是的，可人。不知为什么，贾大华用了一个很不恰当的词"可人"来形容儿子。然后，儿子贾海的眉眼在贾大华的大脑里挪位了，搬到了袁大可的脸上。这一搬，还真把贾大华搬出了一身冷汗。

贾大华被自己的想法吓了一大跳,他捶打着脑袋,接着,抱着头,像个孩子一样哇哇大哭起来。贾大华有点儿恨自己没有重视自己的感情生活,从结婚,到离婚,从恋爱,到再结婚,这些事情,在他的人生中,都一闪而过,囫囵吞枣。怎么会这样?贾大华的两个手掌拼命地挤压着左右太阳穴,他想挤出一个答案来。没想到,肛门倒发出一声脆响。

人生就是一个屁。贾大华再次进入梦乡之前,给自己做了如上总结。

海面上漂浮着一百多个巨大的麻将牌,贾大华在海里拼命地扑腾着,他的游泳技术失灵了。突然,麻将牌1筒漂了过来。贾大华赶紧爬了上去,把它当做了救生圈。紧接着,2筒来了,3筒也来了,贾大华兴奋得大叫,从1筒到9筒,大大小小的救生圈朝他挤压过来,终于,把他打翻在海水里。贾大华沉没在水底,没有上浮的空间,他觉得窒息,想喊,却喊不出声,大汗淋漓之间,他从噩梦中醒来,一摸额头上,全是汗水。

想着那些麻将牌变成的救生圈,贾大华直挺挺地躺在床上,觉得不可思议。

12

前妻张玲打来电话的时候,贾大华刚夹着讲义从301教室出来。他等几个学生从身边走过后,小声问:什么事?语气里夹杂着一丝好奇。

张玲在电话那边好像是喊渡的嗓子,说:你儿子住院了。听得到吗?听得到吗?贾洋住院了。

贾大华心里一沉,说:贾洋怎么啦?

张玲说:在学校和同学打篮球,鼻梁骨给打折了。现在在医院做手术,你给我想想办法吧。我手里没钱。

贾大华说:要多少?

张玲说：你先打2万吧。今天下午下班之前就要打钱到账号上，不然人家不给做手术。

贾大华顿了顿，说：别骗我就成。

张玲在那边急了，一把鼻涕一把泪的样子，哭号起来：我怎么着就骗你了？我什么时候骗你了？我还有这份心情骗你？我吃饱了撑的。你只说贾洋是不是你儿子，不是你儿子的话你就不管好了……

贾大华说：行了，行了，我去银行打钱去。还是那个建行账号吧？

对面走着郑天一，春风满面的样子，说：哥儿们，又和谁煲电话呢？

贾大华说：别拿哥儿们穷开心，还煲电话？电话煲我！你好像有什么喜事？

郑天一说：你们有的走桃花运，有的走事业运，就不许小弟我走点儿别的运？告诉你，秋天是一个丰收的季节！我家娘子怀孕了。

贾大华说：那是好事啊，我说这么多年你们为什么不生，还以为你们真是搞丁克呢，原来是你不得力。

郑天一一脸的满足，笑道：得力不得力，反正现在地里长着我的种。我满足了，满意了。咦，对了，问你一个问题，假如你老婆的地里种的是别的男人的种，你能接受吗？

贾大华说：很真诚地告诉你，不能接受。我前妻就是利用了我这个弱点。

郑天一猛地拍了拍贾大华的肩头，留下几声哈哈，向校门走去。

郑天一的一番话，让贾大华又无限郁闷起来。

其实，贾大华不是一个情绪特别明显起伏的人。但是，他还是有爱、有同情、有责任、有善良的心地。他情愿为那个被称为他儿子的人付出，虽然到现在他还不知道这个所谓的儿子长什么样儿。以前的贾大华喜欢交响乐、茶道和散步，杯子里装的是日月星辰，现在，他的杯子里不再有那些浪漫的细节，只有供他解渴的水资源。按理，学植物学出身的父亲，应该在他体内打下了有关草木精华的永久烙印，但是，生活，是一块更大的更滚烫的烙铁，将那块小小的烙印给覆盖了。不能不承认，人的情绪不仅影响着个体生命发展的方向和幸福感，而且，还足以决定个体所在的人群所构成的世界状态和幸福感。贾大华就混混沌沌藏匿在这个巨大的铁坨坨里。然而，情绪到底是什么呢？仅仅是喜、怒、忧、悲、恐、惊吗？贾大华分明在自己的情绪仓库里，捕捉到另外一种变异了的情绪。他感觉自己越来越像一个被改变基因的未知生物体，并且，这个生物体在一天天膨胀和变异。

贾大华银行卡里还有些零花钱，加上以前炒股挣的钱，加上房子，这后半辈子，他不用多劳神费力地去为钱的事操心了。钱，对于贾大华来说，只是一个数字而已，对于数字或大或小的变化，贾大华并没有多大的关心。再说，存钱的事儿，老婆陈吉比他更操心。

贾大华将2万块钱打到前妻张玲的账户后给她发了条短信，半小时后张玲回复收到，贾大华想打听一下儿子贾洋在哪家医院，他想抽空去看看，张玲回复说不用，钱打来就够了。贾大华心里又郁闷了一回。不过，他也习惯了张玲的这种做派，没法子，这是命，他认了。潜意识里，贾大华还想给贾洋存上一点儿钱，以备他结婚生子用，当然，这是后话。

贾大华处理与前妻有关的事务时，他老婆陈吉正在草城东北方向的星潮咖啡馆谈一个项目。陈吉长发披肩，脖子上系着一条淡紫的丝绸围巾，右手拿着汤勺搅着咖啡，显得十分优雅。

坐在她对面的，是草城大地影视公司的周董事长。陈吉想和这家影视公司合作拍一部电视剧。

陈吉看着周董，露出好看的白牙，说：周董，您好好考虑一下，我觉得这真是个不错的项目。本子我已经看过了。编剧也是我多年的朋友。

周董说：发行方面我们是没问题的。不过，这个项目要上马的话，还是要拿大纲给央视的专家看看，不然，不能在央视播，不能得奖，到时候影响经济效益。

陈吉说：我的观点是，不一定要走央视路线，我们可以在地方台上星。全国那么多电视台，我们这么好的本子，不愁卖不出去。

销路是不愁，我愁的是明星的片酬。你要知道，现在的大牌明星，动辄就是大几十万一集，我们这个剧，如果不请一两个大牌明星，根本就没有市场号召力。周董无不忧虑。

陈吉说：连那个乔国安，现在都五十万一集了，这什么世道！

周董笑笑，说：就是嘛。前些年，他在电影厂附近跑龙套，想在我们公司的一个戏里当个群众演员，都没进去。现在，想请他，要上千万了。对了，你那边要是还有什么演员资源，及时跟我联系。反正呢，拍这个剧，咱们是有意向的，不过，不能太着急。影视这个行当，你知道的，如果做得不好，那可是血本无归。

陈吉说：是的。我明白。

周董突然好像想起了什么，看着陈吉，说：咦，对了，我听说你老公是大学教师，说不定他那边有学生家长这个资源，看到时候能不能融融资什么的。

陈吉笑道：他？还是算了吧。他是个压根不做正经事的人。平常上课之外，一般都是泡在麻将馆里打麻将，周董，您说，这样的人，还能指望他办什么事？

周董笑笑，不置可否。

两人在离开星潮咖啡馆时，周董回头加了一句：陈总，乔国安要是你三十万一集能拿下来，我可以做这个剧。

陈吉说：行，我打听一下。

13

一空虚，贾大华的脚就不自觉地朝大宝麻将馆走去，好像那里有一堆土，能填满他的空虚一样。

韩老爷子今天没吃晚饭就到了大宝麻将馆,他捧着紫砂壶,在麻将馆里转了一圈,看见沙发上的贾大华,在他对面的椅子上坐下,说:咦,我看你有些面熟。

贾大华说:您是韩老爷子吧?我可知道您。

韩老爷子脸上的皱纹舒展了一些,他笑道:看来,我这糟老头子的名气还不小。

贾大华说:那当然,您可是这里数一数二的人物。

韩老爷子说:数一数二可不敢当,我这嘴碎,看不惯的喜欢说。你看看,这公共场合,光着上身不穿衣服像什么话?凡事都是要讲规矩的。

贾大华连声说:对,对,对,您说得对。没有规矩不成方圆。

韩老爷子:这麻将馆虽说不是书店那样严肃的地方,但也是个公共场所,你说,光着膀子像什么话?

贾大华连声说:是,是,是。

韩老爷子说:咦,我听说你是教授,今天没课?

贾大华说:我们的课,少得可怜,一个月也就是那么几节。满怀激情地上,学生稀稀拉拉的没几个人,没意思。再说,这个点儿也不是上课的时间。

韩老爷子说:一听你说话就知道是读书人,今天无论如何我要和你打一场牌。

贾大华说:那敢情好。

韩老爷子说:请问你贵姓?

贾大华说:免贵姓贾,名大华。

韩老爷子说:贾大华,贾大华,这名字好。咦,你这手上的戒指可不错哦。冰种翡翠,那如意还飘绿花呢。

贾大华:一般般吧。

王诗站在麻将馆门口张望着,叶美喊:诗诗,三缺一。王诗说:哪三个?叶美说：贾老师、韩老爷子。

王诗说：那还差一个呢。

叶美朝卫生间努努嘴，说：周雅琴早来了，在厕所。

叶美走过来，将电动麻将机电源插上的工夫，周雅琴果然从卫生间出来了，她刚洗过手，十个指头张开，指尖上凝结着小水珠。韩老爷子眯缝着眼，脑袋一晃一晃的，大概在心里哼着唱词，也不搭理。等大家坐好了，牌洗好了，才喊他抓牌。韩老爷子的手颤巍巍地伸过去，手背橘皮一样皱巴巴的。王诗大概嫌慢，从包里掏出烟来叼在嘴上，拿打火机点烟。

韩老爷子将麻将牌在面前摆好，用手扇扇面前的烟雾，对王诗说：丫头，少抽点烟，大家都成了你的受害者。

王诗"扑哧"一笑，说：哟，老爷子，您还准备活多大岁数呀？今年都80了吧？还有，您怎么成了大家的代言人？

韩老爷子不高兴了，说：80怎么啦？80就该死去？你们年轻人，说话怎么这么不中听？

王诗仍然笑，说：算啦算了，不跟您一般见识。

韩老爷子打出一个八万，说：唉，什么世道！贾老师，你说，现在的年轻人怎么变成这个样子？不尊老不说，年纪轻轻就泡在麻将馆里，不干正事。

贾大华有点儿尴尬，说：是，是，您说得是。

大概是贾大华的谦逊化解了韩老爷子心头的不满，他脸上的表情放晴了一些，说：这麻将哪，也难怪大家都爱，里面有大智慧呀！

哦？周雅琴说，老爷子，您说来听听。

韩老爷子说：麻将麻将，贯通易理，融和五行，看似简单，实际复杂深刻咧。

除了贾大华，其他人都张大了嘴巴静听。不过，贾大华是暗地里聚精会神。

韩老爷子说：你们说这筒子，代表啥？

王诗有点明知故问的样子：代表啥？

韩老爷子说：代表天上的日月星辰！条子代表啥？代表地上的山川河流，你们瞧瞧，像不像，像不像？

几张嘴忙应和着：像，太像了。

韩老爷子接着说：万字，代表人事；条子和万字各36枚，合计72枚，暗寓72地煞。九是极数，所以，筒、条、万的最大数是九。筒、条、万，暗寓天地人三者合一而又互相制约。筒条万总枚数为108，东南西北共16枚，中发白共12枚，一副麻将总数恰恰是136枚。太极生两仪，两仪生四象，四象生八卦，八卦最后衍化为136爻。麻将把136爻囊括其中了。

王诗说：我的神哪，老爷子，您说的可是传说中的《易经》哪！

周雅琴说：我只知道月经。易经，我不熟。贾教授，你也说说，让我们开开眼界。

贾大华说：说啥？

周雅琴说：说麻将呀，像韩老爷子这样，也说个道道儿出来我们听听。你是大教授嘛！

贾大华说：韩老爷子把我想说的都说了。不过，我再补充补充，你们说，打麻将的要诀在哪里？

周雅琴：我哪知道？

贾大华说：斗牌之诀，妙在变通。打牌分三种——高手、中手、低手。高手谋势，中手谋术，低手谋和。

周雅琴听懂了一句，反问道：和牌的还是低手啦？那我还是当低手吧。

贾大华并不理会，接着说：在放铳和不和牌之间，你们会选择什么？

王诗说：肯定不能放铳嘛。

贾大华点头道：对，这就叫"宁失放和，不失放铳"。守不可太死，攻不可太冲。与其贪大以难听，不若求小而速成。与其任之而做大，不若助之而小胜

......

韩老爷子边听边颔首，说：不简单，贾教授不简单。这一番理论，确实是麻将高手。当然，现实中还需这么执行，不能纸上谈兵。好，三万，我和了，谢谢贾教授了！只攻不防者有贪大之嫌，连续跟张者有弃和之意。我看贾教授在弃和呀！

王诗一脸不满，说：贾教授，你废了我的武功，你看，你这一放铳，我这马上要成的清一色完了，真烦人！

大概听他们说得热闹，叶美也凑了过去，听完这一番麻将经，叶美佩服得不行，说：到底是有文化的人。就是玩，也能玩出名堂来。看看你们，也该学学贾教授、韩老爷子，好好研究研究麻将。

韩老爷子说：研究麻将有什么用？还是像人家男人研究房子，现在做房地产的都挣钱。韩老爷子将笑脸转向周雅琴，说：是不是？我记得你男人好像是做房地产的。

周雅琴笑了，露出一对小虎牙。这对小虎牙好像开启了叶美记忆中的某个密码，她突然想起一个人来：乔国安。难道，眼前这个周雅琴，与乔国安有某种联系？叶美怪自己迟钝，认识周雅琴这么长时间，怎么这个时候才想起这档子事呢。

乔国安已经从叶美的生活中消失了。他还欠她五百元钱呢。后来，叶美打过那个公用电话，那边说，乔国安不住那儿了。再后来，叶美自己一个人去找血头抽血，三十多次，那些针眼还在身上记着呢。乔国安搬哪儿了呢？叶美决定鼓起勇气向周雅琴打听乔国安。

叶美说：小周，向你打听一个人。

周雅琴看看叶美，说：你是和我说话吗？

叶美笑而不语，点点头。很快，她说出了乔国安的名字：乔国安你认识吗？

周雅琴反问道：你怎么认识他？

叶美说：你先回答我，你认识乔国安吗？

周雅琴说：认识呀，怎么啦？

叶美说：你能告诉我他的电话吗？

周雅琴说：牌打完了我们私下聊。

叶美说：行。

周雅琴和叶美的这番对话，引起了贾大华的注意。他在脑子里记下了这个名字：乔国安。也许是脑子里太空了，没什么东西，他觉得这个名字有点意思又有点耳熟。刚把这个名字在脑子里储存下来，贾大华蒙了：乔国安？乔国安不就是现在炙手可热的大明星么？人家演的抗战戏，那可叫一个绝。此乔国安是彼乔国安么？不可能。

牌局散场后，叶美和周雅琴心照不宣地一前一后来到大宝麻将馆楼下的小公园里。小公园里被园林局放了不少鲜艳的花盆，围着大树干，一束一束的，煞是好看。两人并排在一张木椅上坐下了。周雅琴说：你怎么认识乔国安？这可怪了。

叶美笑笑，说：你是他老婆吧？

周雅琴说：是，准确地说，是他前妻。我们已经离婚了。

叶美说：哦？他到底找到你啦？我认识他的时候，他还到处找你呢。

周雅琴鼻孔里喷出一声冷笑，说：哼，找我？你看他现在还找不找我？你知道他现在做什么吗？

叶美说：不知道。

周雅琴说：人家现在是大明星！在草城，洋房豪车，什么都有。他能找我？

叶美说：不可能吧？我认识他的时候，他还卖血呢。

周雅琴说：卖血？他做得出来。他就会折腾，折腾来折腾去，把个家折腾垮了就好了。你以为我不想在家好好过日子？但他伤了我的心。现在，他好了，前些日子我找他借点钱，他一口就回绝了，还叫我不要打扰他的私生活。我靠，你才红几天？还私生活？真把人恶心死了。

叶美被周雅琴弄糊涂了，说：我看他不是那样的人。不过，他还欠我五百块钱。

周雅琴皱着眉头，说：你看，是不是，是不是，得，我把他经纪人的手机号给你，这个人姓田，你找他要。记住，人家现在可是大明星，他肯定不会承认欠你的钱，信不？

叶美说：行，你把号码给我，我闲下来就找他要这钱。反正他也发迹了，也该还我这笔钱了，这钱，对他来说，不值什么，对我来说，可是快半个月的工资呢。

周雅琴说：不仅要这钱，还加上利息，一分不要少。你要是要到了，给我个信儿，请客。

叶美说：行。你这信息费也值钱呢。

要钱的事儿说完后，叶美和周雅琴之间有了一段时间的沉默。要不是这档子事原，她们两个坐在一起，还真无话可说。要说叶美是怎么认识如今的大明星乔国安的，这还得从叶美来草城的日子开始说起。

14

叶美的家在深山，经人介绍，认识了邻村的小伙子费东来；她结婚了，嫁了这个做上门女婿的男人；费东来从她家走了，扔下唇裂的儿子小宝；接下来抚养小宝的日子，过得特别特别慢，就好像电影里的慢镜头，叶美巴望着停电才好。兜里没钱，日子就像炉子上的沸水，她就是那水，一天天煎熬。

山，深得不见尽头；林，老得快成了会说话的妖精。叶美就喜欢和树说话。有时是抱着，将自己的脸贴在老树皮上，什么也不说，只是哭；有时是坐着，后背靠着树桩，看着远处几只雀儿胡乱地叫，还是什么也不说。叶美的心里憋了好多话，可就是说不出来，好像嘴被一把大锁锁着。叶美觉得自己不能困在林子里等死，得走出去赚钱，不然，不仅儿子小宝会饿死，更别谈治好那张盖了印章的兔唇。

离开村子的那天是个清晨，小宝还没醒，五岁的他，手指头含在嘴角，做着甜甜的梦。叶美背着塑料编织袋，在床边站着，看着儿子的唇印，很长一段时间，她的耳里只有小宝的呼吸声，她侧耳听着。儿子的呼吸就像村头的小河，缓缓地幸福地流淌着。叶美没有俯下身亲吻小宝，她的嘴唇在空中做了个亲吻的样子，然后，看了看坐在床边的母亲。母亲看看她，又看看小宝，一缕白发从额前垂了下来，那缕白发像鞭子狠狠抽在叶美的心头。

鸡笼里的鸡大概听到了动静，叫了起来。床上的小宝手指头动了动，叶美赶紧拔脚，头也不回地离开房门，母亲紧跟着走了出来。

妈，回去吧，看着小宝。叶美对母亲说。母亲是个寡母，叶美三岁那年父亲在山上死掉了，和一堆石头一起。

美，你在外面要小心，注意身体，别太累着自己。母亲说。

叶美说：妈，拖累您了。我想好了，不出去，我和小宝都是一条死路。母亲看了一眼叶美，说，你的日子会好起来的。叶美重重舒了一口气，好像得到了某种保证，她疾步走出家门，很快消失在晨雾里。

叶美心里没有地图，她不知道去哪儿。在山里走了一整天，她还没有走出来，饿了，她就靠着树桩歇息，打开蛇皮袋，从里面掏出一个饼，拿手撕了，一口一口地嚼着，死劲往下咽。贫穷就像一张巨大的胃，只要能把它填满，管它是什么。叶美隐隐约约听见婴儿的哭声，她一惊，猛地站起来，朝四下里看。四周静寂得像一口深井，哭声没有了，叶美摇了摇脑袋，这才知道是自己的幻觉。叶美就是这么走出大山的，并一直走到了草城。

一晃，叶美来草城十年了，这十年日子像笛子似的，看着光鲜，实则大窟小眼。

初到草城，叶美一直在草城火车站一带转悠，以为草城就这么一块地方。草城火车站附近的出租房贵，一个月要几百。没法子，叶美找了间地下室，一个月一百。安顿下来的叶美第一份工作是在一家毛血旺餐馆打杂。这家餐馆名字叫川妹子毛血旺，是一对重庆夫妻开的。"打杂"这两个字说起来容易，做起来可要累死一头驴。店里有十张桌子，四十个板凳，盘子碗无数，叶美每天除了将店内店外打扫干净，桌子板凳抹干净，盘子碗洗干净，还须洗菜、切菜、收碗筷，等等。天黑了吃一点客人留下的剩菜，再继续忙，一直到夜里十二点，街面上没什么人了，店里打烊了，叶美将整个店的卫生再做一遍，将老板放在门口的摩托车搬进来，然后，再回地下室。叶美每天的工资是15元，头一个半月的工资老板说要押着。在地下室的时间，叶美什么也不干，就是伸开四肢平躺在床上像一头死猪似的睡去。

地下室的走道长得不见尽头，昏暗的灯光每到一个地段就洒上一点儿。水房的水管有点漏水，在空落的夜里滴滴答答地响着。没有窗户，看不见阳光，住在地下室，有一种与世隔绝的决绝。偶然迈过一两个台阶，盯着惨白的墙壁，叶美觉得自己是在太平间里，怀疑自己是不是还活着。儿子小宝的脸蛋不适合出现在地下室里，出现在她的回忆和念想中。即使真的要想儿子，她也想站在一个五星级酒店的门口想，她想为儿子重新选择一次人生。而现在，所有的希望都在她身上，她的最终目标是要把儿子小宝接到草城来一起生活。

做到快满两个月的时候，叶美心怀期待，除去所押的一个半月工资，她可以领到半个月的工资了。这天夜里，客人已经不多了，老板姜大牙一个人坐在屋子一角喝酒，不时拿眼睛扫上一眼叶美。老板娘头晕，在家睡觉。最后一个客人走后，姜大牙放下筷子，左手在屁股兜里掏着什么，对叶美说：小叶，你过来一下。叶美心里清楚，要发工资了，忙丢下拖把小跑到姜大牙跟前。

坐。姜大牙的钱还没掏出来。

叶美坐下了。

小叶，你来了也快两个月了。姜大牙的钱包终于掏了出来。

是的，姜大哥。我表现还可以吧？叶美对自己的表现还是比较自信的。

表现嘛，一般般。姜大牙从牙签盒里抽出一个牙签，剔着牙：拿筷子，你也吃点儿。

叶美看着姜大牙的那一口黄板牙，有点恶心，但她还是拿了筷子，随后将筷子放在桌上，手还没来得及离开桌子，就被姜大牙一把抓住了。

小叶，我觉得你还不错。

叶美一身紧张，不吭声。

姜大牙继续说：你很合我的胃口。

叶美的手被姜大牙攥得死死的，就像案板上一块即将被剁的肉。叶美的脸憋得通红，她无声反抗着，死劲往外抽，可手还是纹丝不动。姜大牙笑道：我是屠户，知道不？

叶美摇头。

姜大牙的脸慢慢凑近叶美，说：丫头，从了我吧，以后每个月加你二十。

叶美嘴里吐出一个字：不。

姜大牙说：加五十？

叶美倔强地说：不！

突然，叶美的脸上火辣辣地疼，老板娘不知何时空降到她跟前，她手里还举着一把明晃晃的刀：好啊你个狐狸精，竟敢勾引我老公？给老娘马上滚！要是再让老娘看到你，老娘打断你的狗腿！

叶美落荒而逃，分文未得。

而此时，地下室房租上涨，她只好离开。当叶美离开草城火车站一带时，顿时又失去了方向。她不知去往何处。没有目的地。兜里只剩两块钱。女人在很多时候会有一些奇思妙想，叶美的奇思妙想帮了她。她决定带着行李拿着这两元钱坐上一辆公交车，坐到哪儿就到哪儿落脚。她要从起点站坐到终点站。草城火车站旁边有个大的公交总站，叶美上了车，找了一个靠窗的位子坐下。这是一个清晨，空气中弥漫着难得的清新，往上看，天空也算空旷。路上人不多，车上的人也不多。叶美的心情略略松弛下来。她喜欢早晨，伴随着太阳的出世，会带给她一丝丝希望。而黑夜对叶美来说，却充满着不安全感和恐惧。她已没有落脚之地。叶美想：为什么自己的努力却换不来幸福，相反，却离接小宝和母亲来草城的目标越来越远呢？弹丸之地都没有，连自己都站不住脚，其他的都是无稽之谈。

也许是夜里没睡好，叶美的两个眼皮不住地打架。她将两个手臂弯成弓字形搁在前排座位的靠背上，把头放在上面，闭着眼，这样轻松了不少。耳边不时传来售票员的报站声：西河到了。太阳岛到了。光明桥到了……叶美突然发觉：这些名字，带给了她一线光明，她预感到这个未知的地方将是一个美好的地方，一个能让她活下去的地方。

再苦再难，叶美有自己的原则，那就是：绝对不会去主动死。虽然她没有太多活着的意义，但她的肩头却压着两个人：母亲和儿子。他们是她的一切。现在她暂时抛开了他们，是为了给他们一个交代，为了他们今后的生活好起来。特别是小宝，长着兔唇的小宝，人生所有的希望都在她身上了。她不仅仅是一个母亲，而且，是小宝的救世主。既然是救世主，就要受苦受难，而且毫无怨言。这么一想，一股力量从叶美的丹田缓缓上升，它们进入胸腔，在那里形成了一个光圈。这光圈五彩斑斓，叶美看得到它的光芒，这光芒甚至刺得她睁不开眼。恰好这时，终点站到了。这个终点站的名字叫做：舵落口。

叶美是最后一个下的车。她提着行李站在绿白相间的站牌前，久久凝望着"舵落口"这三个字。以前她一直不知道自己是谁，现在明白了，原来她就是一支舵，落在了这里。这里将成为她谋生糊口的地方。

这个舵落口既没有码头，也没有船只，只有这条铁路好像上嘴唇和下嘴唇交接的地方，将舵落口一分为二。两条铁轨就好像一艘船，铁轨两边的巷子就像两根桨。叶美站在铁轨上，张望着。她茫然，不知道该往哪儿挪步。铁路附近都是平房，高高低低，可现在即使这平房的房租只要10元，她也拿不出。

没过多久，一列火车疾驶而过，铁轨上的纸片和碎叶被一股风卷走。火车也是有面孔的。钢铁的面孔，从叶美面前掠过。叶美决定等火车通过后就跨过铁轨，到那边去。那边的房子更矮，更多。人潮涌动。叶美心想，就是一根针，也该有插在地上的机会，何况，她是一个人，有两只脚的活生生的女人。

离铁路不远的一户人家，门边长着一株石榴树，院子门开着，叶美朝里面张望，四合院的格局，一扇门开着，有个短发丹凤眼的女孩在清理东西。看见叶美，抬头看她，眼光里带有询问的意思。

叶美微笑着问：请问这里有没有房出租？

女孩说：有，我这间就是，下个月3号才到期。你没地儿住的话可以住进来。

叶美说：住进来？

女孩说：是啊，你可以到下个月3号再和房东谈房租的事儿，这个月的房租我已经交了，你不用交。

叶美有点不相信自己的耳朵，问：真的吗？

女孩说：当然是真的，反正房东也不退钱给我，而我又要提前走了，你干吗不白住几天呀？

叶美的行李已经放在脚边了，她说：这叫我怎么谢你呢。

女孩说：你就说是我表姐，他不会赶你走的。好啦，我要走了，这是钥匙，祝你好运，表姐！

女孩提着行李箱开始往外走，叶美有点蒙，如在梦中。环视一下房间，一张小木板床，上面有一床旧棉絮，床边有一个深红色的暖水瓶，房间一角有一个小方桌，上面零零星星地放着化妆品牙膏之类的日用品。桌子下面有一个绿颜色的小脸盆。叶美站在门口朝外张望，没有一个人影，女孩已经消失在她的视野里。多年之后，叶美回想起这一幕，依然觉得诡异，在她走投无路没有栖身之地的时候，竟然有一个女孩无意中为她作了这样的安排。在叶美看来，自己命不该绝，这简直就是上帝的安排。

好半天，叶美都没有回过神来。也许，她就像一颗蒲公英的种子，飘着飘着，就落在这儿了，她就该在这儿生活。叶美暗暗下了决心，今后无论再苦再难，即使这块地是片沙漠，她也要在这儿扎根，好好地活下去。只要有口水，有粒米饭，她就不信自己会饿死。何况她有一双勤劳的手。她想追出去找那女孩，哪怕要她一个电话，等自己今后发迹了好报她的恩。叶美这么一想，很快就追了出去，外面人潮涌动，哪里还有女孩的影子。

叶美回到屋里，关上门在木板床上躺了下来，她着实太累了。她将腿伸得直直的，腹部也轻轻吐出一口气。糊里糊涂做了几个梦，突然，梦被一阵敲门声惊醒。叶美揉了揉眼，打开门。

15

门口站着一个中年男人。鹰钩鼻，瘦黑的脸庞，高高的身材，轮廓有点儿像香港明星刘德华。他上下打量了一下叶美，眼里满是询问，嘴巴翕动着，说：你……你是谁？

叶美陡然想起"表姐"二字来，努力平静地说：我，我是她表姐。

哦，娟娟的表姐？娟娟呢？

叶美说：她出差了。您有什么事吗？

中年男人说：我是房东。下个月的房租要涨五十块，你跟她说一下。

叶美说：好的。一个声音在心里说，涨吧，涨吧，一个月最好涨一千块，干脆不让人活最好。

房东说完，并不走，眼睛像探照灯，在叶美的胸脯和大腿重点扫射了几次，说：你是南方人？

叶美说：我，嗯，是的。

房东说：娟娟是东北的呀。

叶美说：娟娟是东北的并不妨碍我是南方的哦。

房东笑了，拍拍脑袋：哦，是，是，你是你，她是她，你们又不是亲姐妹。好，有什么事喊我一声，我就在前院。

叶美极力让笑容在脸上多挂一会儿，点点头。当房东的脚步声消失时，叶美轻嘘了一口气。她有一种身处原始森林的感觉，老虎狮子一样的重量级饕餮用鼻翼在她这个弱小的兔子身边嗅了嗅，然后，摇着尾巴离开了。有人说，钱是王八蛋，但叶美还是深深热爱这个王八蛋，有了这个王八蛋，她的呼吸不用那么急促，神色不用那么慌乱，眼神也不用那么惊惶。在这个森林里，她是一个没有任何安全感的猎物。她血肉丰满、四肢蓬勃、新鲜可口。叶美再次回到木板床上，她现在的任务是赶紧编故事，编自己和表妹娟娟的故事，这个故事得在房东不经意间问起来时能对答如流。她想：我和娟娟应该是一种什么样的关系呢？她来自南方，她来自东北，她们为何要在舵落口相聚？这其中应该发生什么故事呢？她自己的身份定位应该是什么？白领？不像。服务员？钟点工、保姆？

对，我应该是保姆。叶美想。可保姆应该在雇主家里干活。她没有呆在雇主家里只能有一个原因，雇主不在家，出去疗养了。对，雇主是一对退休的老干部，他们每年都要去北戴河疗养一个月，他们疗养的时候，叶美就休息，于是，就来娟娟这儿挤一挤，就这样。

这个故事编完之后，叶美轻松了许多。石榴树、丹凤眼、短发，娟娟……叶美将这些关键词在脑子里储存了一下，然后闭上了眼睛。刚才被打断的梦里有小宝，她希望现在的梦能连上，小宝在她梦里哪怕说句话笑几声，对她，也是莫大的安慰。

房东第二天又来了，在叶美准备出门的时候。他拦在院子门口，笑嘻嘻地看着叶美。

房东说：你为什么会呆在你表妹这儿？你不是南方人吗？

叶美为这个问题笑了，是一种智慧的笑，胸有成竹的笑。叶美说：我一直在草城当保姆，在一个老干部家里。这不，老干部每年都要去北戴河疗养一个月，他们疗养的时候，我就出来找点别的事做，等他们疗养完了我再回去……

房东不等叶美说完就打断说：哦，我明白了，明白了。他挥动着的右手臂突然在半空停下了：等等……你说你在老干部家当保姆？

叶美说：是的。

房东说：那，被你伺候的人是不是意味着就是老干部？

叶美点点头，说：可以这么说。

房东说了一句令叶美瞠目结舌的话：那你伺候我吧，我一直想当干部来着。

叶美说：你？叶美被他的逻辑震惊了。原来干部可以这样来当。

房东说：怎么？不行？

叶美极力掩饰自己内心的喜悦，她觉得自己碰上了一笔大买卖，她说：伺候老干部的工钱跟一般的保姆是不同的。

房东说：多少？你以前的工钱多少？

叶美咬咬牙，吞了一口唾沫，说：每个月两千五，还加上周六周末休息。如果不休息的话，另算加班费。

房东说：那给你三千块，够吗？

叶美本来想说太够了，但她还是忍住了，没说。她极力平静下来，装作表情淡漠地说：我考虑考虑吧。

房东说：行。我看你还真是伺候老干部的，这么淡定。

叶美边往院子外头走，边回头对房东说：我出去转转，吃多了，撑得慌。

走到铁路边，叶美再也忍不住，捂着肚子蹲在地上笑起来。笑声扯着她的胃隐隐疼痛。饿极了的痛。她已经快两天没吃东西了。然而，这接二连三从天而降的喜事降临到她的头上，她怎么能不乐呢？她的笑，像雨花石，一直在口腔里滚动着，停不下来，接着，又一阵来自腹腔的刺痛袭击了她，她的笑声震落了几滴水。叶美仰起脖子看了看天，并未下雨。她这才明白，这水，是她的泪。

叶美在舵落口转了一圈之后，在黄昏到来之前回到平房。就是这么一圈路程，让她对房东的话产生了怀疑。

她对房东还不了解，不知道他的家庭情况，他有着什么样的性格，什么样的癖好，这些，对于叶美来说，简直是一无所知。对一个自己一无所知的人所说的话，能信么？叶美冷静下来，她觉得不能信。天上掉不下馅饼，馅饼即陷阱。人家凭什么给你三千块一个月？就凭你说是老干部家的保姆？

叶美摇摇头，她有点儿恨自己的愚蠢。人家的一句话，差点就让自己信了。幸好没造成什么损失。想到损失，叶美的鼻腔发出一声冷笑，损失？她还有什么可以损失呢？与其坐以待毙，还不如就着这肉身去搏一次。快到院门口时，叶美又把自己刚才要警惕的想法给否决了。她还是想搏一搏，毕竟是三千块，一个令人眼红的数字。

房东还站在叶美出去之前的那个位置等着她。

房东说：你叫什么名字？

叶美说：我叫叶美。

房东说：好名字。想好了吗？

叶美说：想好了。

房东说：答应了？

叶美说：是的。

房东说：那走吧，我现在就想当干部了。

您叫什么名字？叶美问，那语调，有点儿漫不经心。

萧剑秋。他走在前面，并不回头，好像对叶美跟在后面很有把握似的。

来到前院萧剑秋家，叶美站在客厅里，萧剑秋进了里屋。不一会儿，他出来了，换了一身军装，左胸前的兜里还插了一支钢笔。叶美想笑，忍住了。萧剑秋看看叶美，又拍了拍身上的衣服，说：像不像干部？

叶美说：像，太像干部了。

萧剑秋说：好，你先找个凳子坐下，我们马上开会。

开会？叶美云里雾里。

萧剑秋说：你这个同志，一点政治觉悟没有。开会，听不懂吗？我要做一个报告，很重要的报告。你把那个板凳搬到会议室来。

说着，萧剑秋已经在客厅坐下，他面对着叶美，桌子上放着一个茶杯，萧剑秋不知从哪变出个眼镜架在鼻梁上，他清了清嗓子，说：这个，大家注意，不要讲话，现在开会！叶美环顾了一下四周，观众只有她一个。她只好坐直身子，认真地听台上的那个人讲起来。

萧剑秋说：我国，啊，1983年，粮食总产量达，七千六百亿斤左右，比一九八二年增长百分之七以上，棉花产量，达，九千万担，比上年增长百分之二十五，工业总产值，达，六千一百四十七亿元，比上年增长百分之十点二，提前完成了"六五"计划规定的指标……

叶美觉得奇怪，萧剑秋为什么会说1983年？上个世纪八十年代对于萧剑秋来说发生了什么？萧剑秋接着说：我国城乡居民1983年人均储蓄达八十八元五角，创历史最高纪录。据中国人民银行统计，到1983年年底，全国城乡居民储蓄金额达八百九十二亿多元……

叶美突然觉得眼前的萧剑秋是个怪物，是个数字储存卡。可怕的是，他吐出的数字全部与1983年有关。叶美想站起来，远离这个年代和这个世纪，但是，她的脚好像被焊在地上一样，接着，他看到萧剑秋披着衣服咳嗽着，一步一步向她走来……叶美两眼一黑，走进了深不见底的黑夜里。

叶美醒来时，她的嘴边有一只钢勺。萧剑秋在一勺一勺地给她喂水，看到她睁开眼睛，他不住地摇晃着她的肩，惊喜地呼唤着：同志，同志！你终于醒了！你终于醒了！

叶美无力地看着他，听着他不住地说话，嘴巴不停地翕动着：同志！同志！你千万不能死，不能死！我找你找得好苦！秘密联络点早被敌人破坏了，我一直在这里等你。我原以为等不到你，没想到，你在我绝望的时候出现了！

叶美仍然不懂，也不动，傻傻地看着，不说话。

萧剑秋说：你知道吗？娟娟，你那个表妹，是个特务！她要是不走，我就准备杀掉她的。为民除害，知道吗？为民除害！

叶美感觉自己被折磨得也快疯魔了，为了尽快让他的嘴停下，她说：知道，我知道。我知道了。

萧剑秋轻嘘一口气，说：今天就到这里，你可以下班了。嗯，很开心，很开心。接着，萧剑秋伸出手，紧握着叶美的手说：叶美同志，为了不引起别人怀疑，也为了联系方便，以后我们单线联系，你的代码是M，我的是X。走路的时候，你要留个心眼，假如发现这两个符号，那就意味着有重要情况。

叶美茫然地点点头。

叶美出门的时候，萧剑秋在背后喊住了她，他从兜里掏出一百元，递给她，神秘地说：这是你今天的活动经费。再见。

再见。叶美接过钱，飞快地逃了。一个后院，一个前院。其实，她逃也逃不到哪儿去。

对于赚来的这张百元大钞，叶美怎么看怎么觉得像冥钞。放在手上，花也不是，不花也不是。总要算房租的，不如到时候再给他。这么一想，叶美心头轻松了不少，她把钱夹在床单下。

院子里除了她，还有三户人家。一个是送奶工，一个是手机修理工，一个是白发苍苍的婆婆。叶美不是太想搭理这些人。这些人，每天早出晚归的，活着就像太阳一样，乍一看，明亮耀眼，其实，日子煎熬着呢。叶美想结交的人，应该是些有身份有档次的人，在这个城市，起码有户口，有固定的不是租来的房子，有一份听上去不错的工作。

另一个叶美蹲在石榴树上看着自己。幽幽的眼神，体态中有着几分让人怜惜的柔弱。尘世中庸俗的叶美也看得见那个此时蹲在石榴树上的叶美，她体态轻盈，滤去了身体里的杂质和病态。此叶美问彼叶美：你说，我到底该怎样活？

彼叶美说：你不是活得很好么？不是现在还活着么？

此叶美说：你为什么可以活得那么轻松，跳到一棵树上面？

彼叶美说：我们是一体的。你是唐僧，我是那个拿着金箍棒的孙悟空，我经常要翻几个筋斗云到前面去打探，看有没有妖精。我看，这个大院是有妖精的，你信不信？

此叶美说：信又怎么样，不信又怎么样？

彼叶美说：有妖精的话，你的任务是要除了妖再走，以免妖精再祸害他人。

叶美回过神来，眼睛是一口没有回声的枯井。她又想起小宝的嘴。那是一只吃人的嘴。叶美要赶紧往里面填东西。来草城这么久，叶美还没有寄一分钱回去，这一百块，无论如何，也要先给儿子和母亲寄回去。她还不知道舵落口的邮局在哪儿，这是最重要的一件事。她必须尽快找到邮局，将这一张轻飘飘的钞票寄回去。叶美在床上找到那张钞票，攥在手里，一点感觉都没有。她觉得一张一百元的钞票不应该这么轻，轻得没心没肺似的。让人那么不放心。叶美的眼睛梭巡着，寻思着眼前还有没有什么值钱的东西拿去变卖了。这房子是别人的，地是别人的，桌子板凳木板床都是别人的，没一件是她的，有什么可卖呢？叶美的右手握成拳重重砸在木板床上，手背上青筋突起。突然，叶美脑子里灵光一现：她身上还是有值钱的玩意儿的。她的血。她可以把她的血从体内抽出来，想抽多少就抽多少，拿出去卖钱。女人身上的血，随卫生巾流去的不知有多少，抽那么一两次，有什么要紧呢？抽她身上的血，去补儿子小宝的血，去补她寡母的血，有什么要紧呢？几乎没什么损失。

这么一想，整个困在黑暗中的叶美看到了一丝光亮，这光亮，让她的心态渐渐平和起来。不远处的铁路传来喘息，又一列火车通过。叶美看到对面的房门上打着一个大大的叉字，突然又想起代号X。萧剑秋那里还有三千块呢，每个月。这么一想，叶美的生活简直一下子到天堂了。只要先度过这个月，以后的日子，那可是要风得风要雨得雨。

16

还真是想什么来什么。第二天凌晨五点，睡不着的叶美从小平房里出来，沿着铁路走了半天，不知怎的，七拐八拐，走到了草城舵落口居委会门口。舵落口居委会门口停着一辆灰头灰脸的大巴，分散在大巴四周的，是些拿着纸张的人，外地口音。叶美想过去看个究竟，看出了什么事儿。三十四号人渐渐围成一个圈，里面一个戴旅游帽的人举着手，手上有张纸，说着什么。等叶美走近了，才听清是献血的事儿。

旅游帽说：一定要认真填，单位一律写上草城舵落口居民。

一个浓眉男人大声说：这买卖不费力气，只要把胳膊一伸，血顺着导管流进血袋里，三百块就算到手了。

旅游帽说：对，乔国安说得很对，你看人家，演员当上了，还不用每天在外打工，日子过得多爽！大家放心，我们是正规采血，绝对安全。

叶美拿眼睛多看了几眼那个名叫乔国安的人，三十岁的样子，长得有点像明星。至于像哪个明星，叶美也叫不上来。

旅游帽说：400毫升三百块，这个价，比过去多多了。现在管得严，只报身份证号不行了。大家把表按要求填好，六点准时出发。

叶美鼓起勇气，来到乔国安跟前，用手扯扯他的衣角，说：那个啥，我想献血，不知能不能……

乔国安看了看叶美，咧开嘴，说：好事啊，正差个人呢。老毛，这里还有一个，要献呢。

旅游帽姓毛，他的视线集中在叶美身上，从上到下扫了一遍，说：行，想献，那就献吧。喏，填表。说完，递给叶美一张纸，上面写着：献血登记表。乔国安递给叶美一支圆珠笔，说：给。

村委会门口有一张桌子，叶美弯着身子在一旁填了起来。乔国安大概怕叶美弄不清表，也跟着走了过来，看着她填。看叶美填得差不多，说：别急，还早呢。

叶美直起身，轻轻舒了口气，看着乔国安，笑笑，说：今天运气真不错。

乔国安说：运气不错的应该是他们。大喇叭喊了几天，没一个报名。当地人有钱有房，谁献？你要知道，对未完成下达献血指标的村，少献血一人，罚款五百。献血指标完成情况作为年终对干部的考核内容和五好党支部的评选条件，这些村干部都怕丢官呢。

叶美感到吃惊：这个……还有指标？

乔国安说：怎么没有？没人献，干部就只好找血头了。每400毫升，血头跟居委会的报价不会低于一千块。你想，每年草城需要的血量一二百吨，哪里来？就是从我们这些人身上来。

听乔国安这么说，叶美心里有点儿接受不了。叶美卖血，想的是自己的血补到了儿子和母亲身上，可在乔国安嘴里，她的血流到了草城这一二百吨的血库里，就像屠宰场里的猪血似的。400毫升，三百块，三张纸的重量叶美是知道的，可400毫升有多少，叶美脑子里没有概念。只听乔国安又说：卖血，比当小姐还容易，当小姐是撩裤子；卖血，裤子都不用撩。不过，血卖长了你就明白了，也会上瘾。让人把针头插在你身上，刚开始是微微的疼，后来是痒，让你舒服的痒。针头插在你身上，你才会想起自己和这个城市之间的联系，那种血脉相承的撕痛感……

叶美脑子里此时有一双手，将那还没到手的三张钞票数了无数遍。在老家，三百块，够儿子和母亲用上好一阵子了。接下来，叶美还会源源不断地赚钱，寄回家，就像她体内的鲜血也在源源不断地生长一样。只要活着，只要不死，身上就会有血，就可供她的亲人们好好活下去。其他的又有什么关系呢？那个想当干部的代号X是萧剑秋，眼前这个卖血上瘾的蹲在电影厂门口的乔国安……

叶美在草城附一医院抽完血，有400毫升，然后，在医院的蓝椅子上靠了五分钟，头有点晕，恶心，想吐。就是这五分钟，叶美还做了一个梦，梦里，儿子小宝张着一张血盆大口在哇哇大哭，边哭边往外吐血。叶美的母亲在一边哄着。叶美也在那个梦里面，在河对岸，看着儿子哭，自己就是过不去。越过不去越着急，急着急着，就醒了。

不一会儿，乔国安也出来了，乔国安的脸有点黄，他问叶美抽血之前喝水没，叶美说没有。乔国安说，你真傻，那抽的可都是真枪实弹呀。叶美说，我没经验，哪知道要喝水。乔国安叹了口气，说，我以为你知道，要是早知道你不知道，我肯定要告诉你的。不过，下次你就知道了。叶美说：下次？下次我在哪儿找你们？乔国安说：对了，你记一个电话号码。叶美说：你的电话？乔国安说：是我地下室老板的公用电话，他会转达。对了，你最好告诉我你的电话，我好通知你。叶美说我没有。乔国安说：那我怎么找你呢？叶美说：等我回去看附近有没有公用电话，有的话我再联系你。乔国安说好。

叶美觉得再也没别的事，没别的事的话，就和乔国安告辞。乔国安笑起来，说：你真伟大，钱还没给呢。叶美这才想起血头的钱还没发呢，她拍拍脑袋自嘲道：我真傻，还学雷锋呢。乔国安说：可不是。叶美于是在乔国安旁边的蓝椅子上坐下来，呆呆地看着天花板。

血头老毛终于出来了，他向簇在他旁边的被抽过血的人招招手，示意大家跟着他。叶美跟着来到医院院墙边的走道，只听血头老毛说：我念一个名字，大伙儿就到我这里来拿钱。因为抽的数量不等，钱数是不同的。大伙儿别吃醋。下面有人哄笑，说谁吃这醋呀，那不是疯了么。叶美竖着耳朵终于抓到自己的名字，她从老毛手里接过三百块，激动得手有点儿颤抖。转身时，她没有再回到原先的队伍，而是径直向医院门口的公交站台走去。

在邮局寄了钱，坐了十几站路的公交回去。一眼就看见X，也就是萧剑秋，站在院子门口。萧剑秋看见叶美回来，脸耷拉着，浑身上下透着不高兴，冷冷地说：你去哪儿了？不知道今天上班？叶美说：我去抽血了。萧剑秋并没有太多吃惊，说：抽血？你的血挺多的，是不是？你怎么不把身上的血抽光了再回来？叶美看了看天，说：还早呢。萧剑秋说：还早？赶紧开会！大家都等着呢！听萧剑秋说大家都等着，叶美心里有点慌。大家，大家是谁呢？于是跟着萧剑秋赶紧到了前院。门敞开着，萧剑秋布置了一个铺着红桌布的主席台，下面放着一排小板凳。萧剑秋叫叶美坐下，他也在主席台上坐下，手指敲击着桌子，说：开会了，开会了，大家肃静，下面请萧主任讲话，鼓掌欢迎！

叶美坐在下面的小板凳上，对萧剑秋有些怨恨：大家都等着，什么大家大家的，就是这些桌子板凳。他们这些有钱人，生活无聊，只知道和她这种穷人寻开心，逗乐子。她有这份心情吗？寻思间，萧剑秋萧主任的声音已经在前院响起来了：新华社报道，最近举行的全国计划生育工作会议决定，国家干部和职工、城镇居民一对夫妇只能生一个孩子；农村普遍提倡一对夫妇只生一个孩子，要求生第二胎的，必须经过审批……

叶美听萧剑秋讲计划生育，吃了一惊。再看他正襟危坐的样子，叶美想起一种人：电视台的新闻联播主持人。难道萧剑秋以前就是播音员？为何他一坐在主席台上就变得口若悬河，滔滔不绝？

萧剑秋的报告没有丝毫停下来的意思，他喝了一口水，接着说：新华社报道，1983年，我国个体工商业发展较快。到1983年年底，全国个体工商业已发展到五百八十多万户，七百五十多万人。与1982年底比较，城镇个体工商户增长百分之五十三，农村个体工商业者增长百分之一百九十……

大概看到叶美的眼神不对，萧剑秋停了下来，盯着叶美，说：叶美同志，你说说看，今天会议的主要内容是什么？叶美没想到萧剑秋会检查自己，脑袋霎时一片空白，说：我……我……

萧剑秋很生气，将茶杯不停地跺着桌面，说：你们这种小同志呀，就是自高自大、目中无人，今天的会很重要，我是代表党中央传达重要的会议精神，你们在下面不听、不记、不想，怎么回去贯彻落实呢？啊，不是我说你们，这样下去，是要吃亏的，是不好的！

叶美无语。她心里很多事，一团乱麻一样。对于这种开会的工作，叶美觉得简直是糟透了，虽然每天能赚一百块，可这钱，就像是大风刮来的，拿在手里不踏实，怕哪一天还会被更大的风刮走。叶美不想过这种提心吊胆的日子，要么弄清楚事实，要么离开。叶美从小板凳上站起来，指着萧剑秋，说：你到底是谁？你为什么成天讲上个世纪的废话？讲这些废话到底有什么意义？你知道吗，你在浪费我的生命！

萧剑秋愣住了，看着叶美，然后，两行泪无声从眼角淌了下来，声音慢了半拍，他哇哇大哭，边哭边说：我难道没有给钱你吗？给你，一百块！你在外面能赚一百块吗？浪费你的生命？那又是谁在浪费我的生命？我靠，老子受够了，老子不活了！

叶美胸中一直有个土包，里面埋着什么她自己都不知道，萧剑秋的咆哮，让叶美知道那土包里埋着的是什么了，是炸药。引信露在外面呢，被他点燃了，火光灼灼。叶美的声音不比萧剑秋的小，她说：你以为你有钱就是老大是不是？就能搞定一切是不是？你以为给一百块很多是不是？老娘今天出去几个小时就赚了三百块，三百块！你给我听好了！老娘只要想赚钱，都不用撩裤子！

萧剑秋愣了几秒，哈哈大笑起来，说：不用撩裤子？你卖血算什么本事？谁都会卖！你这种人就是傻子，你以为你卖血就是聪明啦？你今天卖血，明天后天又要花更多的钱从人家那里买回来！你以为你赚了是不是？啊，你这是自己不拿自己当人看！

叶美胸中的那个土包硝烟弥漫，她不想让自己停下来，她要用语言作为武器，她说：老娘乐意，老娘多的是血，老娘每个月有五天要用卫生巾，懂吗？卫生巾！那上面全是老娘的血！老娘把它们丢到垃圾堆，老娘不稀罕！

倒是"卫生巾"三个字把萧剑秋给唬住了。他也许确实不懂。两人都累了，好半天都没吭声。过了一会儿，叶美在小板凳上重新坐下来，说：开会吧，萧主任，继续……

萧剑秋也坐了下来，端起茶杯呷了一口，说：新华社报道，胡耀邦最近就十三陵国营林场工人刘国生承包一千五百亩荒山造林一事指出，国营林场工人承包荒山造林是加快绿化祖国的一条极好办法。说完这句话，萧剑秋就不再说了，叶美看着他，说：接着说呀萧主任。萧剑秋说：今天就开到这儿，散会。这一百，你拿去吧。

叶美看着萧剑秋，他的右手衬着硕大的头颅，像一座思想者雕塑。

在萧剑秋家里做着一份无聊的开会的工作，而且，这份工作是日结工资，每天一百块。等钱摞成一摞的时候，叶美心里有点儿慌。她怕萧剑秋又把给她的钱要去。叶美寻思着找个机会离开萧剑秋，搬家，最好搬到一个他不知道的地方。但搬到哪里呢？叶美又不知道。她突然想起那个卖血的乔国安。叶美找出乔国安的电话号码，打过去，那边果然是个公用电话，女人的声音，她问你找老乔有什么事，我转达。叶美说：你就说有个叫叶美的打电话了，问什么时候献血。女人说：好。他一般晚上八点要到我这里买烟。你那时打一般能碰上。叶美说：好，那我八点再打。

从萧剑秋前院下班回到自己的小平房，叶美不住地看电子表。看看时间差不多到了，她便出门去找公用电话。公用电话离得倒不远，老板顺带还摆了一个小炉子，炉子上放着蒸笼，蒸笼里传来馍馍的香味儿。叶美准备先打电话，然后买上两个馍，解决晚饭。

老板是一位高高瘦瘦的老爷子，很有精气神，他问叶美：你好像是刚搬来的吧?

叶美看了看,半白的头发,七十多岁样子的老头儿,于是说:是啊。

老头儿说:你住那个小院?

老头儿的话提醒了叶美,为什么不向这个老板打听一下萧剑秋呢?如果他是本地人的话。叶美笑着说:我住萧剑秋家里。

老头儿说:萧剑秋?不认识。

叶美心里一惊,说:您是本地人吗?

老头儿说:我今年72,加上呆在娘肚子里的十个月,我可是在这草城呆了快七十三年了。你在这附近打听打听我韩老爷子,没有不知道的。

叶美说:这就怪了。萧剑秋就是后面那个院里的,有石榴树的那个院,房东。

韩老爷子说:反正我没听说过这个名字。要说那个有石榴树的院,我知道,房主可不叫萧剑秋,叫牛大富。牛大富他爹死得早,对了,好长时间都没见着牛大富了。这孩子,去哪儿了?

叶美心里仿佛有块巨石,飞速地往心谷里下沉。原来,萧剑秋是个冒名的房东,那真正的房东牛大富去哪儿了?失踪?被杀?为什么失踪?被谁杀?想到这儿,叶美握电话听筒的手微微颤抖起来,她舒了一口气,极力稳住自己,然后拨了电话。电话果然是乔国安接的,乔国安在电话那头语气显得很轻松,说:叶美,怎么现在才想起给我打电话?昨天我刚抽了回来,400毫升。

叶美说:乔大哥,不,不是这个事,你能不能到我这里来一趟,现在……

乔国安有些诧异,说:怎么啦?

叶美说:你如果不方便来,你告诉我你住在哪儿,我去你那儿。

乔国安还是不明白,语气里有些犹豫和迟疑,话在电话线里传得有点儿断断续续,他说:叶……美,……你这是……怎么……

叶美笑笑,说:乔大哥,你别误会,你说,你来不来吧?

乔国安说：好，我去，你告诉我地址。对了，你好像在舵落口，那地方我知道，到那儿了我上哪儿找你？

叶美说：还是居委会门口吧，我在那儿等你。

乔国安大概意识到什么了，说：行。那就这样，我马上赶过去。别急，别怕。

在乔国安赶来之前，叶美不打算回自己住的地方了。但是，潜意识里，她又想寻找一点蛛丝马迹。一个在萧剑秋家附近住了七十多年的人，从没听过他的名字，这是一件可疑的事情。无疑，萧剑秋是可疑的，甚至比她自己都来历不明。这么说，牛大富是萧剑秋给杀死的？没有什么亲人的牛大富，被房客萧剑秋给杀死，然后，房客萧剑秋自己做了房东？不过，这可能吗？

然而，叶美在追问自己的同时，还是感到了一种摇摇欲坠的不安全感。也许，身在异乡的独身穷困女人都有这样感觉，哪怕一丝一毫的风吹草动也会让她们惊悸和不安。可乔国安就能给她安全感吗？她了解他吗？除了他的名字。叶美突然觉得自己有些唐突，把乔国安叫过来，能解决什么问题呢？只不过，她可以和乔国安谈这些事，叫他帮她分析分析，可分析之后呢，她怎么办？

当然，她可以一走了之，可这里每天一百元的工资，对她来说还是有着巨大的吸引力，她不想就这么走。要是每天能有这一百块，要不了几年，她就可以带小宝到草城来做手术了。小宝做了手术，就可以当个堂堂正正的男人，就可以读书可以恋爱娶媳妇了。

所以，叶美在乔国安到来之前，还是准备回自己的住处一趟。她想仔细观察一下那间房，有没有什么蛛丝马迹，或者，她可以直接去萧剑秋所在的前院，问他认不认识牛大富，让他在突如其来的问题面前目瞪口呆。想到此，叶美的腰杆子伸直了许多，如同即将赴刑场的战士，胸中充满着正义和豪情。

果然，叶美在自己所住平房的墙壁上，发现了芝麻大小的一点血迹，红褐色的。看着这枚芝麻小的血迹，叶美的心，扑通扑通急切地跳了起来。她脑子里已经出现一场混乱的打斗：牛大富紧抱着自己的头，靠着墙壁歪着倒了下去，嘴角流着血。萧剑秋的眼红红的，他的右手握着刀，步步靠近牛大富。

叶美抬起头，她的眼珠差点夺目而出。萧剑秋握着刀，真的站在门口看着她。

你……你想干什么？叶美在短暂的慌乱后，镇定下来。

萧剑秋把门关上，从门后面拿起一块石头，笑笑说：我记得磨刀石搁在这里的，果然！你怎么啦？

叶美看着萧剑秋把磨刀石放在刀上，径直走出屋，腿不自觉间软了。

门外传来萧剑秋的歌声：磨剪子嘞，戗菜刀——

叶美从床底下拿出装了身份证和钱的包，连门都顾不上锁，飞快地跑出小院。一列火车逆向而来，风，将叶美的衣襟撩了起来，她也顾不得整理，一双脚自顾自地朝前奔。

乔国安第二次出现在叶美面前的时候，穿了一件深红色的毛衣，毛衣有点灰扑扑的，两个袖子还起了小白球。叶美看看天，觉得他有点怪怪的，还是忍不住问：你是不是很冷？

乔国安双手交叉抱在胸前，说：有点儿。

叶美说：天不冷啊。

乔国安说：我觉得有点冷。

看乔国安有些滑稽的样子，叶美忍不住笑起来，说：你是不是从小就怕冷？

乔国安严肃地摇摇头，说：不是，就是今天有点冷。

叶美固执地说：今天不冷啊。

显然，乔国安不想继续这个话题，说：什么事，这么急？他又看看天，说：去你屋里说吧，外面冷。

叶美问：你吃饭了吗？

乔国安说：吃了一个肉夹馍。

叶美说：这么一个大男人，就吃一个肉夹馍？吃得饱？

乔国安有点不耐烦的样子，说：饱。走吧。

叶美不好多说什么，她感觉乔国安有点站不住的样子，心想，还是把他带到屋里坐着说话吧。其实，叶美没打算带乔国安到自己的住处去的。但现在，在外面站着说话确实也不方便。

又一列火车经过，乔国安朝滚动的车厢吐了一口浓痰，说：他妈的，这些人成天往哪儿跑，不待在家里！

叶美好笑，说：你不也没待在家里吗？

乔国安说：我不待在家里是没办法，是老婆在这里。要是老婆在家，我来个屁！就是八抬大轿我都不来！老婆孩子热炕头，我喜欢这种日子。

叶美说：那……你们两个呆草城，把孩子丢家里了？

乔国安说：孩子她爷爷奶奶带。来草城干吗？以后在哪儿读书？借读费吓死人。

说着说着，两人到了小平房。乔国安看看院子里的石榴树，说：这树怪漂亮的。

叶美说：当初，我就是看着这树漂亮，就不自觉地走进院里来了。来，进来坐吧。

乔国安进了屋，看屋里也没多的板凳，就在床上坐下了。他的手在床单上摸了摸，说，这么硬的床，要是在老家，可以到稻场上拉捆草垫上，柔软得很。说吧，叶美，叫我来是……

叶美起初站在床边，站了一会儿，觉得别扭，就在床的另一端坐下了，叶美撩了撩刘海，说：一件大事。说着，叶美起身，在那枚芝麻大的血迹前站住，用手指着它，对乔国安说：乔大哥，你看，这是什么？

什么？乔国安也站起身，拿眼睛凑近看，没什么呀，这是个红点。

叶美说：是红点，血点。

乔国安一惊，后退一步，看着叶美，说：什么意思？

叶美拉乔国安重新在床沿坐下，说：你相信吗？我的房东杀了以前的房东牛大富。

牛大富？这名字好像有点耳熟。乔国安说。

是不是？有点耳熟是不是？那就对了。我这个房东叫萧剑秋，今天我在街坊那里打听，说房主根本就不是什么萧剑秋，而是牛大富。

乔国安说：那牛大富呢？

叶美说：牛大富失踪了。

乔国安说：你怎么知道牛大富失踪了呢？你怎么知道萧剑秋就不是牛大富呢？

叶美的头有点晕。她呆呆坐着，不知道下面该说什么，该做什么。想了半天，她决定先了解了解乔国安，看看他到底是个什么样的人。

乔国安倒先发话了，说：你了解我吗？

叶美说：我不了解。

乔国安说：我来草城快三年了。是来找老婆的。老婆和一个包工头跑到草城来了。起初我每天在草城的建筑工地找，找了大概三年，没一点影儿。

叶美有些焦急，问：那后来呢？

乔国安说：后来我有点心灰意冷，于是我想起我年轻时候的梦，当演员的梦。我决定换一种生活方式，寻找自己的人生价值。我每天蹲在草城电影厂门口，等着当群众演员。

叶美说：当上了吗？

乔国安说：虽然这种机会不多，我还是当上了。一次是冬天光着上身跳河，一次是剃了光头挨打，电影里没个正脸，但我毕竟上了。

叶美问：赚钱多吗？

乔国安说：不多，当一次五十块。不过，电影上好歹留下了我的影子，这可是珍贵的历史资料。说完这些，乔国安有些心不在焉，他说：我口渴，想喝水，你这里有水吗？

叶美说：有。开水瓶里还有一点。叶美一边说一边蹲下身子给乔国安倒开水，只听身后扑通一声，叶美一扭头，看见乔国安栽倒在地，面色苍白。叶美慌了，忙将乔国安抱到床上平躺着，正准备跑出去打120急救电话，乔国安在身后拉她的衣边。乔国安说：别，别叫医生，没事儿，我躺会儿就好了。

叶美急得直跺脚，说：这是怎么啦，怎么啦。怎么这样，怎么这样……

乔国安的声音很微弱，就像风中飘摇的烛火，他缓缓地说：我知道我自己，没事的，没事的……你让我躺会儿，我好些……再走。

叶美点点头，他坐在床头，把茶杯递到乔国安嘴边，想叫他喝点水，乔国安已经睡着了。这个时候，叶美的脑子一片空白，她看着沉睡中的乔国安，他嘴边硬硬的胡须碴儿，还有他发黄的脸，有一种悲从中来的绝望。心底里，她把乔国安和自己归到了一类。

院子里陆续传来其他租户洗漱的声响，叶美静静坐着，什么也没想。夜幕像一首歌，不知是哪个无名歌手唱起的，一下子，歌声就传遍了世界的每一个角落。

17

半夜，乔国安醒来，发现脖子边有一双脚。他身边睡着一个女人。乔国安有点不相信自己，揉了揉眼睛，大概想喊老婆的名字，叶美从床上爬起来，扯了灯，雪亮的光线下，乔国安看清是叶美，有些尴尬。叶美说：你醒了？没事吧？

乔国安说：没事。我知道是怎么回事，这个月抽血抽猛了点儿。

叶美说：干吗那么玩命呢？又不是抽自来水。

乔国安说：人在江湖，身不由己。有时把握不住自己。

乔国安从兜里掏出烟点上，他叫叶美靠在床头，两人坐着拉家常。叶美也闲得慌。

叶美说：能说说你老婆么？

乔国安吐出一口烟，说：有什么好说的？贱人一个。

叶美惊讶：贱人？

乔国安说：水性杨花，家，家不管；娃，娃不管。跟人家男人跑了。你说，我是不是没魅力，吸引不住我家老婆？

叶美认真看了看乔国安，说：有魅力，你咋没魅力。

乔国安说：再怎么差，我也是我们村里为数不多的高中毕业生。

叶美：你是不是这么多年还没放下你老婆？

乔国安说：放下了，早放下了，我就当她死了。

叶美说：既然你放下了，咋不回老家好好过自己的日子呢。

乔国安说：想过，中途也回去过，好像不适应了。还是觉得草城好。就是当一个地老鼠，也比呆在老家要死不活地好。叶美，你也帮我留个心，特别是长着虎牙的女人，帮我留心一下。

叶美问：还有呢？

乔国安说：没了，她就是长两颗小虎牙。

叶美在心底里叹了口气：这个长着两颗小虎牙的女人，不知道她男人还这么牵挂她。嘴上不说，可心里还为她留着位置。同时，叶美也在心里叹自己不值，没人疼没人爱，家里没真正的能担当起生活担子的男人，老的老小的小。需要她像钢筋铁骨的男人一样往前冲，还不能倒下。

人在后半夜，各方面的抵抗力是最微弱的。叶美和乔国安迷迷糊糊断断续续地说着话。

乔国安靠在床边，看着叶美；叶美看着乔国安，也没说话。乔国安将自己的脚伸进叶美的屁股下，不拿出来。叶美没有抵制，她干脆靠着另一头的床架，闭着眼，但耳朵还是竖立着。

乔国安说：叶美，你这么年轻，干吗一个人在外面这么遭罪？又是打工又是抽血的？你男人不疼你？

叶美说：我没男人。

乔国安说：男人呢？

叶美说：男人走了。儿子刚出生时像个怪物，把他吓走了。

乔国安说：儿子怎么啦？

叶美说：儿子是兔唇。

乔国安的拳头狠狠砸在木板床上，眼里有了潮湿的雾：他妈的，不是人！要是让老子看见他，老子一刀捅死他！

叶美笑笑：以前我恨他，现在不恨了。他和我还有儿子没这个缘分。我自己结的苦果自己去咽。

乔国安突然跪在床上，爬到叶美跟前，一把抱住她，哭嚎着：叶美呀叶美，我们怎么都这么苦的命哪！这么多年，我过的人不人鬼不鬼，你说，我是为了什么呀！

叶美不说话。

乔国安的眼泪好像决了堤的江水，堵不住。叶美只好让他的头搁在自己的肩头，由着他哭。哭声里，时不时有火车喘着粗气经过，把叶美微弱的呼吸压制住了。不一会儿，院子里有了别的响动，送牛奶的起来了，还有老婆婆的咳嗽。乔国安渐渐安静下来，他脸上的泪水仿佛也在峭壁一样的脸上静止了。他拿胡须摩挲着叶美的脸，叶美的脸一阵刺痛，但很快她有了一丝快感。叶美把自己的身子平着放好，任乔国安躺在上面。好半天，乔国安都没动静。叶美无意中触摸到他的手，冰凉冰凉的。叶美吓得一声尖叫，忙推开乔国安的身子，手指在他鼻下挨了挨，起身，又将乔国安背起来，鞋都顾不得穿，疯了似的朝院子外面跑。

乔国安睁开眼睛的时候，眼前一片白。他愣了一下，再看四周，发现叶美正趴在旁边的床头柜上睡觉。昨晚，叶美光着脚背着乔国安出院门，又打车将他送到医院，总算把这个男人交给了医生。药用下去了，呼吸平稳下来了，医生说不碍事了，她才敢闭会儿眼。至于什么医院，叶美连名字都不知道，当时只知道叫的哥开到最近的医院门口。这最近的地儿，也花了二十分钟。

乔国安昏迷抢救的过程中，值班的医生给叶美分析了很多，他说：你老公是大脑一时性缺血、缺氧引起的短暂意识丧失，还有可能是脑部异常放电造成的癫痫。他大小便失禁了吗？平时的血压高不高？有没有心脏病？有没有贫血？有没有脑血管疾病？

叶美说：这……我不知道。

医生说：你这当老婆的，完全不合格。

叶美本来想说自己不是他的老婆，但是，觉得过多的解释也没什么用处，还是懒得说罢。她跑化验科、药房、收费处，等等，最后，兜里的五百块一分不剩，手里只剩下一摞检查单化验单。叶美想，不是老婆，哪有这么花钱的。

乔国安闭着眼又躺了会儿，病房里其他的病友发生的声音惊醒了叶美，叶美醒了，她揉揉眼。几乎在同时，乔国安也看到她了，乔国安抿着嘴唇笑笑，说：叶美，谢谢你了。

叶美说：你醒了？饿不饿？我去买早点你吃。

乔国安准备下床，说：还吃什么早点，这里不是人呆的地方，多呆一分钟多要一分钟的钱。

叶美上前按住他，说：既然病了，就把病看好，不要在乎这个。说完，叶美感觉自己的声音越来越低，到底腰里不硬，没钱，有些心虚。乔国安心粗，没注意，或许故意装作没听见，拉起她就往外走。一个圆脸护士端着托盘进来，说：这是咋的啦，要打针了，快躺下。乔国安马上对护士换了一张加了白糖的面团样的脸，说：去趟厕所就来。

走廊里，叶美的手被乔国安紧紧攥着，他带着她下楼梯。叶美的心因为下坡的速度狂跳。很快到了医院一楼广场的花坛边，叶美甩开乔国安的手，说：你这是干吗呀？乔国安说：再不走，就走不脱了。你身上有钱吗？叶美说：没有，还有两块。乔国安说：这不就结了？你的思维有问题。身上有什么不舒服，或是病了就上医院瞧，这是富人们的事儿。咱们是穷人，穷人，懂么？穷人就要学会忍着，让身子骨自个儿在那里作斗争，自生自灭。这次上医院给我花的钱下次我还你，再以后可不许给我在医院里乱花钱。

叶美气不打一处来，说：那我就见死不救？

乔国安笑道：放心，死不了。看把你吓的。他看看医院大楼上的钟表，说：不早了，我们就此别过，下次来我还你钱。三百块，够不够？

叶美一听乔国安说三百，急了，大声说：什么三百块？五百块！

乔国安说：真是要了我的命！叶美，你这是坑我知不知道？你想想我抽血的时候，那么一大袋子血，才三百块，现在就来医院这么一小会儿，就要了我500！这世道太黑了！

叶美看着乔国安的红毛衣，褪了色的红，加上他脸上的黄中带白，内心里有了一丝厌恶。叶美不喜欢穷人，穷人看上去都是那么贫困、潦倒，都那么小气，没志气。叶美想早点离开乔国安，好像她早点离开乔国安，就能马上离开贫穷一样。

这就是乔国安和叶美十年前的一点破事儿。

18

叶美和周雅琴正要出小公园的院子，一辆黑色的桑塔纳停在了周雅琴面前，车窗里伸出一个脑袋，一个光头男人，黑黑的，朝周雅琴打招呼。周雅琴径直上了车，连招呼都忘了和叶美打。叶美心里说：不就是个姘头么。

回到麻将馆，见贾大华还没走。不仅没走，还提着热水瓶挨个儿给牌客倒水。各个客人杯子里的东西大不相同，有的漂浮着几粒枸杞，有的则是胖大海，还有的是罗汉果。看来，对付秋燥，大家都怀揣心思各有一套自己的小九九。有人说，哟，老师给我们倒水，怎么担当得起？还有的开始笑话叶美，说叶美的魅力怎么这么大，大得劳起了贾老师的大驾。贾大华也不反驳，偶尔笑笑。倒完茶，就回到沙发上，和叶美对坐着。叶美拿手慢慢地捶腿，也不说话，两人偶尔交换一下眼神。

贾大华说：昨天听你们说到一个叫乔国安的人，那可是个大明星，你认识？

叶美说：嗯哪。他还欠我五百块呢。

贾大华说：人家大明星欠你五百块，谁信？

叶美瞟了一眼贾大华，说：信不信由你。

贾大华看看叶美的腿，说：膏药贴了也不管用？

叶美说：好些了。

贾大华说：你这样太累了。要不，别干了。

叶美说：不干吃什么？

贾大华说：去做保姆也比这强，做保姆一个月也有两千。

叶美从口里吐出一口烟圈，说：做保姆？人家不嫌弃我我还嫌弃人家呢。我又抽烟又喝酒，谁家受得了这个？

贾大华摇头，说：还真的受不了。

叶美的手放在膝盖上，缓缓站起来，说：所以，还是得留在这儿。我只适合在麻将馆里干。

贾大华说：要不，去我们学校食堂？我去说说。

叶美说：食堂有这里热闹吗？我又不是没在食堂干过。

贾大华说：没有。卖饭的时候有这热闹，可卖饭的时候，还不能说话。

叶美说：那我干不了。

贾大华很生气，站起来往门外走，说：爱干不干，是你的事，我走了。今天老婆回来吃饭。

叶美愣了，印象中这是贾大华第一次这样对她说话，她又一屁股坐在沙发上，将烟猛地抽了一口。贾大华很少对叶美提老婆，现在，当"老婆"二字从贾大华嘴自然地说出来时，她心里有点儿梗。她猛地抽了一口烟，将浓烟锁在自己的喉管里，由着它们在里面挣扎、翻腾。叶美唯独能够掌握的，就是这烟的命运。她抽它，她吞它，她吐它。招之即来挥之即去，她是它的上帝。

陈吉已经坐在湘菜馆等贾大华了。这是今年他们第一次在一起吃饭。陈吉在贾大华眼里是个能力出众的人，但不是一个女人。坐在陈吉对面，贾大华感觉是在和哥儿们一起。

陈吉说：贾大华，今天打牌手气怎么样？赢了，还是输了？

贾大华对这个问题没有兴趣。赢了如何，输了又怎么样？没有意义。再说，他打牌也没太在意输赢。他和老婆是经济收入是分开的，各花各的，各存各的，遇到需要一起花钱的，就AA制。对于今天到底谁请客，贾大华心里没有底。潜意识里，他今天不愿意花这个钱。贾大华并不看陈吉，他淡淡的，不想说实话，说：今天没打。

陈吉说：哦，那怎么看见你从麻将馆里出来？

贾大华说：从麻将馆里出来并不意味着一定打牌了。

陈吉说：哦，不去打牌，那你去干什么了？

贾大华突然意识到自己的话会让人找到破绽，他说：也可以是去推虾子。

"推虾子"是看别人打牌的意思。贾大华不想让陈吉误会。陈吉今天好像闲得发慌，非要问出个子丑寅卯，她看了看贾大华，说：我感觉你最近变年轻了，有活力了。

贾大华反问道：是吗？

陈吉说：是。

被陈吉窥破了内心秘密的贾大华有点儿不高兴，他又不能表示出来，见菜已经端上来了，说：今天谁买单？

陈吉说：我。我庆祝你变年轻了。哎哟，怎么又点了麻豆腐？看着就恶心。

陈吉恶心的事儿，贾大华就快乐。贾大华配合着陈吉，他越来越觉得两个人是木偶，觉得很好玩，忍不住笑起来，说：看来还真是变年轻了，我怎么不知道呢。

陈吉给贾大华倒了一杯酒，给自己也倒了一杯，两个人推杯换盏地喝了起来，喝完吃完后，贾大华习惯性地叫服务员拿两个方便盒将剩菜打上包。陈吉说算了，今天吃都吃了，还打什么包。贾大华说丢了可惜了。包打上后贾大华买了单，然后叫陈吉先回去，自己去麻将馆拿丢在那儿的茶杯。老婆看了看桌上的茶杯，笑笑，说，你去吧。想打几圈的话，就打。

贾大华提着打包的菜，一边走一边在心里骂自己贱。这是咋的啦，就这么贱。人家对自己也不热乎，可心里就惦念着人家吃了没有，饿着肚子没有，心里高不高兴什么的，与自己有关系吗？八竿子打不着。脑袋里这么想着，可脚却好像是另一个人的，笔直地朝大宝麻将馆走去。

贾大华大概夜里十点回到家，陈吉还在客厅看电视。她的脚翘在茶几上，手不住揪着方盒里的纸巾。陈吉喜欢看韩剧，吃喝拉撒睡五个字，她每一样都不落下。这也许是职场中人的通病吧，自己的生活全部投入了工作，生活囫囵吞枣，所以，通过别人的生活来弥补和丰富自己的生活，这也算满足了女人的某种心理需求。电视屏幕上恰好出现一个穿保安制服的男孩子，这一个镜头突然提醒了贾大华，贾大华想起叶美的儿子小宝，工作的事曾托付于他，便脱口而出：你们写字楼还在招保安吗？

陈吉翻了翻白眼，说：你记性挺好的。应该还在招吧。你帮谁问？

贾大华本来想撒谎说哪个朋友托付，后来觉得自己的朋友圈是经不住陈吉追问的，干脆直截了当地说好，便说：麻将馆叶美的儿子小宝想找个保安的事儿做，农村孩子，能帮就帮帮他。

陈吉说：哟，你倒挺有同情心的，我以前怎么没发现？你自己的儿子没见你关心关心，倒心疼起别人的儿子来了。农村孩子？农村孩子多得去了，你管得过来吗？我看，你还是心疼孩子他妈吧。

贾大华说：话别说得那么难听，凭良心说，我没做过对不起你的事。

陈吉大概意识到自己也过于尖刻，顿了顿，说：我明天上班到物业问问。有消息我短信你。

贾大华说：那我谢谢你了。不早了，你也早点睡吧，明天还要上班呢。说完，贾大华走进自己的卧室，连脸都忘了洗，就上了床。陈吉扭头看看贾大华关上的那扇门，视线继续停留在电视屏幕上。

虽然家里客厅里放着韩剧，但贾大华还是觉得家里静得慌。本来，都夜深了，人静也是正常不过的事情，可贾大华觉得这个家没有一点烟火气。没孩子的声音，没油盐酱醋锅碗瓢盆交响曲，贾大华觉得自己的日子成天飘在云端里，就是那一朵朵乌云。说不定哪天，那乌云里撕裂几道闪电，又砸下瓢泼大雨来。日子过得没着没落的，没有安全感，也没有踏踏实实。很多时候，贾大华猜不透陈吉，这个女人，脑子里到底想什么呢？贾大华看人是一眼准的，他明白，陈吉不爱他。可既然不爱，为何还要和他在一个屋檐下过日子呢？再说，三十如狼，四十如虎，到了这个年纪，哪个女人不关心房事？可她不，就像庙里的居士，心清欲寡，在贾大华面前，在这个家里，没一点女人的娇媚和柔态，弄得贾大华只能把她当哥儿们。可是，即使是哥儿们，她也是不称职的。人家哥儿们可以无话不谈，可以一起大口吃肉大口喝酒，可以彻夜长谈，可以两肋插刀。可他们，算什么呢？贾大华躺在床上，像一条死咸鱼一样，懒得翻身，他想早点入梦。

第二天，陈吉果然发来短信，说物业还在招保安，叫叶美的儿子马上去物业面试，带上身份证。贾大华忙打电话告诉叶美，叶美在电话里千恩万谢，听着叶美的那些恭维话，贾大华也烦，他说：行了，行了，不说了，我还要上课。

叶美向王颂请了半天假，将儿子小宝送到陈吉公司所在的物业，面试通过了，办了相关手续，保安经理叫小宝现在就留下来，从今天开始上班。小宝显然还没有思想准备，说家里的东西还没拿。叶美心里的石头落了地，说：拿什么？这里穿的吃的都是公司的，你还要拿什么拿？

小宝有些倔，说：反正我要拿东西，反正我要拿。

叶美恨不得抽小宝两耳光，心想这孩子怎么这么不懂事，好不容易找个工作，还这么不珍惜。保安经理好像也觉得自己办事太急了，说：那今天回去拿，明天上班也行。明天来了，就不能再扯这理由那理由了，好好干，年轻人。

叶美忙赔了笑脸感谢人家领导，又当着领导的面狠狠训斥了小宝一顿，这才牵着小宝一起告辞。在坐地铁时，地铁里的人山人海，叶美又把这个作为例子将小宝教育了一回，叶美说：你看，草城的人多不多？哪个不想找个好工作？可是，这工作偏偏给了你，所以，你要好好珍惜，好好干。

小宝一副无所谓的样子，说：好好干，结果怎么样呢？保安的上面是什么？

叶美说：经理呀。

小宝又问：经理的上面呢？

叶美想了想，经理的上面是什么呢？总经理？董事长？好像又不是一条线的。小宝见叶美答不上来，说：你都不知道上面是什么，我怎么努力奋斗呢。

叶美和小宝好不容易被后面排队的人挤进了地铁，身体差点挤成了相片。叶美用自己的身体护着儿子，小声说：等你出息了，以后给妈买辆车开，不挤这地铁。

小宝笑笑，说：你不知道草城老堵车啊？

叶美说：堵车也是在自己家的车里坐着堵，没事儿。

19

叶美每天都要给家里老母亲打个电话,这个晚上,因为白天请过假,叶美在麻将馆多忙了一会儿,自己主动加了会儿班。叶美回到出租屋,电话打过去时,无人接听。叶美手里好像握着一枚炸弹,炸弹爆炸的每一个碎片都很轻盈,想必它们能飞回故乡去,如果可以,叶美想坐在这些碎片上,哪怕到家时粉身碎骨。

小宝揉着眼问:外婆是不是睡着了?

叶美说:怎么会?每天都要和我通个话的。不会出什么事了吧?

小宝打了个呵欠,说:能出什么事啊,真的。说完,倒头睡下了。叶美看着儿子,心绪烦乱。不知为什么,她有一种不好的预感,预感到母亲出了什么事。她想起一年前自己曾存过杨村长的电话,便不管不顾地拨了过去。电话那头,杨村长好像刚从梦境里醒来,说:啥?没什么事啊。去你家看看?好,好,我这就去。

大约二十分钟后,家里的电话号码出现在叶美手机里头,叶美一接,是杨村长的声音。村长说:叶美呀,你赶紧回吧,你妈走了。身子骨都是凉的呢。

叶美的喉管被一些碎片堵上了,只透出让人依稀听得懂的音节来:啊……我……呜……

村长说:哎呀,还有工夫哭,赶紧回吧。我先挂啦,叫上几个人,安排安排。说完,那边就传来"啪"的声响。过去老母亲挂电话,从来没这样,她都是轻拿轻放。叶美再也忍不住,号啕大哭起来。

小宝有些木然,看着叶美,明白外婆到了天国。小宝倒没流泪,起来默默地清理衣服。叶美看着小宝清理衣服,说:你清什么清?明天上班去。

小宝有些吃惊地看着叶美,说:我要回去看外婆。

叶美说：看什么看？人都走了。不行，小宝，明天你得上班去。

小宝以一种异样的眼光看着叶美，好像从来不认识妈似的。过了好久，小宝说：妈，你知道我和外婆这么多年是怎么过来的吗？你懂我和她之间的感情吗？你不让我看？你还是人吗？是人吗？

叶美的泪歇在眼角，没有滚落下来。她说：反正你明天得去上班。你要不上班，我不饶你。外婆的事，我一个人去处理。孝心不在面上，你好好工作，就是对外婆最大的孝道。说完，也不等小宝回话，背着包，就出了门，直奔火车站。叶美出巷子口到马路边，看见贾大华站在一辆白色的私家车旁抽烟，觉得奇怪，她准备招手拦的士，贾大华看到了，得知叶美要赶火车回老家，二话不说叫叶美上车。叶美问贾大华怎么这么晚在这儿，贾大华说，在家闷得慌，拉点私活。叶美不信，觉得他这种人是不愁钱花的，贾大华好像看出叶美的心思，说：不是愁钱花，是愁没人说话。

叶美说哦。

秋凉如水。只有到夜晚，才能感受到这份渗透到骨髓的寒意，可能也与车窗开着有关。贾大华边开车边注视着前方，并不看叶美，车厢里有些鬼魅的气息在流窜。贾大华抓方向盘的手突然少了一个，他抓住叶美的左手，轻轻握着，并不敢多动弹，说：真是难为你了。

叶美淡淡地说：这是我家的事儿。

贾大华笑笑，抽出一支烟来，点燃了，说：表面上看是这样的，可实际上，你这句话，不像是和谐社会背景下的产物。现在都什么社会了？和谐社会，知道不？

叶美一声冷笑：我们穷人，只有"活着"这两个字。

所以，为了你们更好的活着，我们这些有钱人该帮帮你，是不是？贾大华说。

叶美的右手想推开车门，说：我不需要你的帮助，我又不是不能打车，还不至于闹到乞讨的地步。

贾大华一踩油门，说：行了，行了，别闹了。

叶美扭头看着窗外，大街上空旷，带着一丝寒意。路灯分明显得更瘦更长了。贾大华打开音乐，是叶美喜欢的一首歌：《朋友，别哭》。叶美将头靠在椅子后背上，微微闭上眼。她想起已经在天国的母亲，问贾大华：你怕不怕死？

贾大华说：既怕也不怕。怕，是觉得死了看不成世界了；不怕，是因为有时觉得活着真他妈没劲。

叶美说：像你们这些什么都不缺的人都觉得活着没劲，那我们呢？

贾大华说：所以，我佩服你。

叶美的语气突然变得很急，好像有一个人在后面追她，她说：我要赶晚上九点的火车，我妈死了，我回去送葬。你知道吗？我妈是个寡妇，养了我又帮我带小宝。我把小宝带到草城来之后，我妈一个人过，我指望日子好了，就把我妈接来享福的，可我妈走了，享不成我的福了……我回去要把我妈的骨灰撒到海里去，我妈是海南人，这是她老早就跟我唠叨过的心愿。

贾大华不说话了。

贾大华把叶美送到火车站后回到家，躺在床上，看着天花板。那里好像有一幕电影。家，是三室一厅，一百多平米，按现在的房价，折合成人民币是三百多万。加上现金，还有另外一套出租出去的房，贾大华觉得自己作为工薪阶层，简直就是大富翁了。可为什么这日子过得没滋没味的呢？总像缺点儿什么。缺什么呢？钱？肯定不是。理想？那是扯淡。三十岁之前的贾大华是有理想的，可随着时间的斗转星移，他的理想已经被扔到爪哇国了。那还缺什么呢？贾大华在脑子里极力搜寻着。女人。是的，贾大华觉得自己缺一个女人。这个女人是他的所爱，他捧在手心怕飞了，含在嘴里怕化了。这个女人有一点点娇气，很纯真，美丽，善良，甚至还有一点点沧桑。这个女人吃过很多苦，这个女人心里没别的男人，就是很爱很爱他。这么一想，贾大华吓下了一跳。他将自己认识的女人，从教务处长马雁到自己的老婆陈吉，甚至还有学校食堂的厨子黄汉霞都一一在脑子里过了一遍，对不上。最后，思维在叶美这儿，顿住了。想到叶美，贾大华觉得自己有点儿可耻。可叶美，确确实实让贾大华产生了心动的感觉。只是在此之前，贾大华不知道。

当贾大华在床上想叶美的时候，叶美已经在火车的硬座上睡着了。她的脑子在进入深度睡眠之前，已经将有关贾大华的很多细节一一想过了。她觉得，在草城，贾大华是她的一个依靠，这是个靠得住的男人。如果贾大华愿意要她，她也很情愿将自己的肉体给她。叶美很久没有过男人了。很多夜里，叶美总躺在床上异想天开，她想：总听说谁谁谁被人强奸，怎么就没人强奸她呢？她不在乎强奸她的是个什么人，只要是个强壮的男人就成。想起被别的男人强奸，叶美觉得自己的想法又有点儿可耻，她还是情愿被贾大华强奸。想起贾大华，叶美心里有了一丝柔软。在这种漫无边际天马行空没有任何道德约束的想象中，叶美歪靠在座位上，睡熟了。

在叶美回老家给母亲办丧事以及心急火燎抱着母亲的骨灰盒去三亚海边撒骨灰的一个星期里，贾大华一次没去大宝麻将馆。破天荒的，他每天在系办的电脑上斗地主。在网上斗地主找角儿很容易，进了房间，在一张桌子上坐下，鼠标一点，就定了这张桌子，如果再来两个人，牌局就可以开始了。也不管对方是男的女的，多大年龄，长得美丑，只要他能出牌，这就能继续下去。

除了坐在办公室里斗地主，贾大华好像再也找不出别的事可做。周三晚上六点，贾大华刚没斗上几盘，袁大可带着几个学生来了，三男两女，叽叽喳喳的。袁大可交代了几句，和贾大华打了个招呼就走了，学生们没走，在办公室里忙开了。打字的打字，翻书的翻书，嘴还没闲着。贾大华听了几句，算是听明白了，袁大可找来这些学生，是在帮着他攒书呢。东抄抄西抄抄，人多力量大，要不了几天，抄个十几万字，就是一本书了。每年拿着系里的科研经费自费出几本，到时候科研成果有了，评职称评先进的资本也有了，一举多得。贾大华没想到自己在办公室斗地主还能弄清这些道道儿，看来，袁大可表面上看着正经，骨子里，比他贾大华不知流氓多少倍。办公室里这帮学生吵得贾大华心烦，他干脆关了电脑出去了。看到灯光球场上有不少学生打球，站在铁丝网边看了会儿，也觉得无趣，便端着茶杯朝家里走。

20

说来也怪，自从贾大华没去大宝麻将馆，麻将馆这几天生意也冷清得很。老板娘小田和王颂坐不住了，在收银台里坐着发愁。王颂说：这每天租金都弄不出来，不如盘出去算了，一年还落个几万。小田说：我们租的时候是每年十几万，租出去，能租二十万吗？租太低，我们划不来，什么落不着；租高了，人家不是傻子，不会要。再等等吧。

王颂说：我总觉得我们的经营思路有问题，你看，这二十张桌子，每人每小时两元，每张桌子一天一场牌下来也就能收个几十元钱，我觉得要改。你想啊，媳妇，要是每张桌子每天能收个一千块，那我们不就发了？

小田说：你就做梦去吧！每张桌子收一千，谁来呀？周围别的麻将馆都是每人每小时两块，难道你每个人每小时收一百块？你这不是把人当傻子吗？

王颂说：这一年十几万的租金，再这么亏下去，可亏不起。这样，我们再撑一个月，赚也好，亏也好，我就只耗这一个月，我还是想把这麻将馆给转出去。

小田说：我听叶美念叨过想自己做生意，要不，到时候这麻将馆转给她？

王颂鼻孔里笑了一声，说：转给她？她有这个钱吗？

小田鼻孔里哼哼，说也是。

韩老爷子今晚上没打麻将，只在麻将馆里边喝茶边闲逛。一个小时之前，有个桌子三缺一，小田劝了半天，叫韩老爷子上场，韩老爷子就是不听，说今儿个无论如何不能打牌，再一细问，说是昨晚做了一个梦，梦见自己被倒塌的房屋压住了，碎砖头堆了一身。小田和王颂在一旁打趣，问韩老爷子这怎么讲，韩老爷子一脸严肃，说：这砖瓦就好像是一张张麻将牌，压住了身子，说明今天牌运不佳，白天我不服气，打了几圈试试，果然，输了二百！晚上再打，肯定会继续输！还有，我这把年纪啊，不能长坐，要溜达。抗战的时候，毛泽东整天坐在延安窑洞里写文章、批阅文件，坐的时间长，犯了急性肩关节炎，后来又变成了慢性病。当时，毛泽东有个医生叫朱仲丽，她就建议毛泽东打麻将，毛泽东起初觉得玩麻将浪费时间，很不愿意，后来在大家的苦苦劝说下同意了。这以后，窑洞就像这麻将馆，常常响起哗哗啦啦、噼噼啪啪、说说笑笑的声音。王颂接过话说：韩老爷子，您说的是真的？韩老爷子说：你难道没听说过吗？我们的领导人在谈统一战线的时候，讲不要搞"清一色"；谈到增长生产经济指标时，讲要"翻番"；谈到轮流主持工作问题时，讲要"轮流坐庄"。

正七嘴八舌地说着，王诗在那边喊韩老爷子，叫他帮忙打几把，自己出去接个电话。韩老爷子说我就帮你打几把，你快点来，时间不早了，我还要回去睡觉。王诗将抽屉里的钱指给韩老爷子看，说，随便怎么打，钱都在这儿。韩老爷子刚坐下打了一盘，就听见麻将馆门口传来喧哗声，冲进了几个穿警服的人，王颂和小田一看，慌了神，这是怎么啦，今天怎么会有警察冲进来？麻将馆里人不多，今晚也就两桌，一桌刚散，另一桌也就是韩老爷子刚坐上的那桌。

王诗还在楼下梧桐树下打电话的时候，看见门口停着一辆警车，接着，韩老爷子、慕容墨等人被带上了警车，王诗忙挂了电话，冲进麻将馆。王颂和小田呆呆地坐着，大家还在七嘴八舌地在议论，说怎么现在在麻将馆里打牌也不安全了，大家都是小赌，小赌怡情，也犯不着危害社会治安什么的。小田叫王颂赶快想辙，王颂说：肯定是有人举报，要是让老子找出这个人来，一定活剐了他！说着，王颂下楼回去拿钱准备去局子。

再说，韩老爷子、慕容墨、周雅琴和苏小琳被带进派出所，警察叫他们把身上所有的钱都搜出来，分堆放在桌子上。桌子上一堆毛票，数了半天，加起来还不到两千块。韩老爷子坐了半天这才缓过气来,说:你们,你们为嘛要抓我?我到底犯了哪门子法?

一个瘦瘦的警察说:有人举报你们聚众赌博!

慕容墨说:聚众赌博?你看看这零钱,四个人加起来不到两千块,赌什么赌?

周雅琴已经是一把鼻涕一把泪,她不知在给谁打电话:这算什么事呀,业余就是这么个爱好,还被人带到局子里,我这一生的清白可给毁了……

苏小琳说:到底是谁打的举报电话?告诉我,我劈了他。

瘦警察说:不该你们问的别问,先一个个地来,做个笔录吧。

韩老爷子一瞪眼,说:笔录?你们要是把我的心脏病给弄犯了,吃不了可兜着走。

正说着,瘦警察的手机响了,他走出办公室接了电话,说完后,一进门,换了一副口气说:这一次,念你们是初犯,就算了,要是下一次再聚众赌博,我们还是照抓不误!

韩老爷子的手"啪"地拍在桌子上,大声道:有本事你们出去抓抓那些个杀人的,强奸的,抢劫的!抓我这七老八十快进棺材的人算什么呀!啊?我们犯哪门子法啦?啊?犯哪门子法啦?一不偷,二不抢。好,抓呀,我让你们抓,我就死在你们这里,还省得让我儿子办丧事!

窗户外,露出王颂的脑袋,他笑容满面地走了进来,对警察点点头,又去搀扶韩老爷子,说:老爷子,您消消火,车在外面停着呢,我们回去吃烧烤,怎么样?

韩老爷子脸上稍微缓和了些,一边说一边往外走:这鬼地方,多待一分钟就多怄气,走,快走。再也不想在这里多待一秒!

王颂开着捷达,看着副驾驶上的韩老爷子,叹了一口气,说:老爷子,您说,今天这事可够蹊跷的哈。

韩老爷子说：是够蹊跷的。我刚刚替王诗那丫头打一盘，王诗那丫头片子说什么要下楼打电话，那警察就到了。你说，我倒霉不倒霉呀。难怪昨天做那被屋子压住的梦，不吉利呀！避都避不了。你说王颂，我这一世的英名可毁于一旦，我进局子了，进局子了，知道不？我这脸，以后往哪儿搁，你说？

　　坐在后座的慕容墨安慰道：老爷子，您又不是偷了抢了，为麻将进局子，光荣！

　　周雅琴也笑嘻嘻地说：有什么呀，就当派出所一日游，还不花钱呢。刚才在派出所那么说，是我的策略，我的心理可没受什么影响。

　　王颂吐了一口烟，将烟头扔了出去，说：就是，现在谁还怄这种气呀，跟您说，老爷子，如今这世道，要想好好活着，就要脸皮厚。脸皮厚，才能活得坦然、自在。

　　韩老爷子好像很少在晚上坐着车看夜景，他的目光，停留在不远处最好的一栋大楼上，那里，灯火璀璨，秋风萧瑟，突然，韩老爷子双手捂着脸哭起来，弄得车里的气氛顿时沉闷起来。

　　第一嫌疑人，应该是王诗。今天害得我又放了五千块钱的血。王颂对枕边的小田说。

　　小田说：王诗？为什么？给我一个理由先。

　　王颂坐起来，说：我分析，你听着：第一，她打牌好好的，为什么突然说要离开去打电话？她刚刚换上韩老爷子，韩老爷子刚刚打了一盘，警察就到了；第二，人家警察说得很清楚，说是有人打110，举报。

　　小田说：那王诗和我们有什么仇呢？为什么要举报我们呢？

　　王颂说：这也是我想不通的地方。这丫头，好像没什么心计，大不了也就是一二奶，吃喝玩乐的主子。对了，昨天她放在抽屉里的钱还被人浑水摸鱼拿去了呢。看来，监控器必须得按上了。

小田说：就是，我觉得王诗不可能。你应该多想想今天晚上不在麻将馆里面的人。比如，叶美，比如，那个贾大华什么的。

王颂说：叶美？叶美不是回老家奔丧去了吗？她还会有这心情？何况，举报招来警察对她有什么好处呢？没有。对了，你不觉得奇怪吗？叶美不在的这几天，贾大华也没来。

小田说：有什么奇怪的，你没看出，贾大华对叶美有那么一点意思吗？

王颂说：看不出。

小田说：看不出？你没发现贾大华老给叶美带吃的来吗？你说，叶美是他什么人哪，还带吃的喝的，我看他们关系就不正常。

王颂说：你这么一说，我还真想起来了。我说叶美的饭菜怎么餐餐都是荤呢，敢情……对了，媳妇，你说，贾大华有没有可能打举报电话？有时我看他眼神挺不对的，好像对我有什么意见。

小田说：贾大华？对呀，这好几天他都没来麻将馆，要不是心里有鬼，他能不来吗？以前，他哪天不来打几圈？

王颂说：知人知面不知心。看来，结在这儿了。对贾大华这个人，以后要多注意点儿。听人说他和他老婆感情也不太热乎，我总觉得这人有点怪怪的。唉，不说了，睡觉！今天这折腾的！真是烦心！

21

韩老爷子好一段时间没出门，大宝麻将馆也冷清了许多。王颂这几天的任务是开着自己那辆破捷达到草城各个麻将馆里转悠。转悠了几天，他脸上的阴霾渐渐散了，觉得麻将馆的春天到来了。

这个晚上，他手里拿着一摞鲜红色的长方形塑料卡，在自己麻将馆里的一张麻将机旁坐下，叫上慕容墨、周雅琴、苏小琳三个人，说是打一场与以往的规则完全不同的牌：对花。这一桌牌将成为星星之火，王颂决定在一个月之内，将这星星之火点燃整个麻将馆。对花，是最近在草城刚开始流行的一种最新打法。打牌之前，每个人要买筹码，也就是那张写着2元的长方形塑料卡，谁和了牌，谁就要交一张塑料卡，这算给麻将馆老板的抽头。一张麻将桌，假如每天打500盘牌，那么，麻将馆老板得到的抽头就是一千块。20张麻将桌，老板得到的抽头，每天将是一万块。想到这个数字，王颂就全身颤抖。

对于"对花"这种玩法，王颂也只是在摸索阶段，不是太熟。只能碰，不能吃，别人打不能和，只能自己摸着和，和了之后，拿一墩牌，看能不能对上"花"。假如自己是庄家，对"一五九"三个数字，庄家的下手和了，就对"二"和"六"，庄家的对家和了，就对"三"和"七"，庄家的上家和了，就对"四"、"八"。对上一个，赢的钱加上20，对上两个花，每家加上40。

之所以选慕容墨、周雅琴和苏小琳这三个人和自己配角儿，王颂也是经过慎重考虑的：慕容墨性格较随和，有一帮人，也就是他的"司机帮"，从"面的"到出租到"摩的"，没有慕容墨不认识的。人多人缘好，这对麻将馆来说，是好事，他能带人来，一带十、十带百，麻将馆里人气旺，生意就会好。即使初来的人不打牌，但只要他在旁边看上几眼，看着看着，就会动手打几圈，打几圈渐渐变成打几个小时，这样，就渐渐培养出来了；周雅琴有闲，虽然也是野男人养着，但人家兜里还是有钱，任何时候没缺过钱，性格也不错，没大毛病；苏小琳呢，更不用说了，没家没口的，做的是小姐行当，社会关系也挺多的，也曾和自己有过肌肤之亲。有个特奇怪的现象，苏小琳当小姐，除了她姐姐、姐夫不知道，全世界的人都知道。想想这种事儿也是，谁又在她姐姐、姐夫那儿嚼舌头根子呢，不是没事找事么。所以每次见苏小杉和郑天一到麻将馆来，因为睡了人家的妹妹，王颂颇有些不好意思。

"对花"这场戏开场的时候，还真吸引不少人。不打牌的人都围着看，并纷纷议论着，说：这打的是什么新鲜玩意儿呀？真是奇了怪了。还有的说：谁赢钱谁给王总一张塑料牌，嚯嚯，上面写着2元。还有这样的声音：这对花真他妈的刺激，先在王总这里学着……

看牌的人当中，有女孩王诗。到底是80后，看了几圈，站不住了，要上场，叫王总让。王总正巴不得下场，好指导另外想打"对花"的人，在别的麻将机上再开一桌。此时，王颂也不怀疑王诗是不是举报过麻将馆，亲热地喊王诗小妹妹快来入座。小田忙来到麻将机边，开始收取塑料牌，并卖牌子。王颂来到空着的邻桌，喊道：对花，对花，快来开场了，开场了！随着喊声，陆续地又来了三个人，和王颂又凑了一桌，开始打了起来。此时王颂好像变成磁铁，走到哪儿就围上一圈人，大家对对花充满了热情和好奇。又有人要王颂起身换自己上去打，王颂乐呵呵地站起来，又换了一张空麻将机。原来，星星之火就是这样燎原的。大宝麻将馆到晚上十二点的时候，对花的桌数已经被王颂发展到五桌。这五桌几个小时收的塑料牌筹码，达到了两千元。王颂没料到自己发财的机会就这样到来了。现在着急的是要尽快招聘服务员，也就是收塑料牌的人，收这塑料牌可不能马虎，一张塑料牌可是2元钱呢。每天收入一千也好一万也罢，都需要人两块两块地收上来。想到服务员紧张，王颂寻思着叶美叶该回来了，忙给她打了个电话。没想到，叶美接着电话说着说着，已经走到麻将馆里面来了。

王颂说：唉哟，太好了，叶美，你回来就好。我正着急呢。

叶美看了看麻将馆，说：哟，生意不错嘛，王总。

王颂说：叶美，我呀，马上要招几个服务员，你当领班，怎么样？

叶美说：招几个服务员？我当领班？王总，我回去几天，你这生意怎么变这么大了？

王颂说：想不到吧？现在麻将馆改玩对花了。今晚你可能要顶一下班，瞧，还没散呢。你过来一下，我告诉你怎么收钱。说着，王颂和叶美一前一后来到了收银台，王颂拿出一大摞蓝色塑料牌来，说：你先熟悉一下，我等会儿去一张麻将桌前收，你看我怎么收怎么卖。

叶美说：行。

王颂说：家里还好吧。

叶美说：还好。

其实，叶美这次回家算是领教了。老家发展旅游，修建度假村，村子里拆迁，母亲因为补偿款不公与拆迁单位发生争执，气得心脏病复发。本来，叶美是准备等到拆迁的事儿解决了之后再来草城的，可这边也不等人，只好匆忙办完丧事就来草城了。从老家到草城，坐了拖拉机坐汽车，坐了汽车坐火车，前后折腾了两三天。到草城时，已经是大半夜了。路过大宝麻将馆，看里面灯火辉煌的，想进来看看，没想到王颂叫她现在就顶班，叶美也只好应允下来。她是一个打工妹，老板叫做什么当然自己也只能做什么。

也许是心有灵犀，叶美在大宝麻将馆值班还不到二十分钟，王颂刚走没几分钟呢，贾大华睡不着觉，在外面溜达，溜着溜着，不自觉地，走到了大宝麻将馆楼下。他看楼上的灯，好像比以往的要亮，便想上去看看，混日子呗。没想到，和叶美碰个正着。

22

大宝麻将馆新的打法勾起了贾大华的浓厚兴趣，他觉得打"对花"很适合他这样的上班一族，想打多久就打多久，赢了钱，也可以名正言顺地走，没人干涉。对花这种牌的最大好处就是自由，你下了场，随时有人替补上。而且，这种牌，不能吃，只能碰，和牌只能自摸，这种打法，在麻将馆就避免了出老千。一种公平、自由的牌，还有什么理由不流行呢？当然，看到叶美回来了，贾大华打心眼里高兴，他原先只准备上来随便看看，现在看见叶美值班，便买了二十块钱的筹码，准备上场了。

到底是老师，领悟能力强。只花了十几分钟，贾大华就能得心应手地打"对花"了。每和一次牌，他就将一个蓝色塑料牌交到叶美手里。小田刚从西南角的一张麻将桌上下来，看见贾大华来了，叶美就站在他旁边，想起前几天警察来麻将馆之事，有些不快，她快步走了过去，决定将气撒在她的员工叶美身上。正好，叶美和贾大华在说着什么，小田大声说：叶美，以后别和一些不三不四的人来往，弄得我们麻将馆倒霉！

叶美不知道麻将馆发生什么倒霉事了，一脸无辜地看着小田。贾大华更不知道麻将馆来警察的事，只是，听话听音，他感觉小田的话是冲着自己来的。

小田还没停下来的意思，大概她想着前几天放了五千块钱的血，浑身不舒服，话匣子打开之后，就关不上了：自己做的事自己清楚，有的人明的一套，暗的一套，我最反感了。说起来人五人六的，内心里脏得要命。我们家，生意再差，也不欢迎这样的人来玩。小田，你给我注意咯，你端我的碗，就要服我管。不想干的话，走人。

贾大华是个粗心的人，还没意识到小田的那些话就真是说自己的，但她训小田的话，他听不下去了，他从椅子上站起来，指着小田说：你说话给我注意点！凭什么这么训叶美？你也不能把人家当牲口使唤！

小田说：你是她什么人？

贾大华说：你管我是她什么人？你这么说话你不对！人家成天给你做牛做马！

小田说：哟，心疼啦？心疼把人家娶回去呀！那才叫真疼？这算什么？成天在我的麻将馆里眉来眼去勾勾搭搭的，你还像个男人吗？

贾大华说：我操你妈！

小田将自己放在收银台上没吃完的快餐盒扔到贾大华脸上，青椒烧肥肠、干锅鸭胗顿时，在贾大华身上开了花。贾大华和小田扭打在一起，四周的牌客忙起身将他们扯开，劝解着。而叶美则完全看傻了，脚被钉子钉住了一般，不能动弹。

小田靠在沙发上哭嚎着：你这样的老师真是教书教到屁眼里去了，简直就是一流氓！

贾大华将茶杯猛地往地上一掼，骂道：谁他妈再吱一声，老子就要杀人了！

大宝麻将馆刹那间死一般的寂静。

回家路上，贾大华回想起自己到大宝麻将馆打牌的过程，觉得这个决定是错误的。这麻将馆是他这种人去的地方吗？鱼龙混杂、三教九流，贾大华觉得自己本来就是一流氓，可在这种地方，竟显得像他妈的英雄。叶美是自己的什么人？妹妹？老婆？二奶？情人？都不是，凭什么和她扰不清道不明？贾大华想起袁大可说的晚节问题，觉得自己应该就此打住。本来，老师的日子过得好好的，老婆身为文化公司的副总，家里有车有房，儿子也在读大学，哪一点不令人满意？为什么去蹚那摊子浑水？真是糊涂了！

从大宝麻将馆到家，路上需二十分钟。经过庞杂拥挤的马路小摊，拐过一个林荫道，过一个路口，就能看见家里装了粉红色窗帘的窗子。贾大华在小摊上坐了一会儿，快到家时，看到叶美堵在了回家的必经路口。

贾大华看见叶美，想躲。叶美挪动脚步朝贾大华走来。叶美说：贾老师，谢谢你。

贾大华说：谢什么。不用。

叶美说：你还能帮帮我么？

贾大华说：帮什么。

叶美说：我想自己当老板。再不想受别人的气了。

贾大华说：当什么老板呢？

叶美说：我自己开个麻将馆。

贾大华说：你自己开个麻将馆？在哪？

叶美说：就在铁路那边。

贾大华站着仰着头，看了看天，说：你想开就开吧。我能帮你什么呢？也帮不了。

叶美说：我想你和我一起开。有你，没人敢欺负。

贾大华不想再蹚这浑水了，咬咬牙，说：帮不了。

叶美说：帮帮我吧。我要赚钱。小宝的嘴唇做手术还要钱，很多钱。

贾大华这才注意到叶美身上背着包，刚从老家回来。他不敢看她的眼睛，只低着头盯着她的脚尖，说：这……让我想想吧。想想为什么要帮你。

叶美说：好，我等你消息。

夜里大概下了一场雨，空气中有一种清冽的气息，地上也有点湿漉漉的。第二天一早，贾大华在学校门口碰到郑天一，打算和他聊聊这事儿。郑天一一听叶美想和贾大华合伙开麻将馆，面部表情僵住了，他动了动嘴唇松松脸部，说：我看这事儿，悬。

贾大华说：悬，是什么意思？

郑天一说：姓叶的打算吃你了。

贾大华不以为然，说：什么呀？人家一个弱女子，没你想的这么复杂吧？我只不过想帮帮她。

郑天一的手捂着胸，说：你扪心自问，你帮她的动机纯不纯洁？

贾大华说：四五十岁的人，还配用纯洁这个词？你也太幼稚了吧？但是，我说句良心话，真的是看她可怜，想帮帮她。

郑天一说：反正到时候别怪我没提醒你，你如果真可怜她，给她一点钱可以。千万别和她一起合伙做生意搅在一起，那你这辈子就算完了。

贾大华说：郑天一，我看你想得太复杂了。得，得，得，我自己的事我知道怎么做的，跟你这么一说，倒把人给说糊涂了。没想到你的内心比我的更肮脏。

郑天一笑：有的人哪，被所谓的爱情冲昏了头脑。我只不过比你更清醒而已。算了，不嚼舌头根子了，开会去。今天教研室开会。装什么装！

贾大华说：你说谁？

郑天一一脸坏笑：袁大可。

23

小宝穿上保安制服的最初几天，还觉得自己比较神气。可等新鲜劲儿一过，就厌烦了。最让他受打击的是一天下午，他在大厦路口值班，收停车费。一辆红色奥迪在他面前停了下来，车窗摇下，露出年轻女孩的一张脸，脸蛋很漂亮。年轻女孩说：嘿，看门的，我的单子掉了。

小宝听着"看门的"这三个字，极度不舒服，脸上也僵硬着，嘴里说出来的话也冷冰冰的：掉了？我怎么知道你是什么时候进来的？

年轻女孩说：老娘为这几毛钱还撒谎不成？至于吗？

小宝说：你都当老娘了？跟你说，俺爹早死了。

年轻女孩并不打算停下这场口舌战，笑嘻嘻地说：没想到，你这兔子嘴巴，倒还挺会说的。我就不明白了，想向你请教一个问题：您老人家这自信哪儿来的？

小宝说：我的自信源于我一不偷二不抢，我是凭自己的劳动吃饭。

年轻女孩大概被触到了痛处，说：你的意思是我偷我抢啦？你懂什么是爱情吗？真正的爱情？你说你是凭自己的劳动吃饭，我就要你吃不成这饭，信不？说着，一踩油门，驶离了收费口。

大概过了一个星期，也就是叶美从老家回草城的那天，小宝就被保安经理叫到办公室训话，说他违反公司纪律，对客户不够尊重，并叫他领了工资，立马回家。小宝脱下那身衣服后，觉得自己轻松不少。本来，这份保安工作，在小宝看来就没有任何前途。他不想他的一生就这样给人看门看车，那是狗也会做的事儿。

叶美回到出租屋的时候，小宝已经睡着了。叶美心里有些不安：小宝应该在大望路当保安呀，怎么会睡在家里？第二天一大早，小宝还没完全醒，叶美就推着他的身子，问他到底怎么回事。小宝如实说了，说自己被保安经理开了。叶美不信，说你老老实实地在外面工作，怎么可能被人家开呢。小宝说我和客户顶嘴了，吵架了。叶美问小宝为什么吵，小宝也如实说了，小宝说：那女的说我是看门的，是兔子嘴巴，说我的自信从哪里来的，还说我不懂爱情，说要我吃不成这个饭。叶美说：那你怎么说呢？小宝说：我说我的自信源于我一不偷二不抢，我是凭自己的劳动吃饭。

叶美用手摸了摸小宝的头，说：你说得对，儿子，你有志气，不干就不干。妈今天也不去麻将馆干了。

小宝惊讶地说：为什么？

叶美说：我昨天夜里一下火车，就在麻将馆值了大半夜的班。以前，我还下不了决心干这个，现在，我看到希望了。再说，这里有一些人都是我的熟客，他们会抬我的庄的。我也想开个麻将馆，大小是自己当老板，等我们经济富裕了，你也可以独立门户做生意了。

叶美从包里拿出母亲的遗像，挂在墙上。小宝跪在地上，给奶奶磕头。叶美叶跪在一旁，嘴里念叨着：妈，你原谅小宝，是我不让他回去的，当时是要做保安。早知道他没做成，我就让他一起回去了。现在只能让他看您的照片了……

跪在地上的小宝也呜呜地哭，边哭边说：外婆，您原谅我吧，我想您……

遗像下面是一张旧办公桌，有一个空档还没抽屉，旧货市场买的，办公桌上放了三个有点蔫的苹果。叶美和儿子举行完这个简单的仪式后，就开始了这一天的工作。首先，她要去找开麻将馆的场地，找好场地之后，她要去看麻将机，还有一些需要添置的东西，等等。这可是一项大工程。本来，她想要喊上贾大华一起的，可觉得太麻烦贾大华不好，还是自己先都准备好再找人家贾大华，这样贾大华也有个心理准备，也放心。

清晨，草城的人还不是很多，看不到太阳，但感觉天光在渐渐透亮。叶美沿着铁路慢慢走，边走边看路边的房子。突然，她的脚有了感觉，自己踏上的是一条熟悉的路。叶美看到院子，看见了石榴树。她还在院墙上看到一个大大的字母X。她仿佛看见了萧剑秋那双眼睛。她也不明白自己为什么会再次走进这个院子。

十年前，叶美与乔国安分手后，上了回舵落口的公交车。公交车上的人并不多，叶美找了个座位坐下来，坐了五六站，舵落口就到了。下车后，叶美攥着剩下的一块钱，买了两个玉米面馒头，边走边啃。到院子门口，两个玉米馍也啃完了。

白发婆婆正和萧剑秋说着什么，扭头看叶美进来了，努努嘴，说：你问她吧，我也搞不清楚。萧剑秋就转向叶美，说：昨天夜里怎么回事？听说有个男人在你这里过的夜？

叶美本来想反驳几句的，看见萧剑秋那样子挺囧，突然来了斗志，想挑起点儿什么，吵吵架也挺有趣的，说：嗯，咋的啦？

萧剑秋倒出奇平静，并不想吵架的样子，说：不咋的。我只是提醒你，林子大了，什么鸟都有。别像有的人，把自己弄丢了。

别像有的人，哪个人？叶美好了奇，觉得萧剑秋是有所指的，她很想知道他所说的这个人到底是谁。

萧剑秋说：想知道吗？到前院来，今天我们开会讲这个人。

白发婆婆从屋里端出一盆水，颤巍巍的。叶美的脚没有动，看婆婆将水倒进院子里的水池里，然后进屋。叶美问：她是谁？也是租客？

萧剑秋扬扬下巴，说：上班时间到了，走。

萧剑秋转身的一刹那，叶美察觉到某种令她心动的细节，这个细节只属于萧剑秋所有。叶美对自己的心是有感觉的，它就像栀子花的花瓣，在风中微微那么颤了一下。这个早晨的萧剑秋与过去到底有什么不同呢？好像有一种说不出的担心和忧愁。当人弯下他的腰时，人们才能看到他的另一面。萧剑秋给叶美的这种男人不该有的柔弱，削弱了她的恐惧和不安，她甚至不惧他是个杀人犯了，即便他真的是。

萧剑秋这次没有坐在主席台上，屋中间有个沙发，萧剑秋坐在沙发上，指着沙发对面的竹藤椅，说：坐。

叶美就坐下了。

萧剑秋说：说吧，他是谁。

叶美明白萧剑秋指的是过夜那件事，指的是乔国安，她故意装聋作哑，说：你说的是谁？

萧剑秋的目光变成了一把剑，直刺叶美虚弱的内心：你应该知道我指的是谁。

叶美说：我的血友。

萧剑秋有点意外，问：什么意思？

叶美说：就是一起抽血的朋友，明白吧？

萧剑秋有些泄气，明显有些心不在焉，说：哦，这样。那他为什么要在你这里过夜呢？

叶美觉得此时是一个揭开有关对面这个男人的谜团的机会。叶美一口气说了下面一番话：你想知道是吧？我刚认识这家伙，抽血认识的。我住在你这儿，说实话，虽然每天赚一百块，但是，赚得一点儿也不踏实。我不了解你，不知道你是个好人还是杀人犯，杀人犯，懂吗？所以，昨天在房间的墙壁上看到一个血点，我感到害怕，我觉得是你杀死了房东牛大富并占有了他的财产，所以，我把乔国安喊来商量这事儿。没想到那家伙身体太虚，抽血抽猛了，到我这里，什么事都没做就晕了。半夜我把他送医院闹出很大动静，所以你们就知道了。就这样，要杀要刷，随你便。

萧剑秋盯着叶美，起初脸上没有任何表情，再后来，脸色渐渐舒展开来，鼻尖微微发红，他哈哈大笑，笑得整个人趴在沙发上不停捶打：哈哈，哈哈哈，太可乐了，太可乐了，这件事的效果完全出乎我的意料。天才啊天才！叶美，下面我来告诉你，你的猜测是对的。我不是真正的房东，房东是牛大富。牛大富去哪儿了，那我告诉你，他没死，当然我也没杀他，他出远门了，去追求他的爱情去了。懂吗？他把房子托付给我，叫我帮他打理，同时，他也叫我帮他做点善事，可怜一下像你这样的穷人。真是活见鬼，你以为我喜欢开会喜欢讲那些乱七八糟的玩意儿？我们玩的，不过是个游戏，不然，我有什么理由发你工资呢。现在，我告诉你，游戏结束了。不仅是你，还有我，都要离开这个屋子，因为，牛大富找到他的爱情，现在已经在回草城的路上了。那个老婆婆，现在我告诉你，我也不认识。明白否？

叶美说：那你到底是谁？

萧剑秋说：我是萧剑秋。牛大富的一个哥儿们。仅此而已。剩下的时间，我不会再守在这个牢笼里了。我要走出去。就像你从你那个狗屁老家到这里一样，我也要浪迹天涯。

那墙壁上的血点是怎么回事？叶美还没有恢复笑容。

萧剑秋说：傻女人，看看，蚊子还在飞呢。当然是人的血，不过，它是到蚊子的肚子里旅游了一番的。准确地说，那只蚊子，是我打死的，它喝的是我的血。

叶美感觉自己遭到了萧剑秋的捉弄，眼泪禁不住从眼眶里漫了出来。不管怎样，她还是打算离开这个地方，去重新寻找新的住处和工作。然而，对于萧剑秋，她还是渴望弄清他到底是个什么样的人。女人的好奇心好比沉寂千年的潭水，惹动了，是无法平静的。还有房东牛大富，他到底从外面找回了什么样的爱情呢？叶美想看看究竟。

萧剑秋离开的那个清晨，叶美总是难以忘怀。

现在想来，萧剑秋是叶美爱上的第一个男人。叶美有个命门，她喜欢读书人。而萧剑秋就是一个读书人，虽然有点疯魔。有这样一句话：不疯魔不成活，这句话好像就是说的萧剑秋。萧剑秋到底多大年纪，叶美真的说不清。这个长相酷似刘德华的男人，在他人生的1983年，遭遇一次重创，他的家，被一把大火给烧掉了，而他的父母，就在这所房子里，没有逃掉。所以，他所有的记忆在这一年定格。

牛大富并没有如萧剑秋所说及时回到那个小院。不仅如此，牛大富还失去了音讯。这让萧剑秋变得越来越烦躁，他不想因为朋友所托而让自己陷入这种平庸无聊的生活。好长一段时间，他让叶美失了业。萧剑秋把自己关在屋子里，浑身赤裸着大声朗诵诗歌。他手里拿着一把锅铲充当利剑，在时而激昂时而低沉的诗句中，将利剑刺向他的视线所及的地方。叶美最初很恐慌，再后来，她靠着门框听着屋里的动静，对萧剑秋滋生了丝丝同情，一种来自母性的同情。他觉得萧剑秋是一个被伤了的孩子，从他的眼神，叶美能看出，其实，萧剑秋是个好孩子，是一个相当负责任的好孩子，可是，他找不到对手。他的精神时好时坏，就像一匹脱缰的野马，没有人去放牧他。叶美有一天推开了他的大门，其实大门没有锁上。叶美上前紧紧搂住了萧剑秋。萧剑秋起初愣住了，不久，他好像被农夫揣在怀里的冻僵的小蛇，慢慢苏醒过来。叶美就势躺在地上，任萧剑秋这尾小蛇游进自己的身体。

原来，这就是医治萧剑秋的秘方。

萧剑秋安静下来。他每天躺在床上，静静看书。他不再把自己的身体当做火把一样地点燃。他说要等牛大富回来，虽然他有自己的计划要到更远更远的远方去。但是，他答应过牛大富，他一定要等他回来才能走。牛大富是他的大学同学。

叶美心里五味杂陈。她既希望牛大富快点回来，又希望牛大富不要回来。牛大富快点回来，就能让萧剑秋结束他的等待，牛大富不要回来，那么，萧剑秋就能永远呆在这个小院里，不会去更远的远方。

有天深夜，叶美的窗外传来了敲门声。叶美竖起了耳朵，但她还是鼓起勇气开了门。一个陌生的男人。他径直走进叶美的屋里，关上门，将右手食指竖在嘴边，小声说：小点声……

叶美看他的样子不像坏人，也镇定下来。

陌生人说：我是牛大富。

叶美吓了一大跳，好像她猜了多年的一条谜语，那个奇怪的谜底就站在眼前一样。

牛大富接着说：我是牛大富，你一定听萧剑秋说过了。其实，我早回来了。没告诉他。

叶美说：啊？你早回来了，为什么不回来？害得萧剑秋在这儿死等。

牛大富抹了一把泪，说：没法子，我不能不帮他。他总要走，说到更远的远方去，在这眼前，我还能看着，可到更远的远方去，他可能早就没命了。唉，我这哥们哪！

叶美觉得自己什么样的稀奇事都让自己给碰到了，她说：那你这么晚来……

牛大富说：我编了那么一个谎，你别笑话。什么找我的爱情去了，我只是想让我这哥们活着，要有一个美好的信念。

叶美说：那你住哪儿呢？

牛大富说：我还有一套房子，这是萧剑秋所不知道的。好在他不怎么爱出门，好对付，我也尽量不在白天出来窜。今晚来找你，是给你一点钱。我寻思着，他手里的钱没多少了。房租其实是他帮我收着，但我估计他没动。

叶美心里有点儿小小的感动，难得牛大富这么相信她。牛大富好像看出了叶美的心思，说：我是偷偷观察过的，看来，你对他还不错。其实，要是你不嫌弃，可以多给他一点温暖，房租的事儿，好说。他的病，都是那个女人害的，我以前带他看过，医生说已经很难了。唉，怕的就是这时好时坏，让人看不到前途。反正我尽力吧。好了，我不多说了，这钱你拿着，平素里帮他买点米面什么的，贴补着用。我信你。

哪个女人害的？叶美问。

这个你就别打听了。他爱上了一个女人，但女人爱上的却是另一个男人。我说着就头疼。

叶美手里攥着一沓钞票，还没回过神来，牛大富就不见了。假如不是这叠钱，叶美肯定认为自己是在做梦。牛大富的一席话，让叶美心里有了一些踏实。谜底揭晓之后，思维那扇门就砰地关上了，叶美感觉身体有点儿慵懒。她打了个大大的呵欠，上了床，继续睡觉。明天，她想去市场买几斤羊肉，炖点萝卜汤喝喝；或者，买几根大葱，包点儿羊肉大葱馅儿的饺子。饺子包得要饱满，蘸上泡着姜丝的醋，那个味儿，才叫好。这么一想，叶美的小房间好像变成了一个蒸屉，已经散发出浓浓的饺子香味儿了。叶美想：要是小宝和妈也在这儿，大家一起吃，看着他们将饺子一咬飚一口水，那才叫好呢。

第二天，叶美没先去前院，而是径直去了市场。早市的东西就是新鲜，那萝卜白菜一个比一个水灵。叶美脑子里铺开了一张桌子，一会儿摆上的是羊肉萝卜汤，一会儿摆上的是热腾腾的粉蒸肉，再一会儿，是晶莹剔透赛珍珠的饺子。不知为什么，走到羊肉摊前，看着那丰腴饱满的红肉，叶美心里咯噔了一下，一种不祥的感觉犹如屠户手里的尖刀，在叶美心头游走。她的心，嘶啦啦地疼。叶美胡乱买了几斤羊肉，匆忙往住处赶，到了前院，还没进门，就见门口有一条红线在蠕动，接着，叶美的鼻尖，搜集了一缕缕不同于市场屠户摊前的血腥味儿。

叶美的眼睛不敢看，但是，不得不看。他看到萧剑秋躺在血泊之中，手腕处有一把菜刀。他的脸，好像一张饱经风霜的宣纸，稍来一丝风，就会破掉，烂掉。

对于萧剑秋采用这种极端的方式自杀，叶美想不明白。但是后来，她极力去理解萧剑秋，又好像明白了。也许，这种归宿，对于萧剑秋来说，是最安全的归宿。他一直在努力等待，等待，等待他的好友，等待他的好友带着他的爱情回到他身边。或许，等到最后，他明白了，一切，不过是一个骗局。他要用刀，刺破生活的骗局，还原这血淋淋的真实。只有大家能面对这真实，才能继续这以后的日子。这，于他，是解脱；于他人，更是解脱。

看到萧剑秋冰冷身体的一刹那，叶美才明白，自己是爱萧剑秋的。这个与自己萍水相逢的男人，其实，早已占据了她的心灵。所以，她才犹疑着，久久不愿离开。这里，是一棵大树，现在，他这只鸟飞走了，她，也该走了。

萧剑秋早已没有了呼吸，叶美知道自己将陷入一场麻烦的纷争。比如，萧剑秋到底是自杀还是他杀，他死亡的真正原因是什么，他与叶美之间的关系，等等，这些，都是警察要弄清楚的问题。而最令叶美费解的是，牛大富在萧剑秋死后一直没有露面，叶美不禁怀疑起他们之间的友情来。面对警察的询问，叶美交代了有关牛大富的情况，特别是他在草城舵落口还有另外一处居所的信息。叶美配合警局调查，大概一个星期之后，事情终于有了一个真正的结局，萧剑秋虽然是自杀，但是，牛大富因为有别的案底在身，逃脱不了干系。叶美此时已是筋疲力尽。

　　然而，草城却有另外一个谣言，不知是谁放出来的，说叶美是个心狠手辣的女人，她用一把崭新的菜刀杀了萧剑秋，说这一对男女勾搭成奸。说这叶姓女子如何如何有心计，怎么骗取萧剑秋的信任，怎么骗取他的钱财和身体，等等。最初，叶美听到这个谋杀故事觉得很好奇，到最后，得知故事主人公演变成了她自己，她愤怒，她委屈，她无处辩解，她把他人的污蔑全部装进自己的下水道，盖上盖，浇铸上混凝土，密封起来。原先，她还打算离开草城的，现在，她决定不走了，她要为这个谣言而活，要为洗清这个谣言而活。就活在这里，像一棵树。

24

　　叶美站在石榴树下，只是恍惚一瞬间，在草城这个城市，就过去了十年。她想到以前萧剑秋给她讲课的那间屋，假如用来做麻将馆，也不是不可以的。院子里有些冷清，一个男人在树干上绑铁丝，大概是准备晒衣服什么的。叶美在背后喊了一声，男人回头，是牛大富。

　　叶美说：牛大哥，你还认识我吗？

　　牛大富短暂地思考后，拍拍脑袋，说：哦，我记得，记得！

　　叶美说：你怎么住后院了？没在前院住啊？

　　牛大富说：你知道的，自从萧剑秋在前院那个之后，我就没住前院了。空着呢。

叶美说：空着岂不可惜？屋是要人衬的。

牛大富说：就是。自从他走后，我就把前院锁上了。

叶美问：那你想不想租出去？

牛大富反问道：你想租？对了，你要是想住的话，就搬来，我看你和萧剑秋以前挺熟的，住在里面也没什么。你来呀，我一分不收。

叶美有些惊喜，说：我是想开一个麻将馆。

牛大富说：开麻将馆好啊，我这屋子啊，就是想来些人闹一闹，叶美，只要你来，开麻将馆，我一分钱租金都不要。当然，水电费你要给。

叶美说：谢谢牛大哥，那就这么说定了，我开麻将馆。那等会儿我就去前院打扫清理一下，把麻将机搬进来。

牛大富拿着钥匙陪着叶美来到前院开门，门上的锁锈迹斑斑。叶美的心有些荒凉，但些许的亲切感也从心里滋生出来。几年前，她从这里走出去，现在，她又走回来了，而且，马上将是麻将馆的老板了。叶美用脸盆打了一盆水，找了点洗衣粉和一块抹布，将前院平房里里外外擦了个干净。

快十二点的时候，叶美找到麻将机经销商老王。老王在物美超市的三楼经营着一个麻将机专营店。全新的麻将机，每张两千。五张桌子的话，就要一万，叶美有点嫌贵。老王说：这样，我看你也是个好人，我有个朋友以前开麻将馆的，现在不开了，有批桌子要处理，我给你联系联系。叶美谢了老王，自己下楼去买馒头，说等会就上来。啃了两个馒头，饱了有劲了，又去找老王，老王说已经联系好了，下午三点直接去人家家里拖，每张桌子一千五，也是全新的，人家基本没怎么用，他家里有十张桌子，想拖几张拖几张。

叶美盘算了一下，前院那屋子，最多能放五张麻将机，每张麻将机一千五，五张就要七千五，加上还要买纸杯茶叶什么的，开业至少要准备一万块。叶美算了算账，自己目前的剩余，也就是四千块，看来，必须要贾大华和自己一块干胆子才大一些。想到这儿，叶美给贾大华打了个电话。

对于五千块的投资，贾大华真的觉得便宜。五千块合股开一家麻将馆，不多。可贾大华还是有点犹豫。假如平时是自己投资，在股市，别说五千，就是十万百万，贾大华都没眨眼过，看准了，贾大华就下手。可现在问题是与叶美合股。贾大华也很愿意帮叶美一把，她要是没难处，也不会提出和他贾大华一起做事，可在这舵落口，一起开麻将馆，蒙不住，眨眼工夫，大伙儿就知道了。假如叶美是一男的，贾大华也没这种顾虑，投资做生意，天经地义，没人干涉。问题是，这叶美是一女的，而且，还是一单身女的，而且，还是离异的。

贾大华怕到时候说不清。

贾大华是个对数字完全不敏感的人，这么多年，他的思维是哲学思维，与数字相隔较远。现在，贾大华突然变得爱算数字了。他突然想起上海的儿子贾洋。张玲说贾洋考上了大学。贾大华想到自己草城的儿子贾海也在上大学，他们的年龄至少相隔六七岁，怎么会在一个时间段考上大学呢？这太不正常了。而贾海考上大学，他是亲见的，他没留级没跳级，是绝对正常。这么说，是贾洋不正常？按道理，贾洋比贾海，应该是早已参加工作，不可能现在还在读大学。可前妻张玲为什么要骗他呢？

贾大华心里不安。这种不安，就像天上的一团乌云慢悠悠晃到头顶了，轻飘飘的，但就是压在哪儿。你没心思做任何事情，就等着什么时候电闪雷鸣，什么时候狂风暴雨。

贾大华犹豫了半天，还是拨通了前妻张玲的电话。贾大华说：贾洋呢？

张玲对于这个问题感觉很突然，脱口而出：你问他干吗？

贾大华说：洋洋的手术做得怎么样了？

张玲好像刚回过神来，说：哦，哦，手术做完了。下个星期出院，但是，还要交2万。

贾大华心里的疑团在渐渐扩张，他对张玲的话已经持严重怀疑的态度。贾大华说：我有个问题有些想不通，你说，按道理，贾洋现在不应该还在读书啊。

张玲说：怎么不在读书？

贾大华说：你算算，我们离婚时，贾洋两岁多，后来我读研，分配工作，再结婚之后有了贾海。贾海现在也是在读大学呀。

张玲有点儿结巴，说：洋洋留……留级了，你知不知道？

贾大华说：就算他留级，也不可能留五年六年吧。鬼信。

张玲在电话那头停顿了半刻，然后，哭号起来：你……你这是不相信我……呜呜，我含辛茹苦给你抚养儿子，你还在怀疑我，怀疑我什么？怀疑我私吞了你的钱？你这个没良心的，你倒是说呀！

贾大华的语气越来越冷，也越来越干脆了，就像冬夜里出鞘的剑。他说：你叫贾洋和我说话。

张玲语气里满是愤怒：凭什么要贾洋和你说话？你够资格吗？明天下午五点之前你要是不打两万块到我的账户上，后果自负！话音刚落，不等贾大华回话，张玲就挂了电话。张玲的态度，让贾大华心里更加怀疑这其中的猫腻。他不是担心自己的钱被人黑了，而是，生命中曾经存在的一个儿子的下落。他突然感到万分地担心，担心贾洋到底在哪儿。

25

听说贾大华要去上海，陈吉一向阴沉着的脸有了一丝转晴。她叫贾大华顺便去看看儿子贾海。贾海最近闹着要买一款新的手机，前三个月刚买过，陈吉叫贾大华到上海后和儿子一起吃顿饭，好好做做他的思想工作。贾大华说有时间的话就去找，没时间就算了，只请了两天的假，还有别的更重要的事要办。陈吉对贾大华的最后一句话非常不满意，说：还有什么事比你儿子的事更重要？贾大华说：你说得很对。贾大华说这句话的时候，心里想的其实是贾洋。

对于贾大华最终能答应和自己一起开麻将馆，叶美心里是欢愉的。虽说五千块钱的投资在别人眼里并不多，但对于叶美来说，这是全部的身家性命了。她指着这笔钱能给她带来丰厚的利润和发展空间。当然，最初肯定不能立竿见影，可叶美有耐心守，守着这几张桌子，不仅仅意味着自己有口饭吃，更意味着自己真正开始创业了。

叶美在菜市场碰到郑天一，说起贾大华去上海的事儿。郑天一手里提了一大袋子菜，额头上汗淋淋的，他说：贾大华去上海？我怎么不知道啊？好像没会开呀？

叶美说：哦，也许是别的事。

郑天一的手指指叶美的鼻子，说：我明白了，他是去上海看他儿子贾海。在那儿上大学呢。

叶美一脸羡慕：真有福气，儿子都上大学了。

郑天一一脸神秘，说：他的福气大了去了，人家俩儿子，听说哦。

叶美以前哪知道这些，打听道：双胞胎？

郑天一故意警觉地问：咦，你怎么对我们的贾老师这么感兴趣？

叶美尴尬地笑笑，说：随便问问，随便问问。郑老师，你怎么买这么多菜呀？

郑天一说：没法子，媳妇这也不吃那也不吃，我只好都买来让她尝一点啦。是不是怀孕的女人都这样？

叶美一脸惊喜，说：是吗？小杉怀孕啦？那你可得好好伺候。提醒你注意一下，怀孕期间，不要搬家，墙上不要钉钉子，反正，什么都少动为好，免得动了胎气。

对于叶美说的这些，郑天一有些不以为然，没过多地往心里去。表面上他还是客客气气的，说着谢谢关心之类的话。

叶美现在心里盘算着的，全都是麻将馆的事儿。人家大宝麻将馆有个名字：大宝。大宝是王颂儿子的名字，叶美也有儿子，儿子叫小宝。王颂赚的是大钱，他的麻将馆大；她叶美赚的是小钱，她的麻将馆地理位置偏，面积小。名字一下子就出现在叶美的脑子里了，就叫小宝麻将馆，名正言顺。这么一想，叶美马上有了目标，她要去打字复印店里去印卡片，上面写着2元，小宝麻将馆字样。

　　叶美忙这些杂事的当口，贾大华已经到了上海南站。到底是南方，上海的空气挨着贾大华的皮肤，要温和得多。一出站，他就给前妻张玲打了个电话，说已经到上海了，带着两万元钱，这次无论如何，你要让我见见贾洋。张玲好像刚从床上醒来的样子，能猜到她的神态，木木的，无可奈何地叹了口气，说：唉，好吧。我们在静安寺门口见面吧。贾大华问张玲从上海南站怎么到静安寺，张玲说：看来你真把上海给忘了，连路都不会走了。现在地铁方便，你就在南站坐地铁13号线，坐7站在中山公园下车，然后转地铁2号线就到静安寺了，也就半小时。张玲说这些的时候，语气很平静，好像知道某种结果之后的平静，全然没有平时的聒噪与焦虑。贾大华心里觉得怪怪的，不知她葫芦里卖的是什么药。不过，现在已经到上海了，半小时之后，什么都明白了。贾大华喜欢敞亮，过敞敞亮亮的日子，不喜欢遮遮掩掩、不清不白的。这个年龄的贾大华，什么都可以承受。他就怕一颗大石头悬在头顶，那样不好，活得不踏实。

　　坐地铁虽然方便，但也有一个毛病，看不到外面的风景。贾大华抓着铁杆，看着一脸疲惫的人们，觉得有些无趣。上海也好，草城也罢，走到哪儿，见到最多的，就是人。各色各样的人，各色各样的表情。最多的表情就是面无表情。

　　贾大华猜测张玲为什么将地点约在静安寺呢？也许，这种佛教圣地更让人富有理智，或者说，她现在住在静安寺附近。管她呢。马上就要见包公了，这次不能再糊弄吧？

　　静安寺山门上是这样一副对联：愿祈佛手双垂下，摩得人心一样平。远远的，见"人心"旁边站着一个女人，穿了件紫色的外衣，眼睛眯缝着朝左右张望着。贾大华一眼认出是张玲。此刻的张玲就是贾大华记忆中的前岳母，一个模子刻的。真是造化弄人，年轻的岁月不复存在，延续的，不过是上一辈人的老、沧桑。张玲好像也认出了贾大华，只是，她眼里的惊诧比贾大华眼里的更多，也许是因为贾大华的变化相比张玲更大，贾大华已经不折不扣地成了一个老男人，浑身上下弥漫着一股腐朽之气、堕落之气。"人心"怎么可能一样平？贾大华在开口之前，对张玲身边的"人心"做了否定。

贾洋呢？贾大华说。

张玲说：你就知道贾洋贾洋的，除了贾洋，你就不能说点别的？

贾大华说：那你说，我说什么呢，除了贾洋？今天我来，只想见儿子一面。

张玲翻了翻白眼，说：我还想见他呢，见不着了。

贾大华一惊，问：怎么回事？你这话什么意思？什么叫见不着了？

张玲说：失踪了，早就失踪了。就是在这静安寺门口。那次我带他来上香，刚打了个野，他就不见了。

贾大华心里被撕裂了一刀血淋淋的口子，他恨眼前这个女人，恨她的眼睛她的牙齿她一切的一切，贾大华不自觉地上前抓住张玲的双肩，推搡着吼道：那你为什么撒了这么多年的谎？你为啥要骗老子？

张玲并没有哭，她的冷静令人害怕，她的视线也并不回避，死死地盯着贾大华，说：我也是人，毕竟我生了洋洋一场，我也要活，是不是？你吃肉，给我喝点汤总可以吧？

贾大华说：凭什么要给你汤喝？你把洋洋都弄丢了，我怎么给汤你喝？

说完这句话，贾大华的心里就空了，没一句话倒出来。但是，他还是不放心，想多知道一点贾洋的信息。贾大华准备还是请张玲吃一顿饭，饭桌上彼此可能会放松一些。

贾大华对张玲说：我请你吃顿饭吧。

张玲说，就到静安寺里面去吃吧。里面有素斋，双菇面和素什锦面。

贾大华有些难过，他不太想吃面，想好好吃顿饭，从昨天到今天，他肚里就只有一袋方便面，但是，他觉得在儿子贾洋失踪这件事上他不应该有这么好的胃口，贾大华说：素斋就素斋吧。

张玲埋头吃双菇面的时候，贾大华看到她头顶的发根全部是白色的，就像是被污染的海水在沙滩边泛起的泡沫。大概她刚染发不久。因为张玲不在贾大华的视野里过活，所以，她的这种老有点惊心动魄。原来人一下子就可以老得这么快。吃面的时候，两人倒没再说话，贾大华的心里还是空荡荡的，他还是想更多地知道贾洋的消息。

吃完面，在静安寺里面的一个台阶上，贾大华听张玲讲了一些有关贾洋的事情。

张玲说：都怪我，我算错了时间。毕竟我不是教书的，不知道一个人该读多长时间的书，以为洋洋该念大学了。我给你讲洋洋的时候，他已经不在我身边了。这孩子，从小机灵，我真没想到他会失踪，我猜，他肯定是被人贩子拐走了。只是，他这么机灵的孩子被坏人拐走，我想不通啊。阿铁，你说，是不是我们这辈子做了什么坏事，遭了报应？不然，为什么把和我相依为命的儿子偷走？你说，像我这把年纪，还能干什么？做小姐都没资格。我只能从你那里弄几个钱防老。你不要怪罪我。

贾大华说：钱是小事，生不带来死不带去。我怪你没有告诉我实情是因为错过了找贾洋的好时机。现在过了这么多年，你说，我们上哪儿找去？

张玲说：我能上哪儿找去，只能每天在这里蹲着。等着我的洋洋回来……我带来了洋洋的一本影集，你留着，要是以后看到跟他长得差不多的，留个心眼，多问几句。说完，张玲从书包里拿出一本小影集，交到贾大华手里。贾大华也从包里拿出原本带的两万块钱，说：这钱你拿着，反正我已经带来了。张玲没料到贾大华还会给她钱，一瘪嘴，呜呜地哭了。

贾大华站起来，准备起身走了，说：别在大庭广众之下哭，不好。我也该走了。

张玲也犹犹豫豫地站起来，眼里带着一丝渴望，轻声问：你……你不去我那儿坐坐？

　　贾大华更坚决地推开椅子，说：不了，我还要回去上课呢。贾大华背对着张玲离开静安寺的时候，眼前一阵雾蒙蒙的，心里传来父亲的声音：你儿子没啦，你儿子没啦……这声音变成一个个头颅，狠狠地撞向静安寺的墙壁，又产生让人眩晕的回音。贾大华想尽快逃离这里，逃离上海。

　　贾大华躺在硬卧的中铺上，手里拿着影集。贾洋的面孔变成一种信息符号，好像在贾大华的生活里曾经出现过。可是，到底在哪儿出现过呢？贾大华想破脑袋也没有想起来。但是，这种似曾相识的感觉给了贾大华无限希望，他有一种预感：贾洋不在上海，而是在草城。甚至，曾经在他身边长久地停留过。越想越纠结，贾大华干脆合上影集闭上眼睛，让身体随着隆隆的车轮声随波逐流。

　　陈吉听说贾大华没去看儿子贾海，感到非常气愤，她将玻璃杯在餐桌上狠狠地捶着：你这还像当爹的吗？你还是他亲爹吗？太不可思议了！你说，你去上海到底干吗？既不是开会，也不是学习，你到底去上海干吗了干吗了？

　　贾大华靠着沙发打开电视，草城台。里面又是为房产拆迁之类的在夫妻反目父子反目，每天一场场活生生血淋淋的人间喜剧、闹剧。贾大华又换了个台，里面在唱京剧《凤还巢》：……想我程雪娥生来薄命，因此难得配如意郎君……

　　陈吉说：这程雪娥怎么和我这么像啊，真是唱出了我的心声。

　　贾大华说：你想还巢就还巢吧，我不拦你。说着，他准备去叶美新开张的小宝麻将馆。听叶美在电话里说，小宝麻将馆去了两桌人，什么苏小琳、周雅琴、慕容墨、王诗都去捧场了，叶美和贾大华商量，等到晚上十二点的时候，大家一起在大排档吃个消夜，算是开张庆祝吧。

　　贾大华明白，这辈子大概要和麻将死磕上了。但是，贾大华还是没有心思。你说，这当老师当得好好的，干吗和一外来妹开麻将馆？这不是坐着不烧爬起来烧吗？图个什么呢，图钱？贾大华对赚钱已经不感兴趣了。不是说贾大华钱多得不得了了，而是觉得钱对于自己来说没多大用处。每天他也就吃那么几两米，喝那么几杯茶，没什么消耗。存钱给儿子贾海？贾大华更没想过。他知道陈吉帮贾海存着呢。有一个人存就行，贾海要那么多钱干吗？那不是废了他吗？贾大华活到这个年纪，其实有一点明白了，钱，根本就不是个什么好玩意儿！够花就行，千万别把它太当什么的，否则，人这一辈子就被它给套进去了，成为它的奴隶。

那到底是为什么呢？贾大华突然觉得自己仅仅只是因为麻将。他觉得麻将是个好东西。里面有太多的哲学。打好麻将就能学好哲学。

26

天，越来越凉了。人们有些无奈地朝自己身上加衣服。想来，这衣服也很无辜，是被侮辱与被损害的，招之即来挥之即去，死皮赖脸地贴着主人，没有丝毫属于自己的尊严。

叶美用儿子小宝的名字作为麻将馆的名字。大宝小宝，这两个名字好像亲兄弟，可事实上不这样。得知叶美开了麻将馆，王颂在电话里朝叶美骂道：叶美，我操你妈！你做什么不好？非要和老子唱对台戏！你跟老子小心点！

这是叶美早就料到的，她在电话里说：王哥，请原谅，我也要吃饭。

王颂说：你吃饭？你吃狗屎去！

叶美将手机放在桌子上，走出来，看着铁道发呆。铁道两边聚集了两堆人，都是等着过铁道的，火车快过来了，醒目的红灯像一块伤疤，高高地举着。

平房大概有七十平米，里面摆了三张麻将桌，连同一年的房租，一共花了一万块。牛大富虽说不要房租，但叶美心里过意不去，坚持要给。这一万块钱，叶美和贾大华各出了一半。开张的第一天，叶美打电话给自己的老乡，希望她们能来捧场。苏小琳、周雅琴、慕容墨、王诗等都来了。一开始，为了凑角，叶美只好坐在麻将桌上，有时输三百，有时输四百。越输叶美的心里就越不得了，嘴里开始不停地说话，唠叨。旁人叫她不要唠叨，说愿赌服输。叶美只好将苦埋在心里，脸上堆满笑。

小宝麻将馆一开张，贾大华突然变得忙碌起来。过去下班，他还要在办公室磨蹭一会儿喝杯茶再走，现在呢，有时不等下班，就直奔小宝麻将馆。把牌客安排坐下来之后，要不停地换零钞、倒茶，在一旁伺候着。这天，牌客都散了之后，贾大华在清点零钱，叶美拿拖把拖地。一边拖一边打了个哈欠。

贾大华抬头看了看叶美，说：不早了，明天再弄，快回去睡吧。

叶美笑笑：不累。睡早了也睡不着。

贾大华说：小宝对当保安还适应吧？

叶美说：早辞了。唉，这孩子。

贾大华：这个小宝，我要说说他。对了，前两天我怎么看到小宝和苏小琳在一起逛街？

叶美笑笑：你看花眼了吧，怎么会？他还是个孩子呢。

贾大华说：但愿吧。

叶美说：你老婆呢，这么晚了也不给你打个电话？

贾大华说：出差半个月。

叶美问：她不给你打，你也不给她打？

贾大华说：以前打过，现在不打了。

贾大华将清点好的钱交给叶美，说：今天一共赚了104，你收好，我回去了。

叶美握着拖把的手不动了，抬起头看着贾大华。贾大华看看叶美，打了个哈欠，说：我也累了，该回去睡觉了。

叶美说：贾大华——

贾大华说：今天怎么不喊贾老师了？

叶美说：贾大华，这是52块，是你今天应该得的，我们是合伙做生意，对半分。

贾大华忍不住笑起来：52？幸运52？太搞笑了吧？我会赚你这个钱？

叶美说：那你为什么？

贾大华淡淡地说：不为什么。我要回去了。

贾大华经过叶美身边时犹豫了几秒，还是准备坚定地离开。突然听到拖把落在地上的声音，紧接着，叶美从后面将贾大华紧紧抱住了，两只手在他的腰身四周箍得紧紧的。贾大华有点喘不过气来，呼吸不畅的样子，他说：想谋财害命呀！一共也就是104块钱，你也忒狠心了吧？

一席话，说得叶美笑起来，接着，是叶美伤心地哭，她还是抱着贾大华不放，说：你就这么瞧不起我？

贾大华说：这是什么话，什么瞧得起瞧不起的？

叶美愣住了，泪眼中，看贾大华头也不回地走了。

贾大华站在铁路边等红灯。剧烈的轰隆轰隆声响里，贾大华忍不住咳嗽了几下。这条道成了自己现在常走的道，这是贾大华没有料到的。但眼前的日子，被一些新颖甚至危险刺激的元素充实着，也挺好的。贾大华突然打了个哆嗦。天，太凉了。贾大华拧开绛紫色的茶杯，狠狠喝了一口。水，向他身体的纵深处跑去，也把凉带到了更深处。

打完游戏机的小宝站在麻将馆不远处看着灯火，他的身边还站着一个人：大宝。

小宝对大宝说：敢不敢？我们干一笔二十万的。

大宝说：一人十万。

小宝想了想，说：行，总比一分没有强。我想给小琳买个项链。

大宝说：你要买十万的项链？够大方的！

小宝舔了舔嘴唇，说：我还得做手术呢。指望我妈，那要到猴年马月！

小宝和大宝找了一棵树当做自己的依靠，隐没在黑夜里。小宝捡了人家刚扔的一个烟头抽起来。他的眼神恍惚不定，谁也不知道他脑袋里想什么。大宝看见了亮晃晃的刀尖，声音一颤，说：带刀干吗？

小宝说：剃头的就得敢动刀子！心不狠，赚不到钱。

大宝说：我想回家了。

小宝说：你不想要十万啦？

大宝说：想。我家有钱，可他们一分都不给我。

小宝说：凭什么他手里捧着二十万，就是喝杯茶？

大宝茫然地点点头。想想觉得不对，又说：他可是帮你妈妈的。

小宝一声冷笑：哼，帮？我看他就没安好心！小宝从喉管里吐出一头痰，骂道，老色鬼！

大宝拉起小宝，说：走，以后再说吧，我请你打游戏去！

27

听说贾大华开了个麻将馆，袁大可有天吃过晚饭后来看，进麻将馆后，里面烟雾缭绕，贾大华就坐在烟雾中，像修炼得道的神仙。袁大可一阵剧烈咳嗽，脸涨得通红。连说自己受不了受不了。洋洋和苏小琳对坐着，不时和贾大华说几句玩笑话。

洋洋说：贾大华，我要菊花茶。

苏小琳说：贾老头，我要铁观音。哈哈，阿铁，阿铁，原来你就是铁观音哪！

贾大华心想她怎么知道自己的乳名，嘴里应着，忙不迭地倒茶。袁大可走的时候，没有和贾大华打招呼。贾大华倒完茶，没见着袁大可，还以为他走了。不想过了一会儿，袁大可又来了。他对贾大华说：贾大华，我想打麻将。

贾大华一愣，说：你要打麻将？

袁大可一脸严肃：是的，我要打麻将，给我安排上桌吧。

贾大华把袁大可安排在一张桌子上，左边是洋洋，右边是苏小琳，对面是开黑车的慕容墨。洋洋和苏小琳一口接一口抽烟，两个人的烟雾在袁大可面前汇合，相互厮杀。苏小琳对袁大可抛了个媚眼，说：帅哥，给我一个二饼，我想吃。洋洋说：哟，苏小琳，第一次见面就要吃人家二饼，你也太馋了吧？

袁大可的脸突然变成了一个苦瓜，接着，突然呜呜地哭起来，捏着麻将牌的手颤抖着，边哭边对贾大华说：贾大华，咱们回去吧，回家吧。

贾大华脸色很平静，说：袁大可，你这是咋的啦？我不回，我做生意呢。

袁大可扔了牌，跌跌撞撞地走了。回到家，袁大可洗都没洗就上了床。在床上翻来覆去，她老婆蹬了她一脚，说：老袁，你这是咋的啦？烤烙饼呀？

袁大可呜呜地哭起来，把老婆吓了一大跳，说：老公，老公，我错了，不说你了，你哭什么呀？

袁大可脸上的鼻涕和泪交织在一起：我是痛心，痛心呀！贾大华，再怎么不行，也毕竟还是老师呀，你要是看到那个场景，你要吐血，他在麻将馆里，就像一条哈巴狗，给一群小姐倒茶……

他老婆拿食指点了点袁大可的额头，说：老师怎么着？值得你这么哭吗？我看你呀，书呆子一个！也只有我这样的女人才跟你！

袁大可还是哭，在老婆面前，这么多年没这么失态过。他老婆说：你们这些知识分子呀，一个字，酸！

袁大可止住了哭，说：是呀，我为什么替他哭？他都不哭。我看，他对那个姓叶的女人真的动心了！

他老婆说：唉，你们男人哪！我看，你是为你的初恋情人哭吧？

袁大可说：怎么又提这个话题，不说了，不说了，睡觉！

他老婆说：不说不行！我就觉得奇怪了，追了你那么多年，硬是追到你跟前来了，这成天，一个院里住着，你不别扭，我还别扭呢。我看哪，这贾大华确实也怪可怜的，陈吉怎么会爱他？她爱的是你！

袁大可不接话，装着睡沉的样子，屏住呼吸。他老婆说：怎么不吱声啦？你哭呀，哭呀！

梧桐树叶枯黄着脸一张一张地往下落，好像被人撕去的旧日历，把整个校园弄得灰不溜秋的。秋末的腐败堕落之气，让人的眼神有些倦怠。清洁工拿着大竹扫帚，一笔笔地画着大字，好像一个敷衍完成作业的懒学生。

关于贾大华监考睡觉的事，学校里一直没画上句话。表面上是看贾大华的态度，其实是学校领导忙，觉得处理这些事太费时间。这天，院长终于闲下来了，他咨询袁大可的意见。袁大可说：我看算了，他太辛苦了。

院长说：袁主任，你以前可不是这样不讲原则的哦。

袁大可说：每个人有每个人的难处，我下不了手。

院长说：要是都像你这样，那院里的末位淘汰制怎么执行？

袁大可说：贾老师有个要求。

院长说：什么要求？

袁大可说：他说只要不开除他的人籍就行了。

院长笑起来，说：这个贾大华，唉，真是个油抹布，打不湿，拧不干。

袁大可说：院长，那您的意思是，这块抹布还继续用？

院长说：不用怎么办？丢了就是垃圾了。咦，我想起来了，好像贾大华的老婆是你介绍的吧？她真是你五姨太的外孙女吗？你给我说实话，我可不是贾大华。

袁大可不好意思地笑笑。

院长：你个袁大可，没想到你还留了这一手，那他老婆是你的……

袁大可说：初恋。我们再次相遇的时候，我已经结婚了。没办法，不过，贾大华是个让人放心的人。

院长说：这个贾大华，唉！不知人家到底是捡了便宜还是倒了大霉，就怕遇到一个身在曹营心在汉的主子。

袁大可说：我可没做对不住贾大华的事。

院长说：但愿！不过，袁博士，我怎么瞅着贾大华的儿子长得和你很像？

袁大可大惊失色，说：院长，您这个玩笑可开不得，开不得，这是要出人命的！

院长说：好家伙！你慌什么？没做亏心事，不怕鬼敲门。

袁大可说：院长，不许反悔，可说好了啊。

院长说：不反悔，不反悔。

袁大可擦了擦额头上的汗，走了。他准备把学校不准备处分的这个好消息告诉贾大华，没想到，贾大华不在办公室。袁大可想：贾大华还能去哪儿呢，肯定又是在麻将馆了。想到这里，袁大可觉得贾大华很不应该，所做的事，与一个光荣的人民教师极不相称。

28

老板娘手里拿着红三角裤，站在叶美的小宝麻将馆外，一言不发。

叶美瞥了一眼她手里锐利的针头，满脸堆笑，说：老板娘，您坐。

老板娘看了看招牌，说：小宝麻将馆？你克隆得还蛮像呢！你没办执照，就不怕警察罚款？老娘派出所里有人，明天就端你的窝子！

叶美说：我只想混口饭吃，老板娘，你看，也就两桌。坐下说吧。

老板娘说：我的板凳都被你坐了，我拿什么坐？你想混饭吃我不反对，你怎么不滚远一点混饭吃呢？你以为你找姓贾的这个靠山就不得了了是不是？姓贾的什么人？算是混进老师队伍里的。你捡着便宜了是不是？

叶美说：老板娘，你怎么这么说？我和贾老师清清白白的，你这不是诬陷人吗？

老板娘一声冷笑：诬陷？这不是光头上的虱子，明摆着吗？有本事，你不要姓贾的，看你的日子混不混得下去？不过呢，找人包养，你没那个本钱！

叶美的泪顺着脸颊滚下来，说：我是老了，可女人哪个又不老？我只想凭劳动老老实实地赚口饭吃。

老板娘说：我们家王颂对你也不薄。对了，我还觉得奇怪了，王颂为什么把你弄到麻将馆？你们是怎么认识的？

叶美突然觉得老板娘无意中递给她一个武器，她此刻必须把这个武器亮出来。叶美心里有了胆量，她说：怎么认识的？我以前给小姐们做饭。你说怎么认识的？

老板娘的眼睛瞪大了：你的意思是王颂找过小姐？

叶美反问道：你以为呢？

老板娘不能接受老公找小姐这个事实被人亲口证实，她号叫将叶美麻将桌上的麻将抓得到处甩，雨点一样的麻将击打着叶美的脸。叶美和老板娘扭打在一起，老板娘手里的针尖扎向叶美，叶美一声尖叫吓得老板娘松开了手。

老板娘小田回到家，并不见王颂，去麻将馆找，也没见着，也顾不得在麻将馆监督服务员了。小田继续上街找，路过一家网吧，从窗口看见大宝在打游戏，在一细看，大宝身边坐着叶美的儿子小宝。这大宝和小宝是在大宝麻将馆的认识的。大宝高中毕业后什么大学也没考上，成天在家里躺着。有时家里没饭吃，就跑到麻将馆里找父母要钱。小宝呢，因为叶美在麻将馆打工，也经常来麻将馆找母亲拿钥匙要钱之类，加上他俩年龄相近，一来二去的，就好上了。听说了小宝的名字，大宝说：嗨，你说我们前世是不是弟兄啊？不然，怎么我叫大宝你叫小宝？小宝连连点头，说：哦，对，对，对，我们就是前世的弟兄！大宝哥哥，以后可要对小弟多多关照。

此时，看见大宝和小宝在一块儿，老板娘小田就气不打一处来，她从网吧里拎出大宝，在网吧门口吼道：你怎么又在打游戏？

大宝说：不打游戏做什么？

老板娘说：你就不能看点书，学点知识？

大宝说：大家都在打麻将，玩，我为什么要看书？

老板娘说：不看书你以后吃什么？

大宝说：你们不是在赚钱吗？

老板娘气得嘴唇发紫，她的手指指着网吧里面，颤抖着：你……你以后不要和那个王八蛋一起！还有，你以后别想要我一分钱！

大宝返身回到网吧，在自己的座位上坐下，邻座的小宝说：你妈怎么那么凶？

大宝从烟盒里倒出一根烟，无所谓的样子，说：老女人，更年期呗。对了，听说，你和苏小琳……

小宝说：你怎么知道？

大宝说：你的事，能瞒得住我吗？不过，你这么早就谈恋爱，以后结婚是不是太累了？

小宝说：谁说结婚了？先谈着呗。

湘菜馆，贾大华撬开一瓶啤酒，给陈吉也满上。

贾大华说：为你接风洗尘。

陈吉说：天这么冷，喝什么酒……这半个月，你没惹什么是非吧？

贾大华说：我能惹什么是非？

其实，陈吉一回到家，就在小区里听到了风言风语，说贾大华皮上了一个开麻将馆的女人，两人成双成对。陈吉不信，贾大华这个人，生性懒散，再说，他也不会饥不择食。这顿晚餐，陈吉决定灌醉贾大华，问个究竟。没想到，她没倒酒，贾大华主动倒上了。

贾大华说：小宝好像没干保安，辞职了。

陈吉说：没注意，他重要吗？

贾大华看了看陈吉，一字一顿地说：对有的人，很重要。说吧，想知道什么？贾大华说。

陈吉说：我想知道这个女人多大？

贾大华知道陈吉说的是叶美，他很高兴终于引起了陈吉的注意，他们好久没有这么有趣的话题了。为了让传闻更贴切一点，他必须将这一切描摹得再清晰一些。他说：比你小十岁。

陈吉说：哦。

贾大华将一杯酒全部倒进喉管里，说：还想知道什么？

陈吉说：不想了。我对这种低层次的人没有兴趣。

贾大华说：那行，那我就不说了。

陈吉说：不过，我最后再说一句。

贾大华说：说。

陈吉说：和这些人来往很危险，你注意安全。好，吃饭。

贾大华好像突然想起什么似的，看了看陈吉，说：你们拍戏，怎么没找乔国安拍？听说他现在挺火的。

陈吉讥笑道：怎么？你认识？你要是认识他的话，牵线我给你奖金。

贾大华说：我哪里认识他？不过，叶美认识。

陈吉有些吃惊，说：她怎么认识？

贾大华说：有空我帮你打听打听，如果需要的话。

陈吉说：需要。你打听吧。

这顿饭贾大华吃得很畅快。在筷子夹菜的时候，不知怎么的，他的手不时抖上几抖，将那些粗一点大一点的肚片、鸭胗留在盘子里。吃完后，贾大华叫服务员打包，陈吉掏出二十块钱，说：AA制吧。

贾大华说：行。

从湘菜馆出来，在门口，贾大华和进来吃饭的教务处马雁处长碰了个正着。马雁后面跟着一个男人，戴一副眼镜，矮胖矮胖的，大概是她的新男友了。马雁看见贾大华，准备打招呼，贾大华把脸别过去了。陈吉说有个聚会，开车走了。贾大华去银行给儿子的卡上打了一千块钱，然后去小宝麻将馆。路上，贾大华给儿子贾海发了条短信，说钱已打，那边也没回信。过铁道时，在巷子里一家游戏机室门口，贾大华感觉有个人很像小宝。贾大华揉了揉眼睛，等再在门口搜寻那个影子，没了。贾大华在心里叹了一口气，说：唉，看来，真的老了，眼花了，无用了。

29

小宝麻将馆的生意做起来之后，叶美觉得自己该找大明星乔国安要那五百元钱了。她从手机里翻出乔国安经纪人的电话，拨了过去。经纪人嘴里大概在吃东西，含糊不清地说：谁呀？认识乔国安？

叶美说：我是他以前一起卖血的朋友，想联系他，有点事。

经纪人鼻孔里嗤出一声冷笑，说：卖血的朋友？还是女人？绯闻，绝对的绯闻！你别在这里敲诈哈！

叶美说：你不相信我可以理解，但是，你不能否认每个人都曾经有过落魄的时候。我知道乔国安现在是红得发紫的大明星，我只想请您先找他沟通一下，就问他认不认识一个叫叶美的人，她曾经送他去医院，还花了五百块钱。

经纪人的语气有些缓和，说：嗯，那好吧，我跟他说说，随后联系你。

果然，不到二十分钟，经纪人的电话就打来了。他在电话里判若两人，对叶美说：叶女士，抱歉，乔国安叮嘱我一定联你，你那五百块钱的事，他记得很清楚，一直想还给你，可没有机会。现在得知你找到他，他很高兴，他问你今天下午三点有没有时间在国贸见个面，他想请你一起吃个饭。

叶美想了想，觉得人家现在是大明星，哪有时间吃饭，现在能说出这番话来，已经很不容易了。她说：谢谢了，谢谢经纪人。吃饭呢，就算了吧，我知道乔国安肯定非常忙。我看这样，能不能把我银行卡的卡号发给您，您把五百块钱打到卡上就行了。

经纪人沉吟着：忙呢，那是不假。乔国安说了，五百块肯定是不够的，他说要还你两千块呢。

叶美说：别，别，五百就是五百，多一分钱我也不能要。

经纪人挂电话之后大概和乔国安请示了一番，他又对叶美说：乔国安说一定要面见你，亲自请你吃饭。有多少人想和他吃饭吃不着。你知道他现在出席一个饭局的价码是多少吗？是二十万。二十万，仅仅吃顿饭，什么都不做。而且，是人家买单。

叶美说：那……那我更不敢去吃这个饭了。还是把钱直接打到我卡上吧，再说，我现在做点小生意，忙得实在走不开，您跟乔国安说说。还有，您跟他说，我还住原来那地儿，路过的话，送来也行。

行。经纪人说，唉，现在名人就怕闹绯闻，不吃也行，那您把卡号发到我手机上，我随后去办。嗯，别客气，别客气。

挂了电话，叶美又有些后悔没答应和乔国安见面吃饭。说实话，她还是挺惦记乔国安的，想知道他现在到底成什么样了。其实，乔国安发迹了，吃顿他的饭也没什么了不起的，不就是一顿饭吗？

中午十二点，麻将班子周雅琴、王诗、慕容墨等都来了，叶美把周雅琴拉到一边，和她说起乔国安的事。周雅琴不信，说：他有那么好？借五百还两千？得了吧，我问你，是他亲口讲的吗？

叶美说：是他经纪人和我通的话。

周雅琴说：经纪人？你想啊，要是真心想还钱，他会叫经纪人和你说话？他自己没长嘴巴？

贾大华看见叶美和周雅琴嘀嘀咕咕，怕冷落了大家，忙在桌子上坐下，说：来，开场了，今天哪，我心情好，给大家再唠唠麻将。几个人果然有兴趣，忙围着麻将机在三方坐下了，说，快说，快说，我们最喜欢听贾教授聊天了。

贾大华将牌推进麻将机中间的小孔里，等待牌上来之后开始抓牌，他说：今天哪，我来谈谈马斯洛。

周雅琴说：马斯洛是哪个？

王诗翻了翻白眼，说：这么多话，听着就行。

贾大华笑笑，说：马斯洛是美国的一个心理学家。他有一个著名的马斯洛人类需求五层次理论，这五个需求层次是：生理上的需求、安全上的需求、情感和归属的需求、尊重的需求、自我实现的需求。我为什么要提到马斯洛呢，我觉得还是与麻将有关。

慕容墨惊奇地问道：麻将？这八竿子打不着吧？

贾大华说：生理需要是推动人们行动的最强大的动力。只有这最基本的需要满足到维持生存所必需的程度后，其他的需要才能成为新的激励因素，所以，你们假如没饭吃，没衣穿，没地儿住，你们来打麻将吗？坐在这里的人，饥、渴、衣、住、性方面的要求起码能得到满足。

慕容墨表示严重不同意，说：我就没地儿住，租的。性方面也没被满足，很饥渴。但是，我还是要来打麻将。

贾大华说：租的也好，买的也好，那表明你还是有住的地方。但是，你为什么还是要来打麻将呢，因为你有需求。你看，我们这四个人，围成一圈面对面坐着，就像一个坚固的城堡，大家是不是觉得很安全？这就是安全上的需要；我们在这里边打麻将边交流，边说话，是不是觉得很放松？这是因为我们有感情上的需要。我们需要友爱，需要伙伴之间、同事之间的关系融洽或保持友谊和忠诚；

我们希望得到爱情，希望爱别人，也渴望接受别人的爱。我们这四个人现在就是一个小小的群体，这是一种归属，人都有一种归属于一个群体的感情，希望成为群体中的一员，并相互关心和照顾。

周雅琴吐吐舌头，说：哎哟我的妈，打麻将的人把麻将的好处说到天上去了。

贾大华接着说：没有哪一个人不希望自己拥有稳定的社会地位，没有哪一个人不希望个人的能力和成就得到社会的承认。这就是尊重的需要。尊重的需要又可分为内部尊重和外部尊重。内部尊重是指一个人希望在各种不同情境中有实力、能胜任、充满信心、能独立自主。内部尊重就是人的自尊。你看，我们自己掌管着手中的这13张麻将牌，我们就是上帝。外部尊重是指一个人希望有地位、有威信，受到别人的尊重、信赖和高度评价。在这些需求的基础上，我们就能实现自我的价值。比如这麻将，我们和了牌，内心里就产生一种成就感。我们觉得自己是称职的，从心底里感受到最大的快乐。

贾大华在麻将桌上滔滔不绝地讲着马斯洛与麻将关系的时候，叶美在一旁静静听着。她越来越佩服贾大华。如果说在此之前她只是想通过麻将馆来糊口的话，现在，她内心里暗暗下了决心，一定要把麻将馆办好，办成一个人人喜欢热爱的大家庭。

贾大华说：发财，和了！碰碰胡。刚才这一手牌，抓牌的时候，牌是散的，系统是混沌状态；现在再看，我和牌的时候，系统是有秩序的集合状态。我们人的一生就是如这牌，由混沌发现秩序，由秩序的必然王国进入个人意志的自由王国，这就是成功的人生。

30

寒风中，陈吉将车停在快捷宾馆门口，锁了车，径直进门，上楼。推开502的门，房间空空如也。陈吉喊道：大可，可儿！

袁大可从卫生间里出来，两人面对面站在一起。陈吉说：今天怎么啦？这么急？

袁大可在陈吉旁边的沙发上坐下，说：小吉，今天是我们的最后一次。

陈吉说：为什么？

袁大可说：结束吧，太折磨人了。

陈吉说：这么多年都过来了。

陈吉的泪沾在眼睫毛上，说：我只为你活着。只要在你身边，能天天看到你，再怎么着，我也认。你以为我想和他在一起呀？说实话，看着他那邋遢样儿，我就恶心，更别提做爱了……

袁大可站起来抱住陈吉，不说话，吻着她，陈吉闭着眼，将舌头放进袁大可嘴里，两人纠缠着，最后倒在了床上。袁大可心急火燎地拉扯陈吉的衣服，陈吉闭着眼，也不管不顾地拉扯着自己的衣服，最后，裤子从脚跟处褪了下来。袁大可进入了陈吉，他动作幅度很大，弄得陈吉大声叫唤着，嘴里还喃喃着：不是最后一次，是第一次。

袁大可的额头上已沁出了汗，他的臀部好像一枚钉锤，不停地钉着陈吉。他回应她说：姑奶奶，我的宝贝，我舍不得你，以后你不许和贾大华搞！不许！

陈吉说：老子早就不让他搞了，让他自己搞自己。大可，有个秘密也许你不知道，我一直没告诉你。

袁大可停住了，说：你还有什么我不知道的秘密？

陈吉抱紧了袁大可，说：贾海是你的种。

袁大可睁大了眼睛：你……你说什么？你为什么不早说？

陈吉说：其实，你应该早就看出来了，只是心里一直不愿意承认，是不是？或者说，害怕承认这个事实，对不对？反正，现在事实已经在这里了，你看着办吧。先不说这些，继续做爱吧，做够了再说。

袁大可脸上的表情比以前要复杂好多，看着怀里的女人，他恨也不是爱也不是。

他们两人在宾馆疯狂的时候，贾大华在街上慢慢溜达着。还没进小宝麻将馆，贾大华就感觉到一种异样的气息扑面而来。进了门，果然见叶美呆坐在房间里，麻将桌上空空无人，麻将牌散得到处都是。

苏小琳、洋洋呢？贾大华问叶美，她们两个是支撑麻将馆的铁角。

贾大华用脚踢了踢地上的红三角裤，针尖上，隐隐能看见一点红色。

去王总那儿当服务员了，一个月三千。刚才老板娘来闹了。牛大富说要加房租，派出所来了，说要罚款。叶美好像背课文一般。

贾大华将饭盒放在桌上，说：来吧，来吧，老子奉陪，咱们家的钱是大风刮来的，叶美，别怕，咱们奉陪到底！

叶美的泪挂在眼睑。她捋起袖子，说：贾大华，你看，你看看。

贾大华看见莲藕一样的胳膊。说：看什么？

叶美用手指着胳膊，说：你看不出来吗？这，这，还有这，这都是针眼，卖血留下的针眼。你数数，三十几个，贾大华，我活着不容易呀。

贾大华拖过板凳，对叶美说：叶美，不说这些了好不好？我不想听。我好长时间没打麻将了，来，陪我打打。

叶美说：你知道是多粗的针管吗？就像抽水机一样地抽……

贾大华说：不说了，我想打麻将。

叶美又指指脸上的血印，说：老板娘的心真狠，你看，看哪！

贾大华说：我想打麻将。

叶美说：两个人怎么打？

贾大华说：规矩都是人定的，我说可以打就可以打。你坐对面，我们旁若无人，视两边为空气。

叶美笑了，说：好，我们打。

叶美像想起了什么，从地上拿起热水瓶，站在贾大华跟前，问：你们是喝白开水还是茶水？

贾大华像第一次认识叶美那天说的，说：我有。

叶美就心领神会地笑了。叶美说，贾老师，给我讲讲舵落口。

贾大华的脑袋里空空的，哪里有舵落口的故事，于是，他就开始编：舵落口的名字来自一个神话。贾大华顿住了，他在想下一句。

叶美来了兴致，说：什么神话？我就是喜欢听神话。

贾大华说：几百年前，这里有一个湖……

叶美瞪大了眼睛：湖？这里有一个湖？等等，我想想，这里有一个湖？叶美一边说一边缓缓摇着头：我想象不出来。

贾大华说：死劲想。这里有一个湖。说完这句，贾大华也愣住了，不知道这句话是怎么蹦出来的。

叶美说：好吧，这里有一个湖。

贾大华端起那个绛紫色的茶杯喝了一口水，叶美看着贾大华手指上的貔貅戒指，说：贾大华，这戒指真的值十万吗？

贾大华嘴里的一口水喷出来，笑道：屁！他接着说，别打岔……湖边有一老头儿，是个神仙。

叶美设想这里的场景，机械地重复着：湖边有一老头儿，是个神仙。叶美脑袋里出现的老头儿是贾大华。

贾大华说：对。有一天，这个老头儿站在船头，从一只葫芦里放出一股黑气……

叶美看着贾大华，说：葫芦里放出一股黑气？

贾大华终于找到了感觉，他不再理会叶美，径直讲了下来，贾大华说：葫芦里放出一股黑气，突然，一声炸雷，船就沉到湖底了。老头儿腾空而去。渔民捞起沉船，不见其舵。一年大旱之后，湖水干涸，说来也怪，岸边有两株植物长得异常茂盛……

叶美说：哪两株植物？

贾大华说：你和我。

叶美的丹凤眼横了贾大华一下，贾大华并不笑，说：是的，是我和你，这两株植物很茂盛。不知为什么，贾大华脑子里冒出两株植物来，这脱口而出的竟是他和叶美，贾大华脑子里紧接着出现了一幅画面，他说：渔民在沉船处的泥沙下发现脱落的船舵，忽然变成一条红龙，腾空降雨。人们感念老头儿脱落在湖中的船舵化龙降雨的大恩，便称这一带为舵落口。

叶美说：完了？

贾大华说：完了。

叶美说：这样啊。

讲完故事的贾大华特别有成就感，他好久没这么讲话了，这是他从教以来讲得最生动的一节课，他觉得特过瘾。无中生有地去想象一个故事，而且，这个故事的主人公是他和叶美。

贾大华和叶美一边说，一边打牌，这场牌，打了整整五个小时。叶美看了看墙上的挂钟，看了看贾大华，猛地灭了灯，扑向贾大华，贾大华被母狗一样的叶美扑倒在地。

湖边有一老头儿，是个神仙……黑暗中传来叶美的声音，接着，叶美火热的唇堵住了贾大华的嘴。地上有烟头、瓜子壳和橘子皮，贾大华躺在地上，黑暗中嗅着这杂糅在一起的气息，一时不知道说什么。接着，叶美的气息席卷了这些，把贾大华的唤醒了。死水微澜的生活里浸泡太久，贾大华想在这波浪中冲浪，快快乐乐地洗个澡。活了快五十年，贾大华才知道，黑暗并不是一块遮羞布，而是一道柔波，让他放松和平静。贾大华很想把自己当成一截木头，由着叶美风化自己。

然而，贾大华还是挣扎着，站了起来，他摸索着开了灯。

叶美的一滴泪落在夜里。贾大华擦着叶美脸颊的泪，说：等等，好吗？

叶美说：等等，等到什么时候？

贾大华说：明天。可以吗？

叶美笑了。她问：为什么是明天？

贾大华说：我也不知道，脑子里冒出的一个词就是"明天"。

叶美又拉灭了灯，黑暗中，叶美的脸贴在贾大华的胸膛上，叶美说：有点冷……让我好好抱抱你。

胸前有股柔波拍打着贾大华的岸。他有些迷离，机械地答着：好。这句回答之后，他的鼻息间溢满的是海洋和植物的气息。

31

大宝麻将馆窗户都关着，王颂又加了十盏日光灯，整个大厅亮堂堂的。麻将馆的生意出奇的好，二十张桌子全部坐满，里面还站着不少人。王颂只得将桌子的密度减小，又加上五张桌子。除去七八个服务员的工资、水电费及房子租金，他们每天能落下整整一万元。夜半时分，王颂和小田最大的爱好就是在家数钞票。小田现在就像银行的出纳，扎起零钞来也有模有样了。小田说：没想到好日子这么快就到了。

王颂说：还是你眼睛毒，看我看得准。

小田一抿嘴，抛了个媚眼，说：得了吧。又在那儿自恋。对了，你找小姐的事儿先记在账上，以后找你算。

王颂王顾左右而言他，说：大宝呢？这龟儿子怎么还没回来？

小田说：还不是在打游戏！

王颂点了一支烟，将烟圈吐出来，又想吸回去，差点呛着自己，一边咳嗽一边说：我们忙，也放了这龟儿子的闸，等忙过这一段，看我不收拾他。

小田说：还有叶美那婆娘，吃里扒外，这仇也得报。

王颂一翻白眼：我会放过她？只是现在没这精力。等我闲下来，慢慢收拾。她不就傍了贾大华么？你以为贾大华有什么狠？块头大，纸老虎一个。人说秀才遇到兵，有理说不清。何况，他连秀才都算不上。

小田说：现在关于他们的风言风语已经在草城传开了。

王颂说：贾大华死的日子还没到。

王颂和老婆说话的当口，急速网吧里正在上演一出好戏。大宝和小宝正紧邻着鏖战，突然，网吧里闯进一个大个子来。他径直走到大宝和小宝的身边，拿出一把匕首直抵大宝的腰间，小声说：别吭声，否则杀了你。大宝到底见过一些世面，说：你有什么要求？大个子一脸横肉，一看就不是好主，说：找你借点钱花花。大宝说：我又没赚钱，哪来的钱？大个子声音里的杀气又重了，说：谁不知道你爹现在日进斗金？现在就给我回去偷，赶紧的。限你半小时给我两千块！走！说着，便猛地将大宝从椅子上提起来，还狠狠地说：你要是敢报警，杀你全家！小宝的脸都吓白了，握鼠标的手直哆嗦，大宝看了小宝一眼，很快出了急速网吧。

王颂二十岁结婚时就有了大宝，他和小田是未婚先孕。大宝六岁时，王颂蹲了监，这一蹲，就是十年。没有爸罩着的日子，大宝的胆子很小。现在遇着大个子，大宝压根儿就没想过要报警。他之所以胸有成竹地回家，是因为他有信心能从家里弄到钱。大宝麻将馆每天夜半才散场，这个点儿，爸妈也不可能去银行将钱存了，只好带到家里搁一晚上第二天再存。大宝知道钱放在哪儿。他打算此刻潜回家，如果爸妈睡熟了，他就从家里爸妈的床底下偷出两千块来。不就是两千块钱吗？又不是没偷过。反正他们家现在不差钱。

果然，小田和王颂的鼾声把整个屋子铺得满满的。大宝蹑手蹑脚从爸妈的床底下拖出一个皮鞋盒子，从里面抓了一把钱，感觉够了两千块，就很快撤了。回到急速网吧，大个子还坐在大宝的位置上打游戏，一副优哉游哉的样子，见大宝手里抓着一大把钱，脸上绽出笑来，说：真乖。来，你继续打游戏，哥儿们出去喝点酒。大个子从大宝手里抓过钱，一把塞到自己的裤兜里，拍拍大宝的肩，说：小弟弟，你继续玩，刚才我可帮你打了好几关！

大宝的表情有点木木的，他看着大个子，点点头。

见大个子走远，小宝这才敢吐出一口气来，说：真他妈强，就这么一会儿工夫，就两千块！

大宝说：什么两千块？那可是我家的钱！

小宝说：你们家真有钱。我家要是像你家这么有钱就好了。我看病也有着落了。

大宝说：对了，我爸妈不让我和你玩。

小宝说：为什么？

大宝将头靠在椅背上，长长吐了口气，说：还不是你妈干得那事儿！拆我们家的台。你妈本来是我们家麻将馆的服务员，可现在自己另立门户，这不是拆台是什么？我爸说了，再看见我和你玩，就打断我的腿！

小宝说：那你怎么说？我们这兄弟不当咯？

大宝说：他们说他们的，咱们是拜把子弟兄，能不在一起么？有福同享、有难同当。

小宝满意地笑了。

苏小杉中学里来了一批实习生，有几个实习生工作热情特别高涨，强烈要求上课。教导主任听了实习生几节课后，觉得这几个实习生可以在讲台上独当一面了，弄得苏小杉成了闲人一个。苏小杉觉得这是个机会，她最近孕期反应特别厉害，想请半个月的假，在家调养调养。毕竟，她是高龄产妇。教导主任表示理解，暗地里许了苏小杉半个月的假，以外出开会进修的名义。

苏小杉回到家，这才体会到当宅女的好处。一个人在家的那种清闲和自由，让她这个职业女性的身体和精神整个地涣散下来。郑天一做丈夫真是尽心尽力，不遗余力，每天菜市场要去好几次，遇着新鲜菜蔬、鱼虾海鲜，都要往家里提，也不管苏小杉能吃多少吸收多少。在家无忧无虑地坐了三天，苏小杉感觉到了一点点乏味，说这叫什么事儿，还是上班去。

郑天一说：小杉，你傻呀，好不容易请回假，哪有提前上班的。你就在家待着吧。实在闲得慌，到外面去转转去。要不，你去叶美那儿去看看，那儿热闹。

苏小杉说：得了吧，我去麻将馆？真是疯了。

郑天一说：又不是在那儿打，不过就是随便逛逛吧。

说完这些话，郑天一也没往心里去，他知道苏小杉一个人不会去。这么说，是显得他郑天一理解人，通情达理。没想到，整个下午，郑天一下班带着菜回家，家里不见苏小杉的人影，打她手机，手机在家里客厅里响着呢。她怀孕后，就没把手机带在身上，怕辐射。小杉会去哪儿呢？郑天一想来想去，只得到一个结果：在小宝麻将馆。虽然整个提议是他自己提地，可老婆现在真正去了那儿，郑天一又不悦了。你说这怀孕不好好在家待着，去那些复杂的地方干吗？要是叫她学校的领导知道了，影响多不好。

郑天一放下塑料袋，直奔小宝麻将馆。在路上，他碰到大宝麻将馆的老板娘小田，她坐的是一个小车，不知是谁的。小田对郑天一倒没什么意见，有意见的是贾大华。见郑天一匆匆忙忙的，小田忙摇下车窗打招呼，说：郑老师，有空到我这里来玩呀。

郑天一说：好，有空来玩。

小田说：你这是去哪儿？要不，我把你带上一段儿？

郑天一说：那好，我去那边铁道。

小田笑了：哦，你是去姓叶的那儿吧？对了，我听说你媳妇儿怀孕了，可千万别叫她去那儿呀。

郑天一心想这小田真是利用一切机会离间，没想到小田说出的一段话令郑天一心惊肉跳。小田说：我说这话，可是为你好。你要知道，她那个小宝麻将馆的地儿，以前是出了人命案的，一个青壮年男人死在里面，血流了一地，很惨的。听人说，这男人和叶美是相好，警察调查了很长一段时间，怀疑是叶美所杀。当然，人家杀不杀人，与我没什么相干，这是警察要干的事儿。可你媳妇儿是怀孕的人，呆在那个凶宅，是绝对的不合适，阴气太重。你说对不对？

郑天一不由得倒抽一口凉气，说：妈呀，还有这么回事，你要是不说，我哪里知道。不瞒你说，小杉现在就在那儿，我赶紧把她叫回来。

小田听了只吐舌头，说：你呀，胆子可真大。我看你也不小了，遇着这么个宝贝孩子，还这么马虎，赶紧的。跟你说，那个姓叶的女的，可真是个灾星。我儿子大宝和她家的小宝搅在一块，也没惹上好事。唉，我这苕儿子，可怎么办咯！郑老师你就在这儿下，快到了。

郑天一等车停稳后下了，向小田摆摆手。他直奔小宝麻将馆。此刻，他脑子里血肉模糊，没料到媳妇儿呆在这个鬼地方！

苏小杉坐在麻将桌上，王诗的右手夹着烟，烟头正对着苏小杉，苏小杉好像还在和王诗说说笑笑。郑天一一脚跨进屋，头顶上盘旋着一团火。他吼道：苏小杉，你怎么打上麻将了？

苏小杉吓了一大跳，扭头见是老公郑天一，放下心来，说：我怎么就不能打麻将啦？

叶美也一边应和着：在家也闲得慌，打着玩呗。贾大华整个下午没课，也在旁边，见郑天一来了，正准备上前打招呼，没想到郑天一老着脸，对苏小杉说：

你马上给我回去。现在!

苏小杉平时看着挺温柔的,但她是个吃软不吃硬的主,一听老公当着众人的面给她下马威,烦了,怒道:我还就偏不回去了,你能把我怎么着?

郑天一说:还反了你!一边说,郑天一已经开始动手了,右手已经在苏小杉身上。苏小杉说:你还想动手打姑奶奶不成?来呀,打呀,不打是他妈的王八蛋!

也许是来得太突然,或者人们对他们夫妻打架没有任何心理准备,只傻愣愣地站在旁边。郑天一和苏小杉结婚这么多年都没红过脸,他是一个没什么脾气的男人,现在头上的一团火被苏小杉浇上了汽油,哪有不燃的道理?他真的一巴掌打在苏小杉的脸上。苏小杉简直气疯了,就势坐在地上,呜呜地哭起来。郑天一的气根本没消,他一跺脚,走了。贾大华在后面追,除了看见外面吓人的天,连个影儿都没见着。

麻将馆被搅了局,大家都围着苏小杉,说郑天一的不是。叶美说:平时看这郑老师挺和气的,没想到脾气这么臭。

周雅琴说:这就是文人,发起火来吓死人。

正说着,苏小琳来了。一看苏小杉在哭,脸上都是泪,大声喊道:谁他妈欺负我姐啦?

叶美说:咦,你怎么来了?不在那边干啦?

苏小琳说:干个屁,就干了几天。太累了,不就是三千块钱么,老子不伺候了!叶美姐,到底谁欺负我姐了?

周雅琴挖苦道:谁敢欺负你姐?你姐夫!

苏小琳说:这个王八蛋!我这就找他算账去!说着,苏小琳就要出门。苏小杉见苏小琳要去找郑天一,制止道:苏小琳,别添乱了!苏小琳说:姐,你太软弱可欺了吧?男人就不能给脸子。你给他脸子,他就会时不时翻脸。姐,你怀孕他都这样,以后你可怎么过呀?

一席话，说得苏小杉不禁悲从中来，又呜呜地哭了。叶美将麻将搓得哗哗响，说：来，继续打麻将，开心一点，快来呀！大家这又围坐下来，继续打起麻将来。苏小琳也忘了刚才的两肋插刀，在牌桌上将一个人挤下，说：我也来一个。我也来一个。

不知是谁在门口喊了一声：下雪啦，下雪啦——

王诗猫起身子踮起脚尖，惊喜地叫道：真的哦，真的下雪了！

贾大华没打麻将，他走到屋外，仰面看着老天爷一把一把地洒着雪朵，心想：乖乖，这么大的雪，这不到一会儿工夫，地就要铺满呀！

32

贾大华最怕的是冬天。

也许是从小在南方长大的缘故，他的身体已经和温暖平静的季节达成共识。而寒冷，好像是他潜意识里的敌人，特别是冬天里的寒冷。贾大华有时很是无奈，要和这个无处不在的敌人作斗争。它太强大了，强大得他看见它就想躲得远远的，可是，在这茫茫的北国风光里，他又无处可逃。

最近几天，贾大华烦不胜烦。苏小杉雪夜从麻将馆回家摔了一跤，把他们盼了这么多年的孩子给摔没了。苏小杉在家里泪水不止。因为没怀过孕，不知道其中的厉害，没引起足够的重视，现在可是后悔都来不及了。她倒希望郑天一能将她大骂一顿。可此时郑天一相反倒闭了嘴。郑天一虽然对苏小杉闭了嘴，可他一肚子的气总要找人撒，他找到贾大华，将一肚子怨言倾倒出来：贾大华，你这次搞这个什么麻将馆真是没积一点德！把我害得好苦！你明知道苏小杉怀了孕，还叫她在那里打麻将，你……

贾大华也觉得委屈，说：郑天一，你仔细回忆一下，我什么时候叫苏小杉到麻将馆打麻将了？是我到你家去请的还是接的？脚长在她身上。是的，你媳妇流了产，我也很难过，可这不是我叫你们这样的呀。算了，想开些，这次没有了，下次再来……

郑天一说：你真是站着说话不腰疼。你有两个儿子吧？

贾大华叹了口气，说：两个儿子怎么啦？那都是我的债。我告诉你，你现在也许好受一点。我跟前妻的那个儿子早就被人拐卖了。你以为我心里好受么？

郑天一说：啊，有这么回事？怎么没听你说……

贾大华说：我跟谁说？我只能埋在心里……你是没得到已失去，我是已得到已失去。我比你更痛苦……

郑天一拍拍贾大华的肩，看了看办公室的暖气片，一边说一边往外走，骂道：他妈的这暖气还不送！真是吃白食的！

正说着，办公室走廊传来说话声，好像有人在问贾大华的名字，贾大华忙走到门口望，一看吓了一大跳，来的人竟是前妻张玲。张玲脖子上绕了一条红围巾，大概背了一大包东西，身子有点儿前倾。贾大华忙上前接过她身后的大黑包，看张玲的围巾上还有雪花。张玲走进办公室，在椅子上坐下，对贾大华说：渴死了，贾大华，你给我口水喝……

贾大华还是没有回过神来，说：你……你来草城这是……

张玲眼里闪过一丝光亮，她一脸的欣喜：我是来找儿子的。听我一个来过草城的街坊说，他在草城看到过一个男孩子，说特别像洋洋。

贾大华觉得张玲说的很不靠谱，张玲接着说：街坊到草城开会，有天不好搭车，就坐上了一辆黑车。你猜怎么着？街坊当时看着那司机，觉得眼熟，眉眼之间有一种亲切的感觉，也没过多地往心里去。回到上海，到我屋里借东西，看到墙上洋洋的照片，这才猛一拍大腿，肯定地说洋洋就在草城。我寻思着你也在草城，无论如何我不能守在上海死等，不如就到草城来寻点事做，也顺便找我的洋洋。

贾大华耸了耸肩，说：我和你，还有关系吗？

张玲好像已经预见到贾大华会这么说，脸上并没有太多的吃惊和生气，她说：不是吗？我这次是为贾洋。他的身体里流着你的血，你怎么说没关系呢？

贾大华说：那你需要我做什么？你不会要求住到我家里去吧？

张玲说：我有那么傻吗？我的意思是你在草城肯定要比我熟悉，再说，这大冬天的，也不能把我赶到冰天雪地里吧。要不，我就住你们办公室？这里也有暖气，总比待在外面暖和些，再说我也不可能住旅馆。每天我在你们老师上班前出去。

贾大华嘲笑道：有暖气吗？我看你真是冻僵了，暖气还没来呢。在我办公室住，亏你想得出来！这是绝对不可能的。看来，我只能暂时带你去个地方了。不过，你性格不要那么好强，和人家好好相处。

贾大华之所以有绝对的把握叶美不会反对张玲去麻将馆，确实是因为那里需要人衬，需要的就是人气。张玲打不打麻将暂且不说，那儿多一个人，就会给人生意红火的感觉。再加上也有空余的房间，正好让她和叶美做伴，何乐而不为呢？在去小宝麻将馆之前，贾大华还是给叶美打了个电话，听说是贾大华的前妻，叶美的话里有点儿吞吞吐吐，叶美说：不是我反对她来，只是我这里条件艰苦，不知她能不能习惯，她毕竟是大城市的人。

贾大华说：她也是工人一个，没什么文化，也没过多的讲究，否则我不会叫她住你那儿了。你呢，脾气又好，人又懂事，我不操心你们能不能相处得好。还有，我觉得你们俩应该是谈得来的，有一些共性的地方。好了，不说了，我先带她去你那儿，然后，中午请你吃饭，怎么样？咱们去湘菜馆。说完，不等叶美回话，就挂了电话。出校门时，学校门卫看贾大华身后跟着一个拿行李的女人，在背后嘀嘀咕咕的。贾大华将衣袖上的雪花拍了拍，说：新闻里说明天就会送暖气。这次的雪，下得有点儿早。

张玲一脸和蔼，说：我觉得草城挺好的，一点都不冷。也许是因为身边有个男人的原因，腰都伸得直了一些。

贾大华没有接话，聋子一样自顾自地朝前走。

在贾大华带着张玲到达小宝棋牌是之前，叶美赶紧在房间里换了一件桃红呢子大衣。这件大衣，是叶美衣柜里最贵的一件，不到重要场合和时机，叶美是舍不得穿的。也不知为什么，听贾大华说要带他前妻来，并且是住她这儿，她就忙不迭地要将自己打扮得漂漂亮亮的，好像要和谁PK似的。有一丝紧张和忐忑，又有一丝隐隐的失望和希望，反正，许多种复杂的情绪交织在一起，就像这雪花，一阵紧一阵地往地上奔。其实，地上有什么呢，什么都没有。

儿子小宝最近又在一剪梅发屋，有一天没一天地学着理发手艺。如果不到万不得已，叶美不想让小宝沾麻将这一行。毕竟是一个"赌"字。常在河边走，哪有不湿鞋？小宝倒也落个清净，心血来潮时，就去一剪梅打个逛，心志涣散时，就坐在网吧里，和他永远的伙伴大宝一起打发枯燥无聊的时光。

打扮好了的叶美正坐在门口七想八想，见贾大华晃晃悠悠地踩着雪来了。身后果然跟着一个女人：四五十岁的样子，模样有些干瘦，面部长得也比较苦情，并没有想象中的温婉可人之类。叶美放下心来，轻舒一口气，笑道：稀客稀客，快进屋坐。一边说，一边上前连忙接过张玲手里的行李。张玲看看叶美，有些吃惊，又看看贾大华，目光里满是询问，意思是，这就是你老婆？贾大华说：这是叶美，我的朋友。她这里有地儿，你暂时住着。不过，不能住太长。

张玲说：能把这个冬天熬过就成。嗯，这屋比你那办公室还暖和呢。

贾大华在椅子上坐下，说：暖和就好，暖和就好。

叶美说：暖气这两天就要来了，我在屋里生了个煤球炉。

张玲看到堂屋里摆了几张麻将桌，好奇地问：屋里摆这么多的麻将桌干吗？要是打麻将，一张桌子也就够了。

叶美看了看贾大华，又把头转向张玲，笑笑，说：贾老师还没跟你说吧。我和他一起开了个麻将馆，做点小生意。他现在可是小老板呢。

贾大华鼻孔里嗤出一声笑，说：小老板？得了吧。再没有比这更小的老板了。我也没时间打理张罗，说起来我和你合伙，可都是你张罗。

张玲也没把自己当外人，对贾大华说：你要上班，哪能做生意呢。正好，我在这，可以帮你搭把手。妹妹，你说呢？

张玲的话，让叶美隐隐有些不快。从她的语气能听得出，张玲已经将她自己和贾大华归为了甲方，而她叶美却是乙方。

凭什么呢？就因为她是他的前妻？

叶美觉得这很不公平。这房子、这麻将馆，都是她一手辛辛苦苦打理出来的。贾大华甚至在没和她商量的情况下，就把这个女人带来了。说是他前妻，鬼知道是不是。以前这麻将馆虽说有贾大华合伙，但什么事基本都是她叶美说了算。这上海女人到了之后，还不知道会出什么状况呢。不过，弱势肯定是不行的，反客为主更不行。没有规矩不成方圆，在一些原则的事情上，叶美还是相当认真的。感情归一码，但生意更归一码。正如贾大华讲的那个什么马斯洛，没有生存的需要，哪来感情的需要呢？饭是要一口一口吃的。

大概是觉察到叶美有一丝的不快，贾大华对叶美说：她这个人，还是蛮勤快的。你这里毕竟还是缺人手，她可以帮个忙。

张玲说：管吃管住一个月有个七八百就成。我要求不高。

叶美正准备发作，贾大华说：行，要求是不高，就这么定了。工资我来发。

张玲说：凭什么工资你来发？我在这里做事，这里肯定是有钱赚的。不然，开麻将馆干吗。不过，你是老板，你发工资也没错。

贾大华站起来，说：今天中午我请客，要抓紧，不然，打牌的人快到了。

张玲说：我就不出去了，你们帮我带一点回来。

叶美说：还是我留在家里吧，你不熟。

贾大华看了看表，说：还早呢，走，别扯了，一起出去吃顿饭。

说着，叶美走在最后，跟着张玲和贾大华出了门。离铁道不远有一家小饭馆，湖北菜，正合叶美的胃口。张玲倒是吃着不高兴，没动几口就放下筷子，说菜的口味太重，并在一旁不住提醒贾大华以后不要吃这又辣又咸的菜，小心得高血压。大概是气氛还不错，贾大华难得好心情，笑道：高血压，早就上身了。怕啥？

张玲叹了口气，说：我看你也比我好不到哪儿去，不像个有家的人。又看看叶美，说，现在的男人都变着法子换老婆，其实啊，老婆还是原配的好。

贾大华喝了一口酒，没说话。

33

张玲并没有想象中或者说像贾大华说的那么勤快。她一觉醒来的时候，叶美已经将屋子打扫干净，里里外外桌椅板凳擦了一两遍了。大概是昨晚暖气来了，张玲沉浸在一种暖洋洋的倦怠里，身子骨都是软软的。张玲将自己的皮肉软软地在床上摊开，觉得从没有这么舒服过。

贾大华很早就送了十几个馍来，外加三袋豆浆。叶美看见贾大华将馍放在桌子上，也没说什么，继续抹桌子板凳。贾大华看了看表，那意思是自己也忙，没说一句话，走了。贾大华一走，叶美赌气似的在椅子上坐下，拿了馍狠狠啃了一口。其实，就是张玲不来，叶美每天也是这么干活。可现在，她床上还躺着一个人，这个人躺着而她却干着活，这下子，就觉得心里不太平衡了。现在见贾大华送吃的来，叶美的心里更不平。以前，贾大华也送过吃的，可今天，叶美觉得，贾大华是专门为张玲送的。到底是前妻，感情基础深厚，怕她冻着饿着没地儿住……可她叶美在中间算什么呢？现在她反倒像一个局外人了。因为儿子小宝住一间，张玲就只好和她睡一张床。别看张玲长得不胖，可睡起觉来呼噜声可不小，整整一晚上有起有伏。那波浪一样的呼噜声把叶美的睡眠搅得乱七八糟。睡不着的叶美就开始胡思乱想起来，当然，都是关于张玲和贾大华的。比如，她为什么会与贾大华离婚，他们为什么又会结婚，他们在床上是怎么样的，等等，这么一想，叶美觉得一切都陌生都莫名其妙起来。

张玲这人有点慢热，第二天睡觉，她才和叶美慢慢熟悉起来。两人忙完后，彼此都靠在床上，张玲说想和叶美聊聊。叶美说那就聊吧。

张玲说：妹妹，以后你就叫我阿玲吧。

叶美说：阿玲，嗯，这名字叫着亲切。

张玲说：你是怎么认识贾大华的？你们是什么关系呢？

叶美微微皱了皱眉，说：以前我在一家麻将馆当服务员，贾大华呢，总去打麻将，就这样认识了。后来，我从那里出来了，和贾大华开了这个麻将馆。

张玲点头：我明白了，关系不一般。贾大华这个人，其实并没有别人想象中的那么大方。但是，如果他舍得花钱，一定是有一定的目的。这点，你信吗？

叶美的笑里有一丝讥讽：我不信。

张玲说：你要知道，我是他的原配。原配是什么？就是掌握他底细的人。就像如今一个很时髦的词：基因。没有谁比我更了解他了。如果你还没发现他的一些什么缺点，只能说，到了他这个年纪的人，是很善于伪装的。他会装你就没辙。给你看的，都不是本来的真实的东西。

张玲的一番话，说得叶美眼睛一眨一眨的。所有的前妻总结婚姻经验的时候，都像一个专家。叶美说：那你是怎么看贾大华呢？

张玲下巴扬了扬，说：怎么看？没看法。他是我的前夫，这个印记是永远洗刷不掉的。我可以为有关他儿子的任何事情来找他，他还不能有一点含糊。

那要是含糊了呢？叶美的这句话，怎么听都像是在替贾大华发问。

张玲说：我有这个把握，他绝对不会含糊。唉，这次我到草城来，是抱着那么一点点希望来的。

叶美心里一惊，洗耳恭听。

张玲说：贾大华这里，我从来不抱什么希望。要知道，他是有老婆的人。退一万步，即使他是单身，也不可能再找到我，和我死灰复燃……

叶美听到张玲说出"死灰复燃"这个词，忍不住笑起来。

你还别笑，张玲说，离婚的夫妻还真有不少死灰复燃的，但我不属于这一类。我们不是一路人。我往西他往东，同床异梦，哪里过得好日子？我有这个自知之明。我想说的是，我的儿子洋洋，贾洋。他可是贾大华的亲骨肉，十几年前就被人拐走了。你说，我心里能快活得了么？前几天我听我一个到草城来开会的街坊说，他坐一辆黑车，瞅着那个男孩很像我儿子洋洋，所以，我就来了。一出草城的火车站，我才傻了眼。你说草城这么大，又没个电话号码和地址，我上哪儿找去？妹妹，你说，我这辈子找不到贾洋，我活着还有什么意思？我说你听，也不怕你笑话，以后呢，帮我多留心点那些开黑车的，坐他们的车，嘴巴别闲着，多说几句，打听一下他们的来历，兴许还记得一点事。

叶美说：嗯。

34

小宝最近越来越不爱回家了，一到晚上，他就去苏小琳的屋子。苏小琳没和东北女人合伙做生意了，她单干。小宝睡在她那儿，她就没法做生意。这天下午，有一个老相好说晚上要到她这儿来，一夜给五百块。而此时都快七点了，苏小琳看着小宝，暗暗着急，便用指甲把他给掐醒了。小宝不耐烦地说：干吗呀，干吗呀，我要睡觉。

苏小琳说：好小宝，今天晚上回去睡，好不好？姐有事。

小宝腾地坐起来，说：有事？你以为我不知道？你卖淫！

苏小琳啪地抽了小宝一耳光，眼里含着泪，说：贱人！别人怎么说我都行，你不能这么说我！你凭良心，我对你怎么样？你吃的玩的用的，我在你身上花得少吗？那我这些钱，就是卖淫来的，那说明，你也在卖淫！你以为你妈没有卖淫吗？她和那个老贾！只不过，她是固定卖淫！所以，小宝，你以后别把卖淫挂在嘴上，其实，大家都在卖淫，知道不？我卖下面那张嘴，是为我上面这张嘴，我没犯法，我最多对不住给我身体的爹娘。

这席话，说得小宝呜呜哭起来，他抱着苏小琳，边哭边说：姐，我以后再也不说你卖淫了……

苏小琳轻轻拍着小宝的后背，说：乖小宝，姐给你钱花，你以后也要少打游戏，多学点本事，好不好？不然，以后你靠什么来养我？

小宝含着泪点点头。苏小琳丰满的乳房让他觉得温暖。

王颂觉得最近有点儿奇怪，每次到银行去存钱，头天晚上数的和第二天的数字不太一样，有时相隔一百两百，有时相差四百五百，王颂起初以为是自己记忆力不行，记错了。他很想问问老婆小田，可又怕老婆误会说她拿了。再说，几百块钱，对于现在日进斗金的他们，也不是什么大数字，王颂也就把这事儿搁下了。今天去银行存钱时，因为车限号，便叫了停在小公园旁边慕容墨的黑车。慕容墨近一段时间麻将打得不多，除了在小宝麻将馆那儿打过几次，大宝麻将馆这边几乎没来。王颂在副驾驶上问慕容墨，说：墨迹，改邪归正了？

慕容墨将烟头伸出窗外，扔了，说：王总，你连这都看得出来？神啦！对，我现在确实是改邪归正了。唉，生存为第一要素啊。

王颂说：凭你的模样，可以在草城找个好女孩子。

慕容墨一笑，说：男人要是凭模样去过日子，那就成小白脸咯。得，我还是老老实实开我的车吧。您这是去银行吧？真是羡慕啊，麻将馆火得了不得。

王颂说：好日子都是自己守出来的。你也别羡慕我，干这一行，是刀尖上舔血。时不时来几个混混儿擂肥，你要是没有血性，早就吓得尿裤子了。

一路说着，眼看着就到了。王颂将衣服领子竖起来，腋下包着报纸的钱夹紧了，闪进了银行。就这几分钟的工夫，慕容墨赚了二十块。他将一沓零钞理顺，放进兜里，无聊地看着路上被行人踩黑的积雪。这个月底，他又要交房租了。每月四百块的房租加上自己的生活费，日子还是过得紧巴巴的。慕容墨去麻将馆很大程度上是想赢点钱，好贴补补自己的生活。至于他为什么由大宝麻将馆转战小宝麻将馆，是有他的理由的。小宝麻将馆人少，单纯。这就减少了老千搞鬼的风险。慕容墨只能吃补药不能吃泻药。

慕容墨的车还没开走，王颂就从银行出来了，旁边还有一个梳着莫西干头的小伙子。环境就是这么奇怪，王颂如果单独走，谁也看不出他进过监狱。现在和这个莫西干头一起，人家就能对他的过去猜个八九不离十了。王颂看见慕容墨还没走，和莫西干头径直朝他的车走来。慕容墨连忙发动车，笑着向王颂打招呼。

王颂还是坐在副驾驶，莫西干头坐在了后面。王颂说：他妈的金卡就是好，不用排队。

慕容墨说：如今有钱就是大爷，您说，是不是？

莫西干头在后面插了一句：有钱当然是大爷，没钱就是龟孙子。王总，王大爷……

王颂一时间有些得意，头往椅背上靠了靠，说：墨迹，你也该换辆车了，这车里这么冷，怎么开呀？

慕容墨说：习惯了。本来就是一辆二手车。新车好车，我也买不起啊。

王颂说：也是。不过，你是做生意的。做生意，讲究一个营业环境，你的环境好，才能吸引顾客。我们麻将馆，以前我就没注意，现在好多了。现在，大家兜里有的是钱，你要把人家哄高兴了，人家才乐意来你这儿。

慕容墨连连点头，说：是，是，是。

突然，王颂看着窗外有两个少年一前一后地走，他叫慕容墨停车。慕容墨从驾驶室里看见王颂将他儿子大宝一把抓住，三步并作两步，将他塞进后座，说：他妈的王八羔子，成天和他在一起不干正经事！

慕容墨说：那个不是小宝么？

王颂说：可不，现在舵落口，哪个不晓得他们这两个活宝？平素找不到他们的人，只要去网吧，那是一逮一个准。说！今天又拿了多少钱？

王颂其实是诈唬一下大宝的，也没做好什么心理准备。没想到，大宝是一个软骨头，王颂仅仅只是威胁几句，他就打着哭腔交代了自己所做的一些龌龊事。他说自打麻将馆的生意好转，他从家里拿了差不多有一万两千块钱。一听这么大一个数字，王颂气坏了，他叫慕容墨停车，拉开车门，将大宝从车里拽了出来扔在路上，说：给老子滚！以后别回老子的家。说着，强令慕容墨飞快地离开。慕容墨从后视镜里看见大宝躺在雪地里，有点儿不忍心，他慢慢放慢速度，说：王总，大宝可是您的亲儿子呀。

王颂说：亲儿子怎么啦？我不狠心，他以后学坏了，自然有人对他更狠心。我这是在救他。你放心，他走不远，我知道他，特胆小，没什么出息。

将王颂和莫西干头送到大宝麻将馆楼下后，慕容墨特地又将车开了回去。地上已经不见大宝的影子。慕容墨觉得有些无聊，感到自己准备行善的英雄行为无用武之地，他决定今天给自己放放假，吃点什么，然后去小宝麻将馆打一天麻将。这么一想，慕容墨的方向盘立马找到了位置。

35

小宝搀着大宝一拐一瘸地在雪地里走着。大宝整个身子都是软的，他的语气里没有了多少底气，只有无尽的委屈。大宝说：小宝，你知道我爸有多狠吗？你应该看到的，是的，你看到了。他把我从车里拉出来，就像扔一坨屎一样把我扔在地上。他以为他是个好人。谁不知道他坐过牢？不就是开赌场赚了几个臭钱吗，有什么了不起的？我恨，我好恨，恨他们为什么要生下我！小宝，你恨吗？

小宝的眼神在此时有些茫然，茫然中显出一种无知的单纯。他说：我恨谁呢？我没有恨的资格。你看看我的嘴，我妈把我生成这样，按道理，我最恨的人应该是我妈。可我对我妈又恨不起来。她挺不容易的，为了养我，吃了不少苦……

大宝说：不恨就不恨吧。小宝，我们走吧。

小宝说：走？去哪儿？

大宝说：离开这里，去哪儿都行。我们出去闯世界，闯出个人样让他们看看！我这里还有一点钱，可以买火车票。你说，你想去哪儿？

小宝有些犹豫，支支吾吾：我……我还没想好。

大宝的眼里闪过从未有过的严肃，他站住了，问小宝：那你什么时候才能想好？你不是说过我们兄弟同甘共苦的吗？

小宝说：那好，我现在就想好了，我先回去拿点东西再走。要不，我们去南方吧？

大宝一脸迷茫，说：南方在哪里呢？

小宝：南方就是我的老家，我们去那儿。你要想好，我们这一去，可能不能马上回来。我们没有发财就不要回来。我先回去拿点东西。你等着。

见小宝这么坚决，大宝反而又踟蹰了。他说，走，我们先去打游戏，我这受伤的心灵需要魔兽安慰安慰。去南方的事儿，我们在网吧细细讨论。走！

大宝和小宝穿得并不多，他们走路的时候含着胸。风，有些刺骨，远远的，看这两个男孩的背影，越发显得孤寂冷清。

而此时，小宝麻将馆，张玲两只胳膊戴着袖头，在厨房里忙活着。叶美和她商量，说这天越来越冷了，为了拉住人心，从今天开始，为牌客们提供晚餐。

张玲说，我以前卖过盒饭，人虽然辛苦，生意还不错，还能挣几个钱。要不，你就卖盒饭吧。

叶美说：算了，还是免费算了，还不是为麻将生意么。

见叶美这么说，张玲也没坚持。为了晚餐能丰盛些，张玲从一大早就开始忙活了。她将叶美买回的白萝卜洗净，又将几只冷冻的鸡架剁了，将准备好的尖椒、大蒜、生姜之类搁在一起熬了一锅鸡架萝卜汤，外加一大碗榨菜炒肉丝，晚餐定然是让人垂涎欲滴了。昨晚她和叶美靠在床上聊天，聊着聊着，不觉到了夜里两点。通过和叶美的聊天，张玲对叶美的印象还是不错的，只是她与贾大华的关系，在她看来，有点儿怪怪的。像相好又不像相好，像亲戚又不像亲戚，在张玲看来，总有那么一丝欲说还休、刻意回避的暧昧。张玲不喜欢这一点。女人到了这个年龄，并不是迟钝，而是因为人生经验的积累，已经到了相当丰富的程度，什么事从眼前过，都跟剥了皮似的，还有什么藏得住？显然，叶美这女人，喜欢贾大华。贾大华呢，对叶美，也有那么一点喜欢，但那种喜欢，又不是小青年的那种一日不见如隔三秋的喜欢，有点儿君子之交淡如水的意思。叶美好像对张玲有关来草城找儿子贾洋的故事并不太感兴趣，她更感兴趣的是和她离婚之前的贾大华。张玲当然觉察到了，她在有些故事上有意识地进行了夸张。比如，她说她怀孕的时候，贾大华怎么宠她，她半夜要吃鸭梨，贾大华半夜就出去买；比如，谈恋爱压马路的时候，贾大华如何不安分，在里弄里怎么抱着她亲嘴……张玲在编这些瞎话的时候，眼前真的浮现出这样的画面来，这些画面，其实是她从电视剧中借过来的。叶美偶尔打个哈欠，不经意的样子，最后说：不早了，姐，睡吧，明天还有不少活儿要干呢。张玲说：行。你别嫌我啊，我爱打呼噜。叶美说：没事儿，我有时也打。张玲果然没有客气，一躺下就高一声低一声地打起呼噜来。叶美在被子里睁着眼睛，又将张玲所说的话反刍了一次，然后，踏实地睡了。小宝不知是几点回来的，叶美也没精力管他，第二天醒来，看对面房间里被子拉开了，里面还有热乎气，叶美知道小宝是荷叶包鳝鱼，溜了。

叶美和张玲正吃着午饭，慕容墨来了。叶美见好几天没露面的慕容墨来了，很是高兴，忙拿过板凳摆在饭桌边，叫慕容墨也吃点儿。看见饭桌上有个陌生面孔，慕容墨说：老板，来客了？叶美说：是啊，来客了。这是上海来的阿玲。阿玲，这是慕容墨，大伙儿都喊他墨迹。

慕容墨说：阿玲？呵呵，好玩儿。阿玲姐，那我就不客气了哈。

张玲对于叶美随随便便叫陌生人和自己一个桌子吃饭，显然有些不满意，她很快夹了几筷子菜放在碗里，埋头吃起来。倒是叶美，悠闲地和慕容墨不住地说着话，好像吃饭倒成了额外的事一样。

慕容墨说：叶美姐，小宝呢？

叶美说：做保安做了没几天就回来了，现在在一剪梅学理发，公一天母一天，拿他没办法。我这里也走不开，脚长在他身上。

慕容墨的筷子频频伸向榨菜，叶美说：你客气啥，好不容易吃回饭，还这么客气。对了，晚上继续在这吃啊，从今天开始，我这里免费提供晚饭，免得你们下午打完，又出去找饭吃。

慕容墨惊喜地叫道：那好啊，那我以后就定在你这里玩了。

张玲抬头夹菜的时候，盯着慕容墨看了一眼，随口问道：墨迹是做什么的？

慕容墨笑笑，说：混日子呗。

叶美说：他开黑车，是我们麻将馆的老朋友。

张玲说：开车还有时间打麻将啊？

叶美扫了一眼张玲，觉得她这句话很不得体。要是每个来麻将馆打麻将的人都像张玲这么想，那她这里没生意了。慕容墨倒不在乎张玲的话，往嘴里扒了一大口饭，说：不来，不来的话，有饭吃啊？叶美姐这人很好，即使不打麻将，只要有时间，我也要来坐坐。

张玲说哦。

慕容墨接着刚才的话题，问：小宝呢？

叶美说：没回呢，怎么啦，你见着他啦？

慕容墨说：是见着他了，和王颂的儿子大宝一起，大宝被他爹一顿狠揍。我看哪，叶美姐，你要注意点儿，别让他俩在一起。如今的这些小孩就怕走到一起想心思害人。

叶美见慕容墨说这番话，想到他对自己还真是一片真心，不由得有些感动，将菜往他饭碗里夹。张玲已经吃完，拿起自己的碗筷到厨房去了。叶美叹了口气，说：墨迹，谢谢你，要是以后看到小宝，你就说他几句，把他当弟弟看到。

慕容墨笑起来：我喊你姐，你叫我拿他当弟弟看，那不乱辈分了？

叶美说：看我这晕的。随你怎么喊吧，能管着他就行。

正说着，外面传来热闹的说话声，周雅琴、王诗、苏小杉，还有一个挑担子走村串巷卖臭腐乳的老杨进来了，老杨喜欢看牌，不打。这些人，加上慕容墨，刚好能凑一桌。见慕容墨嘴里还在嚼，王诗打趣说：哟，在这蹭饭呀！墨迹，你的算盘打得可真够细的！

慕容墨说：咱们叶美姐为草城做出了多大贡献哪，为我们这些无家可归的人，既解决了物质食粮，也解决了精神食粮，叶美姐，我感谢你八辈祖宗！不是，我八辈祖宗感谢你！大家正围着麻将机打着趣儿，叶美却见张玲穿着她的桃红呢子大衣出来了，顿时，一片阴云笼罩在了脸上。张玲说：妹妹，我穿你这大衣，没想到还挺合适的。

叶美笑笑，说：穿吧，穿吧，反正我也搁着。

张玲说：我出来得急，衣服带得少。那我就不客气了。

这边的麻将大战已经开始了。自从叶美跟周雅琴说起乔国安，周雅琴好像对叶美的印象还不错。当然，她是绝口不提乔国安，好像从来就不认识这个人一样。倒是叶美放不下，每每看到周雅琴，就想起乔国安这个人来。叶美想：乔国安这人怎么这么不靠谱呢？当初说还钱的时候天花乱坠，可到现在连个影儿都没见着。真是鄙视。他有钱的时候比没钱的时候要可恶得多！叶美扫了一眼苏小杉，因为流产的缘故，面色有些苍白。叶美在脑子里搜罗着词汇，正想着怎么对苏小杉开口说话合适，苏小杉自己开口了。

苏小杉说：叶美，给我倒杯咖啡。

叶美说：咖啡？我这里没有这玩意儿，只有香片。你还是喝茶吧。

苏小杉的眼白在眼睛里轮了两圈，不满地说：亏你还是做生意的，连个咖啡都没有。这打麻将的，都是喜欢熬夜的人，人家喝咖啡提提神，你倒好，竟然说没有。做生意的最忌讳的是说自己没有。你要是会做生意的，别人问起来，即使真没有，也马上应着说有，然后私下里赶紧去买，你们说，是不是？

听了苏小杉这番话，叶美心里有点不舒服，她想：你苏小杉不去好好上班，在我这儿捣什么乱呀，真是的。心里这么想，嘴上却不好得罪她，装着笑脸说：郑老师呢？

苏小杉语气里透着强烈不满，大概又是和老公生气跑出来打麻将散心来了，她说：别哪壶不开提哪壶，行不行？

两个人正在斗嘴，没想到牛大富在外面喊：叶美，有人找！

36

铁道边的柏油路上歇着一辆黑色的路虎，从气势上，这辆车不知比墨迹的车好多少倍。车前面站着一个男人，穿着一件皮夹克，戴着墨镜，嘴唇微微上翘，好像在笑的样子。叶美走到跟前，看那模样有点面熟，但因为墨镜遮着，也不敢相认。她说：是您找我？

男人还是没有摘下眼镜，说：不认识我了？我是乔国安。

叶美说：乔国安？那你把眼睛摘了，我看是不是。

乔国安相反用手扶了扶眼镜架，说：我这眼镜不能摘，好多人看着我呢。到时候一偷拍传到网上，又闹绯闻。

叶美说：我的乖乖，你真有这么火呀。有何贵干？叶美心里本来想说的一句话是——是不是来还钱的？

乔国安说：没想到你还住这儿，怎么不请我到你家里坐坐？

坐坐？叶美说，家里有点儿乱……叶美说这句话之后，马上想到一个人：周雅琴。她内心里突然升腾起一种恶毒的快感，当乔国安和周雅琴这一对旧夫妻同时出现的时候,将会有什么好戏上演呢?为了不让乔国安怀疑她真实的动机,她还是想用欲擒故纵来迷惑这个大明星。叶美说:我知道你想故地重游,也许成名成家的人都喜欢这样,可……家里太乱,我怕你不喜欢。你知道,租的房子,不是自己的,所以,也不会精心收拾。

乔国安已经在锁车门了,他径直走在叶美的前面,说:你这么说就见外了。莫非你家里藏着野男人?哈哈。我从郊区回来,刚好路过这里,所以来看看你。

叶美说:有钱人就是不一样啊,喜欢去郊区。

乔国安打着哈哈,说:一般一般啦。

叶美的门虚掩着,里面透着光亮。周雅琴的声音恰好在这时响了起来:墨迹,你看你,总喜欢逗我们这些嫂子,没个正经的。乔国安对周雅琴的声音显然很是熟悉,但此时他已经推开了大门。周雅琴正对着门口,一抬头,见是乔国安,愣住了。乔国安也没料到周雅琴在这儿,他想退后,可又觉得来不及了,只好拿求救的眼光看叶美。而叶美已经闪到了一边,脱离了他的视线。空气里安静下来,突然,周雅琴抓起一把麻将牌,朝乔国安狠狠扔了过来,大声说:你个王八蛋,没事跑这里干吗,吃饱了撑的!

慕容墨正坐在周雅琴的下家。当牌从他的头顶上飞过去砸在乔国安的脑门上时,慕容墨吓傻了,嘴巴张得大大的,装了一口的空气,他还以为周雅琴是冲着自己来的呢。等自己回过头,才看到进来一个戴着墨镜的男人,那气势,那身板,迎面而来的气场让人不觉要后退几步。慕容墨和王诗等人连忙给他们让出一条道来,等待着这场好戏的开演。

乔国安摘了眼镜,盯着周雅琴,说:瞧瞧,瞧瞧,多威风!

周雅琴并不示弱,说:怎么的?你还寻仇来了?

乔国安指着周雅琴的鼻子说:我今天还就想叫大伙儿评评理,这个姓周的女人,若干年前和一个男人私奔,抛家不顾,让我一个人守活寡,你们说,到底是谁错了?

周雅琴鼻孔里迸出一声冷笑，说：怪就怪你疯魔，你不疯魔，我能私奔？好了，现在你当上大明星了，还有什么不满意的？你发你的财，我受我的穷，咱们大道朝天各走半边，井水不犯河水！

乔国安说完那句话之后，不再理会周雅琴，他来到叶美的房间里坐下，哪知，张玲正靠在床头打盹。想退出来，叶美已经进来了，说，没事儿，我妹妹阿玲。你坐吧。

周雅琴还在外间骂，那声音，一句比一句刺耳：什么明星，自己还真把自己当成一块料了。什么东西！八万！

张玲看了看乔国安，她弄不懂是谁，但知道是骂他的，忍不住笑起来，说：今天真热闹。

乔国安从兜里掏出钱夹，从里面数了二十张一百的票子，交给叶美，说：这是你的，拿着。本来经纪人早该给你的，可后来经纪人换掉了，就拖到现在。以后你有什么困难，尽管找我。说着，站起身，准备离开。叶美接过钱，也不好强留，说：那行，我也不客气了，谢谢你，乔国安。

乔国安说：有个影视公司老板还打着你的名头找我接一部戏，我是看你的面子哟。

叶美说：哦？我怎么不知道？

乔国安说：陈吉，你认识吗？就是那个贾老师的老婆。

叶美笑道：啊？看来他们的信息还挺灵通的。不过，真的谢谢你，没想到我的面子还这么值钱。

乔国安说：是的，一般没有六十万一集我是不会答应的，他们给我的是三十万一集。就是因为说了你叶美的名字。

啊？你演一集电视剧这么多钱？叶美惊讶地叫道，一边说，一边送乔国安出门，恰好贾大华到了。瞥了一眼乔国安，又瞥了一眼叶美，没言语，也没打招呼。叶美也不好当着乔国安的面解释，继续和乔国安说着客套话，直到看着他发动车。

乔国安摇下车窗，回头对叶美说：我癫痫的事情，你要替我保密。

叶美说：什么癫痫？

乔国安笑道：聪明！然后，一踩油门，绝尘而去。

小宝麻将馆何时来过这么有气场的男人？贾大华心里隐隐有点儿酸，他是吃醋了。等叶美回到屋子，见贾大华在房里床尾坐着呢，床头是张玲。看着这场景，叶美也生气呀，她没想到这是贾大华在故意气她呢。叶美听贾大华对张玲轻言细语地说：还住得惯吧？吃呢？那就好。慢慢就会好的。张玲大概很少感受到贾大华如此温柔，眼角有些发红，哽咽着说：你是个好人。

贾大华说：谁让我和你夫妻一场呢。

张玲说：唉，我也悔呀，这么好的男人都丢了。

贾大华说：别说什么丢不丢的话，还是缘分。缘分尽了，自然也就丢了。

张玲说：那我现在来了，是不是说明缘分又来了呢。

张玲这个人就是这个样儿，得寸进尺，贾大华看了张玲一眼，那眼光里带着一点儿狠劲儿，然后打开了电视机自顾自地看电视。张玲心里明白贾大华对她不满，便知趣地闭了嘴。

叶美只在房门口看了一眼，便退出去了。屋子里的麻将继续打着，此刻的话题是大明星乔国安。说话的是王诗、苏小杉和慕容墨，周雅琴倒无话了。王诗照旧还是在抽烟，她的烟圈总是那么骄傲，好像是给人颁发的勋章。王诗说：这就是那个乔国安，不会吧？品位这么差？

慕容墨说：王诗，那什么样的男人才有品味呢？

苏小杉问：墨迹，你不是很有品位吗？是不是，王诗？

王诗说：经我们的苏老师一说，还真是，我觉得墨迹比乔国安有品位。什么呀，大冬天的，还戴一墨镜，还真把自己当成国际巨星了。其实，这人的品位呀，不是作出来，不是装出的。品位是什么？是真实，是舒服。为什么我说你墨迹比乔国安有品味，我看你，有大城市人的底子，知道吗？你应该是大城市的人。

慕容墨说：得了吧，什么狗屁大城市！我是小旮旯来的。

王诗说：我不管，我说你是大城市来的就是大城市来的。比如我，喜欢有钱的男人，喜欢男人宠着我，那我就过我这样的日子。我没什么人生理想，那就虚无缥缈；我也不喜欢用一纸婚书束缚自己，好则聚坏则分，这样挺好，挺自由的。

叶美站在旁边给几位倒了茶，没多大兴致听这些，以前觉得做什么事都挺带劲的，可为什么张玲一来，一切都变味了呢？

贾大华一直和张玲待在房间里，叶美忍无可忍了，她疾步走了进去，贾大华还是那个老姿势，只不过在看电视。张玲靠着床头默默抹眼泪。叶美说：阿玲，你这是怎么啦，是不是在我这里受了什么委屈？这么伤心。

张玲边说边努力改善面部表情：妹妹，都怪我自己想起了一些伤心事。你别往心里去。唉，过去的就过去了，不提了。

叶美说：嗨，这就对了嘛。

张玲看了看叶美，又看了看贾大华，说：得，我这就叫庸人自扰吧。

37

和贾大华，再不能这么不紧不慢地发展下去了，张玲不仅不应该是障碍，而且，应该是催化剂。这个晚上，打完麻将的贾大华下场回去，叶美说想送送他。张玲颇有点不快，叶美也懒得搭理了，旁若无人地跟在贾大华的后面走。

不知什么时候又开始飘雪了，从下向上看，灯火中的雪花娇小顽强，不顾一切地朝大地奔去。叶美想让雪花在自己的肩头和身上落满，那一定很浪漫。

叶美坐副驾驶，见贾大华不发动车，问怎么啦，贾大华说：我不需要你送。

叶美说：我知道你是吃醋了，是不是看见乔国安来了你不高兴？贾大华的语气有些懒散，说：废话，我凭什么不高兴？你说，天这么冷，你又没车，有必要送吗？到时候我再把你送回来，那还有完没完？

叶美不吭声，看着前面不远处的铁轨。贾大华知道自己拧不过她，只得开车。车比走路快不了多少，到了岔路口，叶美开口了，一开口，把贾大华说得心慌。叶美说：贾大华，我们去快捷宾馆吧，今晚我陪你。

贾大华看了看叶美，不知说什么，那样子，好像在做激烈的思想斗争。其实，贾大华的内心是拒绝的。虽然这么一段时间在帮着叶美，但说出来别人可能不信，贾大华是表面淫荡、内心纯洁的男人。他可以开玩笑，可以打情骂俏，可以手淫，但他确实没处心积虑地想别人的什么心思。这个时候的贾大华大脑一片空白，这段空白，就像档案袋里的一张白纸。

叶美的手搭在门锁上，说：我可只说一次，不求你，爱谁谁。一副欲推车而下的样子。贾大华这人激不得，叶美一下子就打到了他的软肋，他咬咬牙，说：谁怕谁？走。说罢，脚一踩油门，笔直向快捷宾馆驶去。夜半时分，人的抵抗力和意志都不堪一击，贾大华脑子里出现了一幅幅春宫图，想着洗完澡搂着叶美白花花的身子睡觉，到底是什么滋味呢。

叶美要了三楼靠里面的一个房间，贾大华小声说再开一个房，以免两人控制不住。叶美笑了，说为什么要控制住，本来就没打算控制的。贾大华跟在叶美后面进了房，贾大华伸出手想开灯，被叶美转身拦腰抱住了，叶美的嘴唇凑了过来，一阵乱咬。贾大华记忆里就压根儿没有亲吻这件事，动作也很笨拙，只知道抱着叶美一阵呼噜。原本计划的洗澡这一程序，也被他们省略掉了。贾大华喘着粗气脱衣，也帮着叶美脱，然后，两人滚落在大床上。

贾大华很被动，一个二十岁的新郎官的样子，全然不知道怎么面对眼前的这个熟女。叶美把柔美的笑一直挂在脸上，耐心地勾引他。

好多年没尝过女人滋味的贾大华，一个小时之后从叶美身上下来时，竟然有些恋恋不舍。他像一个婴儿，拼命吸吮着叶美的乳房。叶美张开着两腿，皮肉瘫软着，任凭贾大华的风吹雨打。贾大华说：叶美，完了，我完了。

叶美说：什么完了？

贾大华说：从今天起，我就离不开你了。

叶美会心一笑，说：傻瓜，离不开就不离呗。

贾大华说：我会死在你的温柔乡的。

叶美还是那种笑：你尽说傻话，什么死不死的。活着，就要好好快活。哪像你，成天用手解决问题，你以为我不知道？

贾大华说：从今晚起，我的手就废了。对了，叶美，我想不通，你说，不就是两片肉吗？怎么就有这么大的魅力？贾大华一边说，一边手已经不自觉地又伸向了叶美的下面，再次翻到叶美身上，叶美忍不住快活地叫了，边叫边骂道：你这个大流氓，把老娘当小姐操是不是？

贾大华上上下下地忙着，说出的话也不连贯起来，说：骚货，欠操的骚货，老子搞死你！

这一晚，贾大华和叶美大战了五六个回合。快天亮的时候，贾大华起来去卫生间，小腿软软的，直打战，整个人仿佛被掏空了一般。他看着镜子中的自己，眼袋下垂，双目无神，脸色蜡黄，有点儿认不出自己。

人的身体是一种奇怪的符号或者密码。自从把自己交给贾大华之后，叶美的身体好像是着了火的老房子，火势汹涌，浇不灭。叶美对麻将馆的生意好像不怎么上心了，每天晚上一散场，她急急忙忙就要和贾大华到宾馆去开房。连续开了一个星期，贾大华有点架不住了，说先休息几天，再这么下去，会弹尽粮绝的。叶美说那我怎么没感觉？贾大华说：你是女人，不一样。男人是要拿东西出来的，知道不？叶美说：那你也可以不拿呀。贾大华笑了，说：你以为可以随便糊弄糊弄呀，你那玩意儿，进去了就出不来。我还想多活几天呢。咱们细水长流吧，慢慢来，不着急。

张玲是个聪明人。她早就窥破了叶美和贾大华之间的关系，只是不点明，抓到机会，倒是要说几句。这天早上，叶美在洗衣服，张玲在旁边站了会儿，眼神怪怪地看着叶美，说：妹妹，最近你的面色不错啊，好像是吃了大补的东西。

叶美脸一红，说：没吃什么呀。然后将手指了指小宝的房间，说，小声点儿……

张玲压低了声音，说：女人的脸是骗不了人的。你瞧瞧我的，我的脸，黄得像黄连，这是因为长期没碰男人造成的。女人哪，要想漂亮，就得有男人的汤汤水水滋润着……

听着张玲的这些话，叶美叹了口气，没再接话。张玲倒搬了个板凳在旁边又坐下了，说：妹妹，有件事，一直埋在我心里。那个墨迹，你知道的，好像叫慕容墨吧，开黑车的……

叶美轻描淡写地说：怎么，慕容墨怎么啦？

张玲眼睛里闪烁着耀眼的光芒：我觉得他特像我儿子。你先别说话，听我说。你这几天出去不在家，我一个人躺在床上也没事儿，就胡思乱想。不知怎么的，就想到墨迹身上来了。我想，他不就是开黑车的吗？而且，我也细细算了，他的年龄，正和我儿子贾洋的岁数一样。你说，天下有没有这么巧的事，墨迹就是我的儿子？

叶美摇头，说：我觉得没有这么巧的事儿。

张玲见叶美摇头，并没有灰心，她说：我也不信有这么巧的事儿，可是，他真的像贾洋，还有一个特征，贾洋的屁股上有一个胎记，我要是能看到这个胎记，那就能确定了……张玲边说边看着屋顶，好像那里就是墨迹的屁股似的。张玲自言自语道：怎么才能看到墨迹的屁股呢？

叶美问：贾大华知道吗？

张玲说：这只是我的怀疑，哪里敢告诉他？贾大华呀，就是儿子站在他面前他也不知道，儿子以前跟着我。你说，妹妹，怎么才能看见墨迹的屁股呢？

叶美眼珠子在眼眶里一转，说：我倒有个主意……可以叫贾大华请墨迹去澡堂子洗个澡，他到了澡堂，自然而然会脱个干净。所以，这事，还是得先跟贾大华说。

张玲抿着嘴，一丝笑容现在嘴角，这是很少见到的。她说：这可是个好主意！好，太好了！

也许是有了共同的目标和秘密，两个当初怀有敌意的女人反倒心贴得近了，晚上睡觉也睡在了一头。张玲问叶美贾大华现在的身体状况，起初叶美还有点遮遮掩掩，后来见张玲不嫉妒，不吃醋，没有丝毫恶意的样子，干脆就说开了，说贾大华还不错，看不出五十多的人。张玲说，看来，他对你还是真心的。他这人，是个慢热的人，一旦对谁好了，就不容易坏。叶美说：我没什么奢望，也从没考虑过其他，这个年龄这个条件，还能瞎想些什么呢？

草城的夜，注定静不下来，即使是这雪夜。火车在风雪中还是一如既往地叫唤着，吐出的烟雾和雪花掺杂在一起，在空中萦绕，分不清哪是烟，哪是雪。

38

虽然对叶美和张玲的话有些半信半疑，但贾大华还是尽快做出了请慕容墨洗澡的决定。这桩事情要做得自然，做得巧妙，不让人生疑，还是需要一点小小策略的。

贾大华决定和慕容墨打一次赌。为什么打赌、赌请客去澡堂子洗澡，这些是需要策划的。夜里，贾大华在床上翻来覆去，想和慕容墨打一个什么赌呢？让慕容墨输，那肯定是不可能的，那样，他会不舒服。唯一的，自己输给他最好，堂而皇之地请他去澡堂子。贾大华决定还是从麻将牌入手。猜单双。打牌之前，她叫叶美将部分双数的麻将牌放在一边，单数的麻将牌在桌面上多一些，这样，连续猜的话，单数赢得概率肯定要高些。而且，大家都要彼此配合，认真地打赌。

这天中午，慕容墨果然来了，他将车钥匙随便放在麻将桌上，贾大华早就在麻将馆里候着他了。贾大华扫了一眼车钥匙，指着钥匙下面的麻将牌，突兀地说了句：单！慕容墨很是奇怪，手已经探过去，翻开那张牌，果然，是个九筒。慕容墨来劲了，说：贾老师，来，咱们玩玩。

贾大华说：赌什么？

慕容墨说：随便猜猜嘛，不赌什么。

贾大华说：这样，咱们也不赌钱，连猜十次，谁输了就请谁去澡堂子洗澡，如何？

慕容墨大概在心里盘算了一下，两个人洗澡，也不过二十快钱，这客，请得起。慕容墨一拍桌子，说：成交。然后，开始码牌，码出一条长龙出来，绅士地问贾大华要单还是要双。贾大华当然要双，剩下的，慕容墨也就只能要单了。前三次都是双，贾大华赢了，心里很不舒服，后面的七次，贾大华倒连续输了七次。慕容墨好像从来没这么开心过，打赌结束后，嚷嚷着要贾大华请客洗澡。贾大华拍着胸脯说：一言既出驷马难追，算数！今天中午去澡堂子洗个痛快！

中午去澡堂子，也是贾大华打算好的，中午光线好，看得清楚，放在晚上洗，那就一抹黑了。

一切都按照贾大华叶美他们预计的进行，中午之后，慕容墨和他们一起吃了顿饭，然后，贾大华坐上慕容墨的车直奔大华澡堂子了。到了大华澡堂门口，看见招牌，慕容墨笑起来，说：天意呀，天意！贾老师，你不就叫大华吗？看来，你输，是天意呀。贾大华从来没有输得这么舒心过，开心地说：天意，完全是天意！

在服务台交了押金，领了搓澡巾、新毛巾等用品，跟在慕容墨身后的贾大华有一种很新奇的感觉：和一个疑似儿子的男孩一起脱光衣服彼此审视，这本身是一件神圣而又滑稽的事情。这两具肉体代表的内涵是什么呢？他是谁？那他又是谁？他们之间或许还存在血缘关系，他的血管里，流淌着他贾大华的血？假如是真的，那太不可思议了。

澡堂子里除了他和慕容墨，外加一个搓澡工，竟没有第三人，能隐隐看见里面水雾缭绕，长方形的木板好像等着他们躺下去接受搓澡工的洗礼。贾大华不想再犹豫了，他开始脱衣服，外套此时成了刺猬身上的皮毛，有点扎手，有点微微发抖，他不敢抬头看慕容墨。慕容墨也开始脱了，他倒是无所顾忌一身轻松，嘴里还吹着口哨，他说：有人请洗澡就是爽啊！

慕容墨的速度明显要比贾大华的要快，突然间，贾大华眼前一黑，他有点晕眩，很快，他镇定下来。他明白自己晕眩的原因是什么了，刚才，慕容墨从他身边走过去了，进了桑拿间，他的臀部就像裸露的草原或者沙漠，坦坦荡荡地呈现在他面前，在慕容墨的左臀，靠近股沟的地方，有一块印记。这块印记，犹如古刹的一声钟磬，惊醒了他记忆中的一些已经死去的片段。这么说，慕容墨，就是自己失散的儿子贾洋？那个生活在张玲谎言中的贾洋？这种幸福感是不是来得太快了？

慕容墨在里面叫唤着，说：轻点儿，轻点儿，唉哟，唉哟……贾大华赶紧冲了进去，见慕容墨躺在木板床上，搓澡工在一边手足无措地站着。贾大华朝搓澡工伸出手，要过澡巾，对慕容墨说：我来帮你搓搓。说完，罩着澡巾的手已经伸向了那片年轻的充满活力的土地。灰尘和泥巴从慕容墨的皮肤纹理间跑了出来，他们像一些有趣的小昆虫，在贾大华的手下跳跃。贾大华的力度和速度掌握得恰到好处，在脆弱敏感的地方，他的手很轻，在一些长满老茧的地方，则要重些。显然，慕容墨对这种搓澡很是受用，他不再嚷嚷，而是闭着眼享受。他轻声叫慕容墨翻了个面，贾大华的第一眼就是慕容墨的下身，出乎意料，他的阳物竟然小得可怜，好像婴儿的一般。贾大华的手在它四周摩挲起来，希望皮肤的刺激能激起它的反应，还是没有，它始终蔫蔫的，像一株刚栽下的还没有完全存活的瓜秧。贾大华有些心痛，手不自觉地慢了下来，下面的慕容墨也许感觉到了，说：贾老师啊，真舒服啊，我们回去再赌啊，这真是牡丹花下死，做鬼也风流啊！

贾大华说：你还没见着牡丹花呢。

慕容墨很有悟性，说：牡丹花是我这样的人想的么？

贾大华觉得自己的儿子应该有自信，他有些生气，手又加重了些，甚至不惜牺牲自己的形象去说几句狠话，贾大华说：按你这样的外表，只要收拾利落了，后面得跟一个排的姑娘。可惜呀，我没有你这样的身板和精神，没有你的青春，要不，我要出去泡一百个女人。

嘻嘻，你真色，慕容墨说，我可没这种雄心壮志，我只想赚点钱，早点回老家盖一栋楼房，娶一个过得去的媳妇，在家赡养父母。

慕容墨的话把贾大华拉回到现实，他觉得现在说这些还为时尚早，于是，加快了搓澡的速度，说，今天算是把你祖宗八辈积下的圪子都弄出来了，轻松多了吧？

慕容墨说：我平时基本就不洗，好一点的，就是抹把脸。今天这澡洗的，太爽了。

洗澡加上买澡巾毛巾的费用，一共是三十八块。慕容墨千恩万谢之后，说今天心情高兴，要多拉点活儿，晚上若有空再去麻将馆打麻将，贾大华极力赞成他好好开车赚钱回家盖楼房娶媳妇，说：好小子，去吧，去吧，路上注意安全。本来，贾大华是要马上到麻将馆将这消息告诉张玲的，可又一想，不能这么着急，女人家头发长见识短，不能让她把事情搞砸了，要一步一步来。本来，他想回学校备课，后来，突发奇想，直奔奥特莱斯给慕容墨买了一件浅白色的羽绒服。

39

小宝对贾大华给慕容墨买羽绒服耿耿于怀，在一个桌子吃饭时，小宝直接问贾大华：你对慕容墨怎么这么好？他是你儿子？

贾大华脸一红，说：这羽绒服是我儿子的，他嫌小，穿不了，放着可惜。

小宝拿出一个商标牌，说：骗谁呢，还是新的。

贾大华说：我并没有否认是新的呀，新的就不能小吗？

小宝说：既然新的小了，当初为什么又要买呢，可以买大的呀？

贾大华说：小孩就是小孩，不开窍。新衣服难道只许自己买，不许别人送？这是别人送的。

小宝说：我说吧，就是你送给墨迹的。

张玲笑眯眯地说：小宝吃醋了。呵呵。

小宝说：我吃哪门子醋？贾老师又不是我爹。

叶美用筷头指指小宝，皱着眉，说：行行行，别矫情了，人家要给墨迹买，怎么啦？你有墨迹听话吗？有墨迹吃苦赚钱吗？还说，有脸说！

小宝说：那你给我买车呀，买呀，你买了，我自然也会开着到处溜达。不过，你别买桑塔纳之类的破车啊，我丢不起那个人！要买，我就买宝马！买奔驰！

慕容墨脸上一阵红一阵白，丢了碗筷，快快走了。

近一段时间，慕容墨有点弄不懂贾大华了。这个贾老师，也忒奇怪了，突然就对他好起来，这种好，让他受之有愧。总要有个理由吧？要说好，应该是一认识就对他好，觉得那是缘分；可现在，中途对他就好了，无缘无故的，他实在想不通。本来，他想拒绝这份好，可又有些贪念，舍不得推到门外。从小到大，就没穿过这么暖和这么柔软的羽绒服，那天就试了一下，他就舍不得脱下来。贾大华说：拿来就是给你的，我儿子块头大，穿不得了。当时慕容墨心想，反正是人家穿不得的东西，小了，搁着也是搁着，还不如在自己这儿发挥作用。刚才小宝的几句话，让他有醍醐灌顶之感，是啊，凭什么？又不是你亲爹。

按年岁，贾老师是能当自己的爹的，也就是说，他慕容墨假如有这么一个爹，不吃亏。还真是，不如将计就计，就认贾老师为干爹算了，在草城，也算找了个依靠。可贾老师是有儿子的，他这个水货儿子再去认干爹，难免有画蛇添足的嫌疑。七想八想，慕容墨感到自己现在因为一点小利越来越患得患失了。但他每天辛辛苦苦在外面觅食的，不就是为一点小利么？也许，在外谋生活的人，大抵如此吧。

慕容墨回到自己的出租屋，这是一间客厅的隔断，四面的墙壁都是唬人的纸老虎，晚上，什么声响都沉在耳底。有王麻子的磨牙声，有胖子夫妻的呼噜声，有大肚子在厨房里准备麻辣烫的声音……这间屋，就像一个大杂烩大卤锅，慕容墨在里面只是一粒最不起眼的大料。慕容墨最值钱的家当都在身上揣着，不敢放在这个纸板糊的房间里，虽然床底下有一口剥落了油漆的木箱子。要不是张玲说买菜路过顺便来帮他清理清理，这方寸之地更不能站人。

硬板床上只有一床薄棉絮，中间还破了一个洞。慕容墨只要看到报纸，他都捡回来垫在床单下，只是因为垫得不平，慕容墨躺下去有点硌后背。他也懒得起身去重新铺床，只是侧着身子躺着，百无聊赖。突然，手机响了，是他的母亲打来的。母亲在电话里叮嘱他要注意保暖，别冻着自己，说要不了多久就要过年了，到时候回去别买什么，老家这边都有卖的。慕容墨应着，对于即将到来的春节，并没有什么冲动。事实上，这个春节，他都没打算回去。春节期间正是黑车生意好的时候，正赚钱的时候跑了，不容易赚钱的时候傻守着，多亏呀。可过年不回去，那种孤单和思亲，却更加难熬。躺在床上的慕容墨，胡思乱想中，终于睡着了。

叶美的免费晚餐，吸引了不少单身汉，这些单身汉中有建筑工人、小老板、送奶工，等等，他们不想做饭，也做得不好吃，外面吃又太贵，得知小宝麻将馆为打麻将的人提供免费晚餐，便全涌了来。张玲因为找到儿子的喜悦，每天耐心地和叶美经营着厨房。叶美说：厨房经营好了，麻将馆就自然经营好了。张玲很是佩服叶美的经营头脑。

这天下午，好久没露面的牛大富拦在叶美跟前，靴子上还沾着雪迹。叶美说：牛大哥，今天晚上就在我这儿吃饭。牛大富双眼阴沉，说：不吃。你的饭也快吃不成了。唉，别怪我啊，有人要我赶你走。叶美寻思着这麻将馆的生意刚刚好转，到底是谁和她过不去呢？想着这本来就是牛大富的房子，假如他不赶她走，谁又敢赶呢？这么一想，叶美轻松了一些，她的身子凑近了牛大富，说：牛大哥，这是你的房子，你不赶我走，谁赶呀？别是你要开麻将馆吧？

牛大富说：你太小看我了，我是那样的人吗？是谁赶我不好明说，但肯定是你的竞争对手。你虽然也在交房钱，但这不是钱的问题。

叶美向牛大富抛过一个媚眼，说：不是钱的问题，那是什么问题呢？人的问题吗？

牛大富说：还真给你说对了，人的问题。

其实，叶美是误会了牛大富，以为牛大富在打她的主意呢。叶美心里已经想好了，今天晚上就解决这件事，把牛大富给睡了。俗话说，吃人的嘴短，拿人的手软，她不信牛大富搞了她还会赶她走。反正，已经和贾大华睡了，现在和谁睡还不是睡？再说，她也想男人，想男人的怀抱。贾大华现在还不是吃着碗里瞧着锅里，看见漂亮女人，就嬉皮笑脸地往跟前凑，这还是在她眼皮底下，背地里不知做过多少龌龊事呢，犯得着给他守贞节牌坊吗？叶美以前跟着牛大富去过他另外的一个住处，她知道平素牛大富住那儿。眼看着天快黑了，叶美赶紧拿毛巾抹了抹身子，换上那件桃红色的呢子大衣，围上白围巾，叮嘱了张玲几句就出了门。出门了，才知道自己系上围巾的先见之明，风还真大。叶美用围巾将头缠了，歪歪斜斜地向牛大富的两居室走去。

贾大华开着车正往小宝麻将馆来呢，今天他手机没电，和叶美联系不上。看见那件桃红呢子大衣，只是头被围巾缠着，贾大华知道这个女人就是叶美，叶美显然没注意路人和车辆，自顾自地朝前走。贾大华在叶美后面把车停了，等她走了一会儿才慢慢跟着她。贾大华今天心情好，他恶作剧似的要看看叶美到底干什么去，叶美的脚步很快，好像对所做的事情胸有成竹似的。贾大华把车停在小区的一棵大树下面，见叶美进了第三栋楼，没过几分钟，三楼的窗前现出叶美的身影。

牛大富本来不想让叶美进来的，叶美在门口说了半天好话。牛大富说：那进来坐坐吧。牛大富家的沙发背靠着窗户，所以，贾大华就看到了坐下之前站着的叶美的背影，但他们的对话，贾大华是听不到的。

牛大富看了看墙上的钟，说：不是跟你说了吗？这次真的是过不去了，人家不让你开麻将馆了，叫我把房子收回。

叶美眼波里有礁石，透着一点固执和倔强：这是你的房子，你说了算。牛大哥，我今天来，就是……叶美一边说，一边往牛大富跟前靠，牛大富说：你……你想干什么？

叶美也看了看表，说：你说，一个女人，天黑了，独自来到你这个单身汉的家，想干什么呢？

牛大富笑道：不会吧？你？哈哈，真是笑死我！你怎么打起我的主意来了？

叶美说：打你的主意？

牛大富站起来，有叫叶美走的意思，他看看墙上的挂钟，说：你走吧，说真的，不是我有多崇高伟大，我对你这个年纪的，没多大兴趣，何况，你还曾经是我兄弟的女人。现在女人很便宜的，我情愿花五十、一百找小姐，想怎么玩就怎么玩，两不相欠，还能天天换口味……这不，我约好的姑娘快来了，你回避一下吧。房子的事，我能帮你顶一阵就顶一阵，不过，我不能打包票，OK？

一丝羞辱潜伏在寒风中穿透了窗玻璃向叶美袭来，她低着头，很快又昂着头，开门走了出去。在一楼楼道口，一个穿着皮裙围着披肩的年轻妖冶的女孩走了进来，一阵刺鼻的香水味刺得叶美的眼睛生疼。叶美没有回头，径直朝铁道边的家走去。

贾大华看见叶美失魂落魄地出来，于心不忍，想叫她上车，后来想到不好解释自己也在此地的原因，便躲闪了。看着叶美在灯光里渐渐走远，贾大华也上了车，他手握方向盘在舵落口转了一圈才直奔小宝麻将馆。

40

虽然证实了慕容墨臀部上确实有一块印记，但这还不能成为贾大华儿子的唯一特征。对于接下来该怎么做，贾大华反倒手足无措了。张玲催着贾大华尽快与慕容墨相认，好像生怕这个儿子飞走似的。贾大华却觉得荒唐之极。这么匆忙相认，贾大华心里也没底呢。必须再拿出点什么东西去证明。贾大华和张玲商量来商量去，最后只有一个字，等。

因为疑似儿子的慕容墨的出现，叶美感觉自己在贾大华心目的地位一落千丈。眼前贾大华基本都是在和张玲嘀嘀咕咕，他们有一个共同目标：慕容墨。想起贾大华死皮赖脸给慕容墨买的价值一千多块的羽绒服，叶美眼里直冒火。按理说，小宝比慕容墨小，是她的儿子，怎么说也应该得到贾大华的关爱，以前关不关爱还没怎么觉得，真是不比不知道，有了这件浅白色的羽绒服，什么都比出来了。小宝在贾大华心里，狗屎都不如。叶美脑子里突然有了一个念头，关掉麻将馆。可这个念头仅仅只是一瞬，就被她自己否认了。第一，关掉麻将馆，那正顺了王颂的心意，不仅如此，他还会看她的笑话；第二，她和贾大华就没名正言顺说话吃饭的地方，虽然可以暂时摆脱掉张玲，但张玲现在确实也没给她添什么麻烦。不过，叶美还是想把关张的想法透露给贾大华，试探试探他，看他是什么想法。

得知叶美想关了麻将馆，贾大华有些诧异。说：这开得好好的，怎么又想洗手不干啦？叶美无精打采，整个人仿佛被霜打了的，抬不起头来，她将指头间的烟灰弹在地上，看着那堆灰，说：有意思吗，你说有意思？人为什么活着？贾大华笑了，说：你怎么问我专业的问题来了？你能这么反问自己，说明你进步了。

叶美说：切，骗谁呀，还进步了，我看我是越活越糊涂，越活越看不懂这世界。

好，叶美，我问你三个问题，你回答我，凭感觉回答我，但是，要说真话，真话，懂吗？贾大华说，第一个问题——你是谁？

叶美说：我是谁？我是叶美。

贾大华说：好，名字只是一个人的符号，现在把这个符号拿掉，你回答我，你是谁？

叶美说：麻将馆老板。

贾大华说：老板还只是一个符号，你要是不当老板了呢，这个符号就不存在了。回答我，你是谁？

叶美说：我是人。

贾大华说：你是个什么人呢？

叶美说：当然是女人。

贾大华说：但是，这世界上的女人数以千计万计亿计，你到底是哪一个呢？

叶美有点不耐烦，说：不知道不知道。问第二个问题吧，这个问题太纠结了。

贾大华说：第二个问题，听着啊，你从哪里来？

叶美不假思索，说：我从老家来呀。

贾大华说：苏小杉、苏小琳是不是也是从你老家来的，还有许许多多的人都是从你老家来的，那别人知道哪一个是你呢？

叶美说：真是烦死了，我就是从我娘肚子里来。

贾大华说：你娘的肚子呢？

叶美说：我娘死了，不在了，肚子当然也不在了。

贾大华：不在的事情那你说什么？我要你说存在的。

叶美：不知道。

贾大华说：第三个问题，你要到哪里去？

叶美说：我哪里也不去，就死在这儿，行了吧？真是烦死了，烦死了！

贾大华无力地笑了，他在问叶美这些问题时，内心深处将这些问题也问了一遍自己，他找不到答案。生活是一个苦工，人人都须作之。他不明白自己的命运为什么和眼前的这个女人捆绑在一起。这并不是一个忠贞的女人，时时在出轨的边缘，试图以廉价的肉体去换取生活的某种成本，她的羞耻隐藏在她的靴子里，是那只臭烘烘的袜子，等夜晚来临上床之后，将荡然无存。

　　贾大华的办公桌上摊着儿子小时候的影集，他皱着眉头，从照片的眉宇间去套另一个人的眉宇，简单地说，他用了"放大"这个词。是的，细看还真是的，慕容墨就是他的儿子贾洋。这么说，慕容墨是被拐骗到他现在的家乡的。如果贸然去慕容墨的家里打听这个消息，肯定是劳而无获，还是得从眼前的慕容墨下手，用某个证据去证明慕容墨。带着慕容墨去做亲子鉴定？不可能，那样太唐突，而且慕容墨也不会同意。

　　但是，慕容墨的身上，一定是延续了自己的遗传基因，除了血液，应该还有其他的东西。贾大华突然想起儒家经典《孝经》，里面有这样一句：身体发肤，受之父母，不敢毁损。孝之始也。其实，人体就是一个磁场，每个细胞在生理活动中都会产生微弱的磁场能量信息，皮肤、毛发、体液处在生命磁场中，存有各个脏器的活动信息。如果能从慕容墨那里弄几根他的头发，一切就能昭然若揭。这个念头进驻贾大华的血液后，他的心跳有些明显加快，贾大华已经从椅子上站了起来，他要走出去，去找慕容墨的头发。

　　然而，慕容墨的头发长在慕容墨的头上，不去剪，不去薅，是不可能到他贾大华手里来的。

　　正当贾大华焦躁而不得的时候，机会却那么悄无声息地来了。

　　所以说，叶美的这个小宝麻将馆，这个时候，是万万不能关张的，关张了，这一幕幕的好戏，在哪儿上演呢？

　　王诗这丫头你永远看不到她的底牌。什么样的人，她都能对上话，什么牌子的香烟，她都能搁在嘴边。她虽说只有二十多岁，但这人世间的人情冷暖，好像沸锅里的元宵，已经在她心窝子里翻滚了无数回。她从来不说自己住在哪里，不说自己读的是哪个学校，也不说每天打牌以何为生。她不说，偏偏有人来替她说。

这天，慕容墨拉了四五个活儿之后，早早来到小宝麻将馆，那辆破桑塔纳，停在平房门口不远处。赚了二三十块钱，这一天的生活就有着落了，慕容墨的笑一直挂在脸上。张玲老早就在门口守着呢，叶美明白，她不是守别人，守的就是慕容墨。见慕容墨手里晃着车钥匙进来，张玲忍不住迎上去，满脸堆笑说：墨迹，今天可早哇。

慕容墨对张玲显然没有对叶美那么融洽，只是礼貌性地笑道：是啊，今天的任务完成了。说着，拉过一张椅子，斜靠着坐下了。

张玲已经跟过去了，手放在慕容墨的头上，准备抚摸下去的，想想大概觉得不合适，又在半空中挪开了，张玲说：墨迹，你吃早饭了吗？我厨房里还有花卷。慕容墨说：还真的没吃。张玲的脸有点夸张，一路小跑着进厨房，说：好，我拿给你吃，里面的香葱不少，油也是地道的好油，我自己做的，吃得放心。说话间，花卷已经递到慕容墨手里，慕容墨来不及说话，已将花卷咬出一个半月形来，张玲说：哎哟，慢点，慢点，没人和你抢。

慕容墨在咽了一大口之后，眼泪差点从眼窝里跑出来，他说：真好吃，真好吃，我咋在外面没吃过这么好吃的花卷呢？

张玲听着有些心酸，又给慕容墨倒了一杯热茶，说：外面都是糊弄人的，为的只是赚钱，哪会拿出最好的材料来做？他们的油盐酱醋，一般都是散装的。地沟油听说过吧？想想都觉得恶心。

正说着，王诗嗑着瓜子进来了，围巾上还沾了两个瓜子壳。王诗见慕容墨，说：开车的，你怎么不坐驾驶室又到麻将馆啊？

慕容墨看看王诗，说：我更奇怪呢，你说你这么年轻，怎么不去泡帅哥到这里陪一帮无业游民打麻将啊？

王诗说：别谦虚，你不就是一个大帅哥么？我泡你，不行吗？

慕容墨一脸欢喜，说：好，好，我欢迎你泡，等着你来泡哈。说完，嘴里包上一口花卷，闭目等着王诗来泡的享受状。

大家说笑的当口，贾大华不知从哪个地方溜了进来。看见慕容墨的嘴塞得满满的，也咧开嘴笑了，说：墨迹，没见你这么吃的，你吃大户啊？贾大华怀里揣着相册，他很想拿出来放在慕容墨的眼前，可那又能怎么样呢，一切都只是猜测，猜测，猜测，不能说明任何问题。

周雅琴和苏小杉来了之后，这麻将班子就齐活了。贾大华拖了一张椅子坐在慕容墨旁边看牌，叶美在旁边热茶热水的伺候着。叶美是知道内情的，笑着对慕容墨说：墨迹，我看，贾大华对你挺有意思的，要不，你给他当儿子得了。

慕容墨头也没回地说：好啊，那我算是傍上教授老爸了。

贾大华心里说，傻孩子，本来你就有个教授老爸，谈什么傍不傍？

打了大概两圈的样子，外面来了人。一个穿着貂皮外套的约莫五十多岁的女人走了进来。她面无表情，站在旁边看牌。这种情况发生在麻将馆多得是，贾大华也没多在意，叶美还倒了一杯热茶递过去，那女人接了，同时嘴里喊道：王诗！

王诗听见背后有人喊，说：谁喊我？话音还未落，貂皮女人就将杯里的热水甩了过去，杯子里的水像给王诗扇了一个火辣的耳光，她的脸霎时红了。贾大华蒙了，叶美蒙了，张玲也蒙了。此时，王诗的后领已被貂皮女人揪起，她大声骂道：他妈的贱三，天下的男人死绝了？你非要找老娘的男人？老娘风骚的时候你还穿开裆裤呢。要是再让老娘在草城看见你，老娘就割了你的奶子，烧了你的阴毛！

慕容墨听不下去了，他将麻将牌抓了一把，朝貂皮女人扔去，貂皮女人见慕容墨起身，丢开王诗向慕容墨扑来，她右手牢牢地抓着慕容墨的头发，像一头发怒的母狮，大吼着：老娘跟你拼了！你个王八羔子！一直在关注事态发展的贾大华没想到慕容墨会卷进去，而且会被貂皮女人抓着头发，贾大华这才回过神来，大吼一声：都给我住手！

贾大华的一声喊，犹如惊雷，大家的动作暂时处于定格状态。贾大华接着不知从哪里拿出一把刀来，他将刀高高举过头顶，咬牙切齿地说：谁要是再到老子这里闹，老子一刀劈了他！

空气里一片安静，游走着诡异，一绺头发从半空中飘飘荡荡地落下来。贾大华的视线又回到空中，她发现貂皮女人的手渐渐从慕容墨的脑袋上松开。

贾大华放下刀，脸上有了笑，说：有什么事，大家好好说，别火拼，行不？现在是和谐社会，和谐社会，懂吗？

大家点点头，眼睛不自觉地都盯着刀尖。

贾大华将刀递给张玲，示意她拿回厨房，然后，贾大华拍拍手，招呼貂皮女人，说：来玩会？

貂皮女人的气又从胸中提拔了起来，说：老娘还有心情玩这个，和这个骚货？她又指指慕容墨，说：你……你给我注点意！我认得你，你不就是那个开黑车的吗？

慕容墨抱着脑袋，说：开黑车怎么啦？你想把我怎么着？

貂皮女人挑着文过的眉毛说：你只要不撞在我的枪口上。

喧哗之时，谁也没发现贾大华有些怪异的举动，大家的视线是平的，没有谁去关注地上，除了贾大华。贾大华的手攥着还带着白色毛囊的发丝，微微发抖。

41

深夜十一点，慕容墨坐在驾驶室里，看了看表，又看了看窗外。街上人烟稀少。他打算再拉最后一个活儿就回出租屋休息。车驶过京客隆旁边时，一个熟悉的身影向他招手，是王诗。

不等慕容墨停稳，王诗就拉开副驾驶的车门，她的双手放在嘴边，不住地哈着气。慕容墨说：去哪儿？

王诗说：随便。

慕容墨的手搁在方向盘上没了主见，他扭头看了看王诗，说：随便哪儿呀？

王诗说：你想往哪儿就往哪儿，反正，我今天把自己交给你了。

慕容墨吓了大一跳：交给我？我都没地方交呢。说吧，去哪儿？

王诗叹了口气，说：今儿个真的没地方去了，吵架出来的。要不，就去你那儿吧。

慕容墨想都没想，说：不行。我又不是开旅馆的。

王诗的手朝慕容墨的耳朵揪去，并没有下死劲揪，她说：瞧你这点出息！你一个大男人，怕什么？怕我把你吃了？怕我劫财？告诉你墨迹，我今天晚上还就得到你那儿睡！

慕容墨的手哆嗦了一下，只觉得一股热血往头上涌。他踩动油门，径直朝自己的出租屋方向开去。

王诗走进慕容墨的出租屋，不由得皱了皱眉头。慕容墨觉察到了，他上前一步清理了一下床，让王诗坐下，王诗并没有坐。隔壁房间里传来粗重的呼噜声，王诗转头往外走，慕容墨只好跟着她走了出来。王诗说：你这里没法睡，去开房吧。

慕容墨本来想说开房太贵，但他怕失去她，很快把到了嘴边的这句话给咽下去了。他乖乖地跟在王诗后面，又将车发动，朝快捷酒店奔去。

慕容墨还是个处男。他和王诗的第一次很是糟糕。王诗对慕容墨极不满意，她在床上点燃了一支烟，挖苦道：第一次？

慕容墨说嗯。

王诗说：你这还需要成长！需要女人帮你成长。我现在明白自己为什么喜欢老男人了。

慕容墨问：为什么。

王诗眯缝着眼，将烟雾轻轻吐在慕容墨脸上，说：老男人有经验，经验丰富，他们知道怎样做女人才舒服。当然，太老的男人也不行，没后劲。来，我们再来一次，第二次你肯定要比第一次做得好。

王诗的一席话，使慕容墨又增添了力量和信心，他再次翻到王诗身上，看着身下的王诗，慕容墨好像做梦一般，他说：我们这算什么？

王诗笑笑，说：一个男人一个女人，你说，这算什么？这是做爱，懂吗？

慕容墨说：你会和我结婚吗？

王诗"扑哧"一声，唾沫溅了慕容墨一脸，她说：俗不俗哇，我的哥！

听了王诗的一席话，慕容墨又是高兴又是失落。高兴的是，他和王诗做爱，不需要对她负任何责任，失落的是，原来，王诗并不属于他。他们只是男人和女人生物学上的交媾而已。这么一想，慕容墨干脆放松了下来，人一放松，他顿时浑身充满了活力，还没怎么动作，王诗就在他身下大呼小叫起来，那叫声，叫得慕容墨人心惶惶。

这一晚上，慕容墨连着做了七次。除了去洗手间，慕容墨几乎没下过王诗的身体。王诗的两条腿无力摊开着，她终于满足地拥着慕容墨睡去。

第二天，慕容墨醒得很早。他看着熟睡中的王诗，心里泛起像水草叶一样的柔软之情。王诗被他的目光刺醒，揉了揉眼睛，说：这么早就醒啦？

慕容墨看着王诗白皙的面孔和长长的眼睫毛，他觉得自己的人生将要从今天开始变得与以往不同。慕容墨说：诗，你以后还会和我在一起么？

王诗迷迷糊糊的，说起话来还是很含糊，听上去不是很清晰：想那么多干吗，你开好你的车……

慕容墨说：诗，你是哪里毕业的？

王诗说：北大。

慕容墨说：北方大学？

王诗说：怎么啦？

慕容墨身体有些颤抖，他说：我真不敢相信我的耳朵，我竟然和一个北大毕业的在一个床上！

王诗说：看来你对我很好奇。你知道北大办什么总是办总裁班么，那一年，我们导师让我去帮忙，结果，里面的一个学员看中了我……

慕容墨说：就是……就是那个貂皮大衣家的男人？

王诗说：是的。有些事情一旦发生就很难回头，以前我也觉得这件事很不靠谱，但它偏偏就发生了。他每天拿着大把的人民币对你狂轰滥炸，他带着你去各种高档消费的地方，我承认我很虚荣很享受，所以，这也是我的弱点，我被人攻击并且拿下了。

慕容墨有些悲伤，他问：诗，你爱我吗？

王诗叹了口气，说：那要看我什么时候头脑发热。头脑清醒的时候，我只会爱上有钱人。由俭入奢易，由奢入俭难。

慕容墨的悲伤又如潮水一般袭来。他默默地穿衣，站起来，洗漱一番后，默默离开了这间让他失去处男身份的房间。

42

结果出来了。

DNA鉴定认为，贾大华与慕容墨的生物学父子关系概率为99.9%。贾大华手拿着鉴定结果，嘴巴微微张着，脑袋里一片空白。最初，他想到这会不会是张玲的又一个骗局，但这所有的事件，他是见证者、操刀者，张玲并没有参与。贾大华很长时间呆立着，还是无法说服自己。也许是生疏，也许是时间这把剑太无情，斩断了许多东西，贾大华有些木然。是自己的亲生儿子，又怎么样呢。

张玲像一条疯狗，一刻不停地连缀在贾大华身后，说亲生儿子就在眼前，赶紧相认。贾大华说，稳住，稳住，不可冒失，慕容墨虽说和他的生物学父子关系概率是99.9%，但这对于没有任何心理准备的慕容墨来说，是晴天霹雳。这个时候，任何不得当的行为都有可能吓跑慕容墨。张玲问贾大华怎么办，贾大华说，你如果想真的要儿子的话，就听我的，不仅不能说出来，而且，还要相当保密。一切，按以前的样子。张玲说那我做不到，眼看这亲生儿子就在跟前，当做陌生人似的，怎么可能。贾大华说，那我不管了，随便你怎么弄吧。张玲无奈地叹了口气，说：行吧，听你的。

张玲嘴上虽这么说，可行动上却是另外一个样子。除了没日没夜地盼慕容墨到麻将馆来，还变着花样做了不少好吃的，让慕容墨敞开了怀吃。这天，慕容墨吃得高兴，对在一旁笑眯眯看着他的张玲说：我可真有口福呀。

张玲说：你要是当我的儿子，口福还会好。

慕容墨笑道：那就当你的儿子呗。

张玲信以为真，当即跑到慕容墨跟前，抓住他的手，说：你说的可是真话？

慕容墨一愣，旋即笑道：军中无戏言。

张玲嘴里颤巍巍喊了一声儿子，接着，眼泪就流下来了。一旁的叶美看得心里怪怪的，不知说什么好。慕容墨有些求救似的看着叶美，说：叶美姐，你看，你看，阿玲还真是个感情丰富的人哪！

叶美笑笑，说：墨迹，干脆做她的儿子好了。

没想到，慕容墨不吭声了。叶美知道他心里不愿意，说：你看，墨迹，在外认一个干娘，有人疼有人爱，多好。

慕容墨说：那对我的娘，不是不公平了吗？

叶美说：你的娘，也没人夺走呀？是不是？

正说着，贾大华来了。慕容墨赶紧叫贾大华来评理，问他如果有自己的亲娘，在外又认一个干娘是不是对自己母亲不敬，贾大华顿了顿，明白怎么回事了，说：这个嘛，具体情况具体分析，不过，我觉得出门在外，多一个人关心还是比较好。

慕容墨叹了一口气，说：我就是一棵小草，说实话，假如得到花朵一样的呵护，我还真的不习惯。花有花的命，草有草的命，我对生活的要求也非常低，并不奢望这个那个来关心我，关心多了，我还真的不习惯。

一时间，大家觉得有些尴尬。

贾大华觉得这件事还是不能急，急不得，慢慢来。他看了看表，说：不扯野棉花了，准备打麻将，打麻将，今天我要打哈子，下午没课。我一个，墨迹一个，等会儿王诗要来的，我路上碰到的。还剩一个名额，那就看谁先到了，我们竞争上岗，哈哈。

叶美说：王诗今天还敢来？

贾大华说：人家怎么不敢来了？她说了，不仅来，而且，还一天都不落下。她胸前堵着一口气呢。

叶美叹了口气，说：这倔丫头。

贾大华好像突然想起什么，看了看慕容墨，说：墨迹，对了，你那个车牌，要不换换？

慕容墨说：怎么啦？

贾大华说：唉，没什么，算我没说。赶紧努力吧，到时候换辆好车。

慕容墨笑道：我也想换哪，我想换宝马奔驰，换得起吗？换不起，还不如不想，就像自己没媳妇，天天想着娶章子怡，娶得到吗？

贾大华说：先要敢想啊，想都不敢想，哪来的动力去奋斗呢。

慕容墨若有所思地点点头。

大概是因为有找到儿子贾洋的底气，张玲近日表现得与以往不同起来。骨子里上海女人的高傲在她的眉目间显山露水。比如，她现在已经不去厨房，每天睡得早起得晚，一日三餐都要叶美伺候着。叶美也是一个忙碌命，忙了几天，没注意，后来，在张玲的眼神里，她发觉不对劲。同时，张玲的语言也变得刻薄起来，餐桌上，她不时挑剔着菜的咸淡，还有米饭的软硬。这天中午，叶美终于不耐烦了，在桌上一拍筷子，说：凭什么要老子伺候？

张玲吃惊地瞪着叶美，说：你怎么这么粗俗？我们家贾大华是怎么看中你的？他再怎么差，也是一个大学教授呢！

叶美鼻孔里哼出一声冷笑：这么说，贾大华是你男人咯？

张玲说：是不是我男人，是有人证的。

叶美说：你醒醒吧，你要明白现在的处境，是老娘在养着你！

张玲说：啧啧，还不是我们家贾大华的钱。你以为真是你的钱？

叶美此刻像一头发怒的母狮，头上的毛发张牙舞爪着，她说：你给老娘滚，滚回上海去！

张玲怒目：滚？请神容易送神难！我不是那么容易滚的！

叶美本来想把自己肚子里的汤汤水水变成泼向张玲的垃圾的，但是，她没有。张玲的话刺激了她，她觉得此时她的对手不是这个女人，而是贾大华和陈吉。她要和陈吉摊牌，说她早已经是贾大华的人了。而叶美不知道，此时，陈吉已经在电话里和袁大可摊牌了。

陈吉说：我不想这么混下去了，说吧，大可，到底什么时候离婚？

袁大可连忙拿着手机走出办公室，来到一棵树下，说：小祖宗，现在上班呢，你怎么谈这些重大问题啊？

陈吉说：现在不谈，难道等你下班了回家再谈？

袁大可感到了一种风雨欲来的气息，他有些无奈，说：好吧，你说吧，说吧。

陈吉说：一个月之内，你必须和你的黄脸婆离婚。

袁大可想也没想，说：不可能。理由？理由呢？她一定问我为什么和她离婚。

陈吉冷笑道：理由很简单，不爱她了。

袁大可说：这个理由不可能说出来，那太伤人了。而且，退一万步，即使离婚，也不可能和你结婚，那不是不打自招了吗？对贾大华，我也没办法交代呀。

陈吉说：哼，你们男人，我算是看透了。我不管，反正，一个月之内，你必须离婚。否则，有你好看！

说完这句话，陈吉其实也很茫然，她不知道今后将要面对的是什么。满城风雨？道德的十字架？她不清楚自己现在到底有多爱袁大可，但是，以前很爱，这是确定无疑的。生活是一场马拉松长跑，最初的起跑和到达终点，人的身体状况和心态是不一样的。但是，人总爱要一个结果，不想半途而废。至于那个结果有多大意义，陈吉真的说不上来。这么多年来，她和袁大可的地下情保持得严丝合缝、滴水不漏，按道理，她应该知足。可到这个年龄之后，她突然觉得自己这样下去很对不起自己，也对不起贾大华。倒是袁大可，该得到的都得到了，什么都没亏着。潜意识里，陈吉总想把这件事扯公平，扯正常了。陈吉回到办公室，召集部门经理开了个会，布置了一下工作，再回到办公室，发现门口站着一个人，这个人，她在舵落口照过面。

叶美脸上带着谦恭的微笑，她自我介绍说：陈总，我是小宝棋牌室的……

陈吉说：哦，哦，我知道了，你是？

叶美说：我是叶美，我就是跟你老公合伙开棋牌室的叶美。

陈吉若有所思，笑着说：哦，叶美，请坐，请问，你找我有什么事？

叶美看看陈吉墙壁上挂地一些字画，吞了一口唾沫，说：其实，我是路过你这儿，上次很感谢你给我家小宝找工作……

陈吉：嗯，你就直接说，你找我有什么事？

叶美说：我是想告诉你一件事，我，和你们家的贾大华，其实，是发生了一些事的……

陈吉脸上的笑还是让叶美觉得心虚，她说：嗯，这个我知道，也早就猜到了。这很正常啊，那你告诉我这些，是想说明什么呢？是告诉我贾大华的性能力还不错，是吗？

叶美说：嗯，这个，你应该知道。我想……和他结婚。

陈吉极力掩饰着内心里的欣喜，但是，她还是装出愤怒的样子，说：滚，给我滚！竟然到我这里来说这个，你还想不想在草城混下去？告诉你，叶美，老娘不是好欺负的，你可真是不知足，暗地搞了就算了，你还想明的做夫妻了！恬不知耻！

说到最后一个词，看着叶美仓皇地朝门外逃窜，陈吉想哈哈大笑，她觉得刚才的一番话就是骂的自己，没有比骂她自己更贴切更合适的了。而且，这一骂，倒把她自己给骂醒了。真是不知足，暗地搞了就算了，还想明的做夫妻了！恬不知耻！……这不是说她自己说谁呢。陈吉突然有了一个大胆的想法，她不准备离婚再和袁大可结婚了，但是，她要看看袁大可的态度，他到底爱不爱她。假如是真爱，那她就放过他，假如他不是真爱，是玩弄她，那么，她就要不计一切后果地玩死他。

女人是一种奇怪的动物。叶美和陈吉各自打着心里的小九九的时候，张玲心里也盘算开了：现在儿子就在眼前了，相认是迟早的事儿，那么，他们一家也该团圆了。她要老贾、儿子贾洋，还有她，一家人快快乐乐地生活在一起。其他的什么叶美啦，老贾现在的老婆啦，都给我统统滚开。叶美就是一只鸡，她配得上老贾么？老贾大概是饿极了，所以，见女人摇尾乞怜，也敞开了自己的怀抱。老贾现在的老婆，也是极为不称职的，对自己的男人长期不闻不问。要是这个女人对自己的男人多一点关心，他至于天天和这个庸俗下贱的女人叶美在一起么。现在，只有她，张玲，贾大华的原配，才最有资格最有理由和他结合。这么一想，张玲把自己打扮一番出了门，她来到贾大华的办公室，贾大华见张玲到办公室来了，一脸神秘兮兮的样子，问她到底有什么事。张玲在走廊里小声对贾大华说：贾大华，我想了一宿，我还是想跟你复婚，这样，对儿子的成长有好处。

贾大华瞪着张玲，说：你疯了？亏你想出来！

张玲说：我怎么疯了？难道外面的野女人那么好？告诉你，你要是不和我复婚，我就把你的丑事写成大字报贴到你们学校里！我说得出来做得出来！

贾大华把张玲扔到身后，他简直是烦透了。他认为，人，是贪婪的。当初，他出于同情，解决了张玲的生存问题，可现在，她步步紧逼。而且，没有一点怜悯之心。贾大华感到自己的心也慢慢坚硬了起来，他回过头，扔给张玲这么一句：你给我收敛一点，别敬酒不吃吃罚酒。

43

叶美的小宝棋牌室所在的地段是贫民区，清一色低矮的简易平房，拥挤不堪的走道，一条货运铁路将这贫民区腰斩为两半，每逢装满货物的火车经过，那条铁路就如开肠破肚般呻吟。不过，叶美很喜欢这种声音，和着偶尔传来的屠宰场的血腥味，别有一番快感。小巷两边的小摊小贩不时吆喝着，有固定门点的，蒸屉里的包子永远都热气腾腾的，它们和人们在地上踏起的烟尘纠缠在一起，构成了这片贫民区的烟火。叶美喜欢这人间烟火，虽然这烟火让她为生计发愁，让她的每一天变得异常漫长。

从贾大华那里，并没有听到陈吉告她状的事，这令叶美感觉十分诧异。陈吉这个女人，老谋深算，可不是她这类没有什么城府的人所能对付的。但是，作为女人，叶美很快读懂了陈吉，她并不爱贾大华。既然不爱，那她为什么不放手呢。这真是一件奇怪的事儿。张玲目前的任务想尽快认亲，不打内战，便在叶美那边低了头，赔礼道歉，叶美也就原谅她了。贾大华拗不过，决定在金地酒店摆一桌，叫上慕容墨，酒过三巡之后再揭秘他的身世。本来决定了就应该立即通知的，可犹犹豫豫之间，错过了好几个钟头，下午五点，贾大华打电话给慕容墨，慕容墨说他不在草城。贾大华感到吃惊，问他怎么不在草城了，慕容墨在电话那端含蓄地说：我在天津有点事儿。电话里，贾大华隐约听到女人说话的声音，有点儿像王诗。心里立马替慕容墨着起急来。王诗这女孩，慕容墨是碰不得的。人家文凭高，傍的又是房地产老板，而慕容墨有什么呢，除了年轻，什么资本也没有，而且，人家房地产老板的小蜜，能惹得起吗？贾大华决定等慕容墨从天津回来好好提醒提醒他，要他认清自己的处境，说得不好听，别癞蛤蟆想吃天鹅肉。

慕容墨的车上确实坐着王诗。王诗今天中午不过是随口一说，说想去天津吃狗不理包子，慕容墨就说：那上车吧，我带你去。假如是以前，这样的举动对于慕容墨来说，想都不敢想，太疯狂了。他做什么事都会计算一下成本，开车到天津需要多少汽油多少过路费。现在他不，做事情完全不考虑成本，只要王诗愿意和高兴，他做什么都行。王诗最近一段时间因为和貂皮大衣的老公闹别扭，也是赌气，就和慕容墨闹着玩儿，其实，也没真心实意地和他交往。慕容墨从没和女孩子这么近的处过，也没谈过恋爱，现在有女孩子这么近，也就当宝贝了，菩萨似的捧着供着。慕容墨边开车边唱着周杰伦的歌，心情畅快无比。

王诗说：墨迹，最近打麻将手气还不错吧？

慕容墨说：听人说，情场得意，赌场失意。我倒情愿我输钱。

王诗说：真是稀奇事，我任何时候都不希望自己输。对了，刚才是贾老师电话？

慕容墨说：可不是，说是请我吃饭。

王诗皱着眉，浓黑的眉头被白皙的皮肤衬托着，分外好看。王诗说：我总觉得这几个老女人老男人怪怪的，那个张玲，是贾大华的前妻，那个叶美，是贾大华的情人，我看，这贾大华真不是个东西，不过，这两个女人竟然还能和平共处，这就是这个男人的本事了。

慕容墨说：我也觉得怪怪的，所以，现在不太爱去他们那儿了。你说，这平白无故的，又请我吃什么饭呢。慕容墨又指指身上的浅白色的羽绒服，说，这个，也是贾老师给我的，对我也忒好了吧，真是有点儿受宠若惊了。

王诗从小包里掏出烟，点上，说：你可得留点神，俗话说，无功不受禄，他这么对你好，一定是有什么事求你。

哈哈，求我？我还巴不得有人求我呢。有人求我，说明我还有利用价值有本事。可是，贾老师能有什么事求我呢？太搞笑了吧。慕容墨笑的时候露出洁白的牙齿。这两排牙齿，可能是他身上最闪闪夺目的东西了。

王诗说：确实，我们虽然多次在一起打牌，甚至做爱，可我们相互之间并不了解。墨迹，你知道我的爱好吗？我最喜欢什么？

慕容墨吞吞吐吐地说：这个……确实不知道。你喜欢什么呢。

王诗说：收藏。有人说我是"国宝帮"，不过，我高兴，没有打眼就没有捡漏。其实，我很早就想到天津去看看瓷房子。

慕容墨笑道：原来不是为了吃狗不理？

王诗说：狗不理算个屁！瓷房子听说过吗？它是一座欧洲风情的法式小洋楼，可是，整座楼是用价值连城的瓷片贴成的。对于我来说，瓷房子就是一个童话世界。我能为了我所喜欢的牺牲一切。被包的只是我的身体，不能包去我的灵魂。

慕容墨默默开车，看着前方。这一番谈话，使他觉得自己离王诗越来越远了。经过多年的努力，也许，他能买上一套房子，可是，他永远买不上一栋贴满古董瓷器的瓷房子，永远也建造不起来一个王诗的童话世界。

44

张玲责怪贾大华没有提前给慕容墨打电话，他到天津去，还不知什么时候回呢。小宝早就从叶美那儿得知今天晚上要去金地吃饭，现在听说吃不了，而且是因为慕容墨去天津了，不满又从心底里冒出来了。他打电话约大宝一起到草城旧货市场附近吃麻辣烫。说吃完麻辣烫，一起再打魔兽，玩他个通宵。大宝接电话的时候，小田正好在家，她问大宝是谁的电话，大宝说是小宝的，小田说谁打电话都能去，就是小宝的不行，你以后不许再和小宝玩儿。大宝问为什么，小田翻着眼皮想了想，说：小宝不务正业，他妈也不是好人，你不许和他玩！大宝说：他妈怎么不是好人了？不就是开麻将馆吗？你们不也开着吗？小田一听，哑口无言，她气得骂道：不许去就不许去！大宝心里有数，他说，不去就不去，嚷什么。大宝自有主意，他妈妈不能守他一天，等她有事出去了，他就可以溜走了。他和小宝有固定的见面地点，草城旧货市场边的急速网吧。大宝和小宝这一点好，他们从来不把大人的恩怨加在自己的头上，他们该吃吃，该玩玩。他们觉得大人们最无聊，最无趣，最不讲情义。

贾大华不想看张玲的嘴脸，借口学校开会，走了。屋子里只剩下张玲和叶美。因为彼此撕破过脸，两人四目相对，颇觉尴尬。此时，外面传来一个男人的声音，叶美起身一看，是牛大富来了。牛大富一来，叶美就觉得心里发慌，人家又是来催房子了。果然，还没落座，牛大富说：你们什么时候搬？要赶早，下个月1号这里要住进一个做豆腐的。

叶美说：这么快？十天都还不到。你总要给我找房子的时间。

牛大富说：我还跟你说得少吗？赶紧的，这房子我已经租出去了。人家做豆腐的，比你要出得高。叶美觉得委屈，但这委屈又没地儿释放，她的泪只好含着眼里，说：不能什么都是钱钱钱的，谁都有过苦日子的时候不是？

牛大富说：我跟你说过，真不是钱不钱的事儿，我也想过几年安生日子，不想折腾，不想结仇了。姑奶奶，求你了，你还是搬吧，要是没帮手，我来帮你帮搬，怎么样？

叶美说：穷家小户的，也没什么东西，好，我搬，搬，你放心吧。

看来，麻将馆是开不成了。叶美寻思着另外找间平房暂时住着，再去寻其他的营生过活。张玲是管不着了，大难来时各自飞，她对她犯不着尽这个义务。

牛大富和叶美在一旁讨价还价的时候，张玲一直静静听着。她有自己的打算。叶美这里，她也不打算住了，不喜欢。假如这个人与贾大华没什么瓜葛，她倒还是可以接受的，可不清不白，她就不乐意了。马上儿子会要相认了，到时候，她要贾大华在草城给她和儿子买一处房子，不说一家人，起码，她和儿子可以先安安心心地住着。贾大华离婚后，就可以和他们团圆的，到那时候，一家人开开心心地过日子。什么叶美也好，陈吉也好，都是靠不住的。没有老婆孩子热炕头的日子来得实在。

牛大富走后，叶美靠子床上发愣。她在想今后的日子。总感觉是没着没落的。居家过日子，还是得有个男人。想来想去，其他的男人都靠不住，唯独贾大华心地善良，不会欺负她。这后半辈子假如能靠上他，她也就没有后顾之忧了。想想自己能够吸引贾大华的，无非就是还算丰腴的身体。所以，再苦再难，也得把自己打扮好，把自己的身子骨伺候好，只有把自己伺候好了，才能伺候贾大华这个男人。这么一想，叶美又躺不住了，她从床上起来，洗了个脸，化好妆，穿好衣服，边走边拨打贾大华的电话。她想和贾大华现在找个地方亲热亲热，好把他热乎住，笼络住，万不可让他逃了，或者被别的女人抢走了。

陈吉不是个好鸟，她在叶美去找她的当天夜里就跟贾大华摊了牌。陈吉说：老贾，没想到看着你不起眼，在别的女人眼里还是个香饽饽呢，什么女的你都能招惹上。不是我说你，你要搞女人，能不能找点素质高的？那也不至于让我颜面尽失？你尽找那些卖菜的当服务员的做鸡的，你说，你叫我这脸往哪儿搁？那个姓叶的今天还找到我办公室，找我叫板来了，真是笑掉大牙，你不觉得可笑吗？其实，我巴不得现在立马就将你踢给她，可我不能，知道吗？我需要你这块牌子，这块老公的牌子，其他的我都不需要。

贾大华面无表情地听着陈吉说话，并不插嘴，说了半天，陈吉觉得毫无趣味，便住了嘴。贾大华很想说：你踢呀，离婚呀等等之类的话，可觉得说这些话的热情都没有了。这么多年来，他对陈吉很清楚，她是有男人的，有爱得很火热的男人。不过，这个男人到底是谁，他贾大华真的没有十足的把握，他猜不到。

因为陈吉这么多年来没在他面前露出任何的蛛丝马迹。破案需要证据，没有证据，那是瞎猜测。贾大华不愿意瞎猜测，因为结果已经在他这儿，陈吉根本不爱他。既然不爱，那他还有什么理由去研究她呢。

叶美电话打来的时候，贾大华在办公室里瞎聊，没心没肺的，又聊到他的紫砂壶。袁大可说：老贾，你又瞎吹吧，你有时大彬的壶？不信。贾大华说：明天我拿来给你看，你看了就信了。我找拍卖行的鉴定了，人家的起拍价是一百二十万。袁大可说：拍出去没有呢？贾大华说：我舍不得。拍出去，就是别人的了。手里留个一百二十万，有啥意思？袁大可说：假如是我，就赶紧卖出去，然后拿钱回来换房子换宝马。贾大华说：俗了吧？房子车子，你看看，这臭大街了，可时大彬的紫砂壶，你还能找出几把？拥有绝版的东西，就不会不值钱。其实，我还是最喜欢这古董里蕴含的哲学问题，它是谁？它从哪里来？它到哪里去？它现在在我手上，就是一本历史教科书，而后，我也会成为历史，在上面留下痕迹……这个时候，叶美的电话响了。贾大华平素最讨厌的就是在他聊天的时候来电话，一看是叶美的，没理，继续聊。可叶美不依不饶，不停地打，贾大华还是不接，倒是办公室其他同事听烦了，说：你倒是接呀，不会是你小情人打来的吧？这一句本是玩笑话，没想到歪打正着，贾大华的脸憋得通红，他接通电话，对着手机大骂道：我操你妈，打什么打！说完，挂了电话。叶美在电话那边愣住了，回不过神来。贾大华太反常了。就这么一会儿，翻了脸。还说以后靠他呢，这样的臭流氓能靠得住吗？这么一想，叶美伤了心，返回屋里倒在床上哭得身子一抽一抽的。

张玲坐在椅子上，手里在编织一件深红色的毛衣。毛衣已经织到袖子了，要不了一两天，毛衣就织成了。这件毛衣是张玲给慕容墨的见面礼。虽说差不多天天见面，但认了亲之后的见面那就含义不同了。他是儿子她是娘，做娘的要像个做娘的样子。张玲将自己的心血和爱全部织进了毛衣里，一针一线，都透着她的关心和呵护。她从来没有这么用心地给人织过毛衣，这件衣服，每一寸毛线，都印有她的眼神和她想说的话。到时候穿在儿子身上，不知道会有多暖和呢。

慕容墨和王诗在天津看了瓷房子，坐了摩天轮，吃了狗不理，当天并没有留在天津过夜，而是连夜赶回草城了。不是慕容墨不想在那儿过夜，是慕容墨担心自己兜里的钱不够。他看了看表，晚上八点半，王诗知道他的意思，说：你是不是想现在回草城？慕容墨说嗯。王诗大大咧咧地说：那回吧，咱们也玩够了。

两人并排走着的时候，慕容墨心里有一股冲动，他想被王诗轻轻地吻一下，像电视剧电影中的一样。王诗没有一点想吻他的意思，她左手提着杨柳青的画，右手拿着一支冰激凌，边走边吃。女孩子们大概都喜欢在冬天吃冰激凌，慕容墨只觉得浑身哆嗦，他紧了紧身子，和王诗向停车场走去。

一路无话。

车驶离天津后，慕容墨停住了。他知道这一趟天津对他来说意味着什么，慕容墨的眼前晃动着一根绳索，而他，好像掉到大海里的人，他想牢牢抓住这绳索，不甘心就这么溺水而亡。慕容墨说：王诗，你能嫁给我吗？

王诗奇怪地看了看慕容墨，笑道：你开什么玩笑？

慕容墨说：我没有开玩笑。

王诗说：专心开车吧，我认为你在开玩笑。我告诉你，这不可能。即使我离开貂皮大衣的男人，我也不可能和你过日子。你要知道，貂皮大衣不止一件。

慕容墨差点哭出声，说：那我这算什么？

王诗教育道：这算经历。人生最重要的是经历，而不是拥有。

45

第二天中午十二点，慕容墨开着桑塔纳来到金地酒店。贾大华、张玲、叶美，包括小宝已经到了，包房218。贾大华一见慕容墨进来，忙站起身拖过椅子让他坐下，并递过菜单，说叫他点菜。慕容墨昨晚几乎没睡，深受被王诗拒绝的打击，有点儿心灰意冷，他淡淡地说：随便，你们点吧，我无所谓，吃什么都行。

小宝抢过菜单，说：我来点吧。说着，开始向站在身边的服务生报起菜名来：羊肉串一盘、法式蜗牛、招牌鲈鱼、东北大拉皮、锡包银鳕鱼……

叶美看着小宝不懂事很生气，吼道：要你充什么人？你那点的是啥菜？真是没大没小的。

小宝见自己在慕容墨跟前被叶美吼，觉得很失面子，站起来，一扭头，发烦地说：老子不吃了。

叶美说：不吃就滚！

贾大华忙上前去拉小宝，小宝并不买账，还是气呼呼地走出了包房。

张玲在一旁轻言细语地说：这孩子，这么大的火气。

叶美看了看张玲，又看了看贾大华和慕容墨，突然觉得自己在这里有些多余，但是，又不甘心就这么自动退出，于是，拿过茶壶给自己倒了一杯大麦茶，不声不响地喝起来。

菜点完之后，大家无声地坐了一会儿。平素，这几个人坐在麻将桌上有说不完的话，现在，没了麻将这个道具，他们觉得两手空空，倒不知说什么好了。慕容墨心思惨淡，不想无话找话，尴尬就尴尬吧，无所谓。贾大华在脑子里细细盘算接下来的议程，也暂时没心思考量这些；叶美认为自己是局外人，今天就是来吃顿饭，也没必要把自己当主人。所以，活跃气氛的重任自然而然就落到张玲头上了。

张玲俯身从脚边的手提袋里拿出昨晚她熬夜编织完的毛衣，她来到慕容墨跟前，说：墨迹，换上看看，合不合适。

慕容墨说：张姐，您这么客气我就不好意思了。

听自己的儿子喊自己为张姐，张玲再也忍不住了，她红着眼，说：儿子，你是我儿子，哪里能喊姐！

儿子？慕容墨看他们三个人的表情不像是开玩笑，他自己倒乐了，这是来草城以来最好笑的一个笑话：儿子？从何说起？

张玲说：墨迹，你本名应该叫贾洋，以前和我在上海。你不记得了吗？

慕容墨看着天花板：上海？贾洋？然后，缓缓摇头，说，不记得，没印象。

你是被人贩子拐走的呀。张玲的眼泪已经下来了。她看了看贾大华，说：这是你爸，当年我和他离婚后，我和你在上海生活，那个时候你小，当然不记得。你要是不相信，看看鉴定书，你爸拿着你的头发去做的鉴定，上面写得清清楚楚。

慕容墨的头有点晕。他迅速想到那天被貂皮大衣女人薅掉的头发，原来，这缕头发派上了这个用场。虽然慕容墨很希望自己出身于大城市上海，但他也不愿意否定这些年的贫苦生活，他的农村爹娘是善良的。慕容墨淡然地笑笑，说：你们真会开玩笑。

贾大华说：鉴定书你也看了，真的不是开玩笑。

慕容墨说：我怎么知道你是拿我的头发去鉴定的呢。

贾大华：千真万确。我有什么必要撒谎呢。再说，我又不是没有儿子。因为你是我的亲儿子，我们绝对不能看着你遭罪，看着你不管。

慕容墨此时还没有从这个意外的消息中完全清醒过来，他说：谢谢你们的好意，每个人有每个人的命。既然说我是你们的儿子，那为什么现在才找我？以前干吗去了？

贾大华正想接着解释，服务员把菜端上来了。张玲生怕慕容墨跑了似的，说：吃饭，吃饭，先不说，吃饱了再说。

贾大华觉得喉管硬硬的，吞不下东西。这亲生儿子在眼前，事实挑明了，可并没有他所预想的那样温馨。慕容墨连一声"爸"都没有叫。张玲连夜织完的毛衣也被他随手丢在旁边的椅子上。也许，这个亲不该认。生死由命，富贵在天。

这个儿子，已经不再是他们的儿子了，只有那么几年的缘分。有缘千里来相会，无缘对面不相逢。

正闷闷不乐吃饭间，慕容墨突然喊了声爸，妈，贾大华的心头一悸，差点落下泪来。张玲更是不相信自己的耳朵，她说：什么？洋洋，你喊妈啦？

慕容墨说：刚才我脑子里好像有那么一点印象了，上海的里弄和大马路……

张玲拼命点头，说：是啊，儿子，你终于想起来了！

贾大华见张玲织了毛衣，想着自己该给个什么见面礼好，看到手指上的翡翠戒指，忙拔了下来，拉过慕容墨的手，给他戴上，说：戴着吧，戴着吧，算是我的见面礼。

慕容墨在麻将馆听贾大华说过这个戒指，他还清楚地记得当时他所说的话，"这么个小破戒指，十万块？"慕容墨惊讶地推让着，说：这……这怎么好意思……

张玲努努嘴，说：戴上吧，戴上吧，你戴着比他戴着好看。

一声"爸妈"换来十万块，黑暗中的慕容墨依稀看到一丝光亮和幸福。那只翡翠戒指戴在中指上，冰凉冰凉的，刹那间，慕容墨觉得自己的那根指头在十个指头中间顿时鹤立鸡群，贵重无比。这就是金钱的力量。慕容墨对金钱的好感，比任何时候都要强烈和印象深刻。他想：即使这两个人不是他的亲爹亲娘，喊一声又何妨呢。喊一声，钱就会应他。

酒桌间，叶美一直很想把牛大富叫他们搬家的事儿拿出来说一说，又怕坏了贾大华的兴致，便忍住了。席间，贾大华察觉到了叶美的欲言又止，他把犹疑放在心里，准备在合适的时候再说。

46

吃罢饭，贾大华回到学校，听郑天一谈到一个有关评职称的新闻，当然是关于他的新闻。郑天一发觉贾大华脸上有喜气，说：你脸上的表情怎么和现实完全不符？

什么意思？贾大华说。

郑天一说：上午职称评审，你的表格刚一列出来，还没评，就被人毙了。

贾大华说：为啥？难道我就这么差？

郑天一说：据坊间传闻，评委一致通过，说你工作不认真，监考都睡着了。

贾大华说：他妈的欺人太甚！你在草城大学的规矩上找一找，看能不能找出监考不能睡觉这一条来。

郑天一说：我找了，确实没有。

贾大华说：他们也不想想，草大的学生，如果考试的时候不睁一只眼闭一只眼，能及格么？不及格，他们怎么回去面对父母？父母看见他们不及格的成绩单，又如何安心工作？其实，我这是为了社会和谐而牺牲自己的师德，可他们呢？

郑天一笑嘻嘻的，他看着贾大华，说：我的境界还真的没达到你这个层次，不一般，不一般哪！

贾大华说：老子去问问袁大可，看他们会上怎么说的。

说罢，正准备出门，却见袁大可进来了。袁大可从陈吉那儿得到他必须在一个月之内离婚的命令，心里有点儿上火。这么多年，就是一条狗，也是有感情的，他对陈吉是喜欢的。但老婆那边，他还放不下，还有孩子。这两边的砝码孰重孰轻，他内心里肯定倾向于老婆孩子。何况，他的事业也不能丢。事业是男人立身之本，连事业都丢了，怎么混呢。但是，陈吉那边也要有个交代，经过激烈的思想斗争，袁大可有了一个决定，他要完完全全把陈吉归还给贾大华，以后再也不单独约会了。这样下去，对贾大华也太不公平了。一个大男人，一个血气方刚的男人，被他袁大可戴了二十年的绿帽子。于情于理，都说不过去。袁大可是真正地自责了，内疚了，惭愧了，懊悔了。

袁大可看见贾大华，还不等他开口，便笑道：贾大华，我正要找你呢。

贾大华说：咦，太阳打西边出来了，找我干吗？

袁大可说：找你喝酒，今天下午。

贾大华说：喝酒我喜欢。去哪儿？

郑天一听说喝酒，打算凑去一起喝几杯，袁大可说：今天我们俩单喝，好好唠唠。

贾大华说：行。

袁大可说：现在赶紧忙工作？

贾大华说：有了喝酒的动力，我看我可以工作会儿。

有了这枚翡翠戒指，慕容墨又有了约会王诗的勇气。打电话给王诗，王诗说人现在已经飞到上海了。慕容墨明白，她又和那个水货老公和好了，顿时泄下气来。王诗问慕容墨找她有什么事。慕容墨说没什么事。王诗说：没什么事打电话干吗，吃饱了撑的呀。慕容墨问王诗什么时候回来，王诗在电话那头轻描淡写地说：看生意谈得怎么样，谈得顺利，回来得就比较早，谈得不顺利，可能要耽误一段时间。不过，我总是逛街看风景，轻松得很。对我来说，就是带着移动取款机旅行。说完，哈哈哈哈地笑起来。慕容墨说：祝你愉快。王诗说：恭喜发财。慕容墨几次话到嘴边都咽回去了，本来他想说送个礼物给你，肯定喜欢的礼物。可随着王诗电话里语言信息的增多，慕容墨又觉得把老贾送给他的价值十万元的翡翠戒指转送出去不合适。即使送，也得等王诗回来后弄清她的真实想法再送。如果王诗愿意跟他，那他就毫无保留地把这枚翡翠戒指送给她。

毕竟，王诗是他的初恋。慕容墨觉得一个人陷入恋爱这个陷阱真是太可怕了。那种想念深入到骨髓里，想躲都躲不开。慕容墨开着车子在草城瞎晃悠，从旧货市场到草城大学，绕着开了几个圈。在急速网吧门口，见小宝和大宝两个人叼着烟卷说话，小宝招招手，慕容墨就把车停在他们跟前了。

　　小宝拉开副驾驶室门，大宝拉开后面的门，依次上了车。

　　去哪儿？慕容墨懒洋洋地问。

　　小宝说：你开呗。

　　慕容墨说：往哪儿开呀？

　　小宝说：你怎么这么多废话呀，叫你开你就开。

　　慕容墨说：我没有方向，怎么开？

　　小宝说：我不管，你想往哪儿开就往哪儿开。

　　慕容墨住了嘴，笔直往前开，开到京客隆门口，看到了苏小琳。小宝在车里喊道：小琳，快上车，快上车！苏小琳朝桑塔纳跑来，短裙撩起好高。车停稳后，小宝和大宝交换了位置，小宝和苏小琳坐在后面，大宝坐副驾驶。小宝说：去旱冰场！

　　从后视镜里，慕容墨见小宝和苏小琳两个人在后座上啃嘴，他想：小宝这孩子怎么学坏了，这么小，竟然和小姐勾搭上了。苏小琳大概发觉慕容墨看她，不满地说：看什么看，开你的车！慕容墨重新把视线拉回到前方，他想：连小宝这样什么都没有的人都有人爱，可自己呢，啥都没有。暗暗在心里叹了一口气。旱冰场到了，苏小琳和小宝、大宝依次下车，他们头也不回地朝旱冰场走去，没有一个人提车费的事儿。慕容墨不满地喊道：你们怎么连车钱都不给？

　　小宝回头道：你在我们家吃饭吃得还少吗？

　　慕容墨说：吃饭是一回事，拉你们又是另一回事。你们总要说一声哪！

　　小宝和苏小琳手挽手走在前面，大宝落在后面，他扭头皱着眉，说：要什么要，你找他妈要吧。

慕容墨坐在车里，心情霎时到了零下五度。这是什么世道！怎么什么人都敢欺负我？不行，这车费我得找叶美要，即使不要，我也得告小宝一状。

在车里胡思乱想了几分钟，慕容墨觉得生活没劲透了。和王诗深入交往之前，他的日子过得有滋有味的，可一旦拥有过的东西眼巴巴地即将失去，慕容墨心里是那么不甘心。慕容墨不明白人为什么会有这种心理变化。他一踩油门，车，向草城火车站奔去。他也不知道为什么要把车开到那儿去，或许，希望从人群里发现王诗，或许，是想扔下车，逃离这里？在草城火车站地下停车场，慕容墨关好车门在后排座上躺下，他想把一切烦恼抛在脑后，什么也不想，痛痛快快睡一觉，包括他的车，也需要好好睡一觉。睡完之后，去叶美那儿混顿饭吃，这一天，就算过去了。

地下停车场每小时三元钱。睡两小时六元，不过，有暖气，还是值得的。慕容墨想：老子在哪儿睡觉都要花钱，在出租屋睡觉也是。什么时候，老子睡觉不用花钱呢。

47

黄昏时分，袁大可和贾大华各自开着车，袁大可的车走在前面，贾大华的车走在后面。草城的马路不是很宽，袁大可开车有些不管不顾，被车堵得很狭小的道儿，他也能忽地冲过去，贾大华在后面看得心惊肉跳。按照表象，袁大可是一个稳重的人，没想到开车是这副样子，而他，反倒显得小心翼翼的，真是奇怪。对于今天袁大可请自己吃饭，贾大华觉得也是怪怪的，无缘无故的，不是年，也不是节，吃啥饭呢。肯定是要借吃饭这个空当跟他说什么事儿。现在，说什么对于他贾大华来说，都无所谓。在职称上，他已经无所求了。不过，他袁大可真要说起职称的事儿，保不准他还要把那群王八羔子们大骂一顿。

袁大可在巫山烤全鱼的门店旁停了车，贾大华也在他车屁股后面停下了。落座后，袁大可问贾大华想吃麻辣香锅还是烤鱼，贾大华说，当然是鱼，豆豉味的。袁大可说，行。菜上来之前，服务生端来一盘小吃炒黄豆，贾大华用手抓了就吃。袁大可说：老贾，也不洗洗手。贾大华说：我的手干净着呢。袁大可的脸一红，说：不信，你拿个显微镜，看你的手到底有多干净。贾大华说：显微镜下就不能生活了，谁也干净不了，哪个部位也干净不了。袁大可的脸红得更厉害了。其实，贾大华说话就是这样，有口无心，没有讥笑袁大可的意思，可袁大可心里明白，自己偷了人家的东西，理亏，过不了自己心里这一关。

一个长方形的托盘里面搁了一条煎熟的草鱼，草鱼上有十几粒黑褐色的豆豉，外加大蒜大葱等，鱼身底下潜伏着大白菜、豆干、藕片之类的小菜，三条木炭在托盘下面放着红光。看着豆豉烤鱼，贾大华的胃口一下子就来了，拿过袁大可递来的口杯，说：好菜，开吃！开喝！

袁大可等贾大华伸出筷子在鱼肚子上夹了一块，在口里嚼了，理出几根鱼刺来，这才伸出筷子从鱼腹下拖了一根白菜，菜里的油很重，这很不符合袁大可的饮食习惯，但他知道，贾大华的口味很重，今天选在这儿吃饭，也有暗地里迎合他的意思。酒过三巡，两个男人一直没怎么说话，或者说，没有说入正题的话。袁大可想对贾大华说的话，也就是院长要他转达的话，院长及其他领导对贾大华开麻将馆很不满意，觉得这一事件对草城大学产生了极为恶劣的影响，学校领导要贾大华的直接上司直接转告，让他立即停止开麻将馆，恢复到正常的教育工作中来。袁大可不知如何开口向贾大华转述这些话，贾大华呢，也不问，只是埋头吃烤鱼。最后，烤鱼只剩下一副鱼骨架，有些滑稽地横在他们中间。

袁大可鼓起勇气，看了看贾大华，清了清嗓子，正准备开口，贾大华说：说吧，主任，有什么事？

袁大可说：关于你麻将馆的事儿，学校领导知道了。

贾大华并没有多少吃惊，说：嗯，知道了，怎么了？

袁大可说：院长的意思是叫你立即停止，歇业。

贾大华说：他们有什么权力这么做？

袁大可说：你是教职工。

贾大华说：主任，告诉你，原本这麻将馆就不是我的，你这么一说，看样子我还不能撤，要和人家齐心协力地干下去了。职称职称不考虑我，我就不说了。现在还管到我八小时以外了？真是信了邪！

袁大可心里暗暗叫苦，贾大华这个人就是这样，如果较上劲，他就是十八头骡子也拉不回来。今天这顿饭不仅没起到正面作用，还把他越推越远了。这么多年，袁大可最了解贾大华，不仅仅是从同事这个窗口，还从和陈吉在床上的私房话里，了解到贾大华许许多多不为人知的方方面面。比如，贾大华喜欢逛草城旧货市场，喜欢收藏，这些，是大家都知道的。比如，贾大华的性欲其实很旺盛，可陈吉又不搭理他，那么，陈吉从洗衣机里贾大华那让人恶心的内裤了解到这一点。反正，按陈吉的说法，贾大华的很多东西都是不能拿到台面上去说的，太肮脏，太龌龊，干出的勾当，完全与大学老师的身份不符。不知为什么，袁大可又有些同情贾大华，觉得陈吉有点儿过了，他说，除了贾大华，你和其他男人上床我接受不了。陈吉说：你说是这么说，我真和他上床了，还不恶心死你呀。袁大可笑笑，说：不会的，你们是正常的夫妻。陈吉说：那你受得了么，他是一夜八次郎。和他在一个床上，压根儿不能闭眼。袁大可暗暗称奇，心里的醋意如簇拥在鼻根附近的唾沫，忽地泛滥开来，他说：那还是算了吧。我真接受不了。陈吉说：就是。你就是这么虚伪。

袁大可从饭桌上站起来叹了一口气，他拍拍贾大华的肩膀，说：大华，我希望你好。说实话，这次院长好像非常严厉非常严肃地提出了这件事。上次你监考睡觉的事儿，我好不容易压下去了，现在这事儿，我可能压不住了。胳膊扭不过大腿，你还是好自为之吧。

贾大华说：说起来，你跟他们，还是穿一条裤子的人，生怕得罪他们。你怕得罪，我不怕。难道他把我开除不成？

袁大可说：现在是教授聘用制，可以用你，也可以不用你，用你就有工资，不用你，不聘你，你就只拿基本工资，与开除没有两样。大华，不是我危言耸听，真的，社会变了。你看，现在哪个不巴结院长？要吃饭呀！

出了巫山烤鱼店，看见自己的车，两人这才想起刚喝过酒。袁大可说把车丢在这儿打车回去，贾大华此时大概因为酒精的作用，脑子里铺开的是叶美白花花的身子。他正想着她，叶美的电话来了。贾大华示意袁大可先走，自己闪到一边去接电话了。

叶美说：在哪儿呢。

贾大华说：巫山烤鱼。

叶美说：喝酒啦？要我去接你吗？

贾大华说：你直接去快捷吧。我马上打车去。还是老房间。

叶美的语气里带着一丝惊喜，说：行。

本来，叶美有一肚子的烦心事。慕容墨告诉她，小宝竟然和苏小琳在一块儿勾肩搭背的。叶美对小宝虽然没抱多大的希望，但至少希望他能做一个正经人。现在竟然和一个小姐好上了，这以后的日子，能好到哪儿去呢。苏小琳也是贱，你傍，干吗不傍一个大款呢。小宝一无钱，二无本事，三无好的家庭背景，什么都没有，她看中小宝什么呢？小宝还是个孩子。看中他的无知无识？叶美想想就来气，要是看到苏小琳，她定会恶狠狠地扇她几嘴巴！这不是昧良心吗？小宝还是个处男，从没有过女人，不知道女人是什么，这下好，一上来就和小姐上了床，那小宝离坏透的日子还远么。加上牛大富的步步紧逼，叶美感觉自己都快要崩溃了，她就像掉进河里的一个不会水的人，想拼命抓住一根稻草。其实，她也没对贾大华抱什么大的幻想，可电话一通，没想到贾大华想她了，想要她的身子。想要身子就好办了，在床上，什么体己肉麻的话都能说，什么合理不合理的条件都可以讲。在床上，除了嘴巴能讲话，身子上的每一寸肌肤也是能讲话的，身子可以给贾大华以好处和快乐，他在条件面前，自然会考虑。挂了电话，叶美的心稍稍平静了些。她赶紧洗把脸，擦了玉兰油，又涂抹了粉饼，抹了口红，急急地就出了门。

出了巫山烤鱼店，袁大可并没有在贾大华的车走之前先走。他的酒喝得并不太多，还是想把车开回去。坐在车里，他点燃了一支烟，思考一些问题。比如，他和陈吉今后将如何发展，比如，自己今后在高校的仕途如何发展，等等。这些问题很复杂，在酒精和香烟的催化下，纠缠在一起，变得更加扑朔迷离。袁大可将头靠在椅背上，无聊地看着窗外。窗外的贾大华上了一辆黑车，车向前一百米拐上马路朝与他家方向相反的地方驶去。袁大可一下子清醒过来，他突然对贾大华产生了窥探欲，想看看这个喝酒之后的男人到底想干什么。

车驶过草城南河大街，又拐向西湖大街，在快捷酒店门口停了下来。贾大华出了车门，一个人走了进去。

贾大华打了车来到快捷酒店，没看见叶美，猜她落在了他后面，便开了房间，直接去了老地方。大概是酒水喝多了的缘故，贾大华一进房，就直奔洗手间小便，阳具掏出来，软塌塌的，摆弄了半天，也不见滴出一滴尿。贾大华的心里有点儿堵，堵的感觉马上反馈到生殖器上，他觉得自己是不是患了前列腺等之类的毛病。这么一想，心情有些坏了起来，就好像相约上山砍柴的人马上就要到了，可他的砍刀出了问题。

在离酒店不远的地方，袁大可还是坐在驾驶室里，他静静等着，脑子里又浮现出一些问题。他甚至有些羡慕贾大华，能如此轻松地约会，如此轻松地目空一切。无欲则刚，大概说的就是他这一类人吧。一个被侮辱与被损害的人，不愧疚于人。袁大可甚至有些后悔跟踪贾大华，这么做，太不厚道了。他拿眼睛再看快捷酒店，发现了一个他熟悉的身影。小宝麻将馆的叶美，她急匆匆地往酒店里走。袁大可明白了，这一男一女在此准备偷情。他们白天在麻将馆里在桌上频繁接触还不解渴，晚上还要在床上疯狂。袁大可突然为陈吉鸣起不平来，贾大华这么做，对陈吉是不公平的。同时，袁大可也意识到自己处理与陈吉、贾大华关系的核心，他拿出手机，拨通了陈吉的电话。

陈吉懒洋洋地问：有事吗？

袁大可坏笑道：想不想看你老公的好戏？

陈吉很明白的样子，说：捉奸……拿双？

袁大可说：我在快捷酒店门口，替你盯着呢，叶美和贾大华前三分钟一前一后地进了这家酒店，你说，会发生什么？

陈吉正想为自己找一个台阶下，她说：你等着，我马上来。

袁大可说：我不方便出现，告诉你这个消息就行，我先回去了。

陈吉语气里有着明显的不快，她说：老袁，你先别走，我弄清楚房间号你再走也不迟。

袁大可说：行，那你快来吧。

门虚掩着，叶美进房间，心跳得厉害。房间还是自己熟悉的房间，深白的床单，浅红的家具，淡黄的窗帘，这些，让她感到亲切，她隐约嗅到贾大华的气息。这个晚上，她将完完全全属于贾大华了。时间真的是一双魔手，它慢慢调适着她，她的身体，她的心境，她的情感，让她慢慢爱上了贾大华。叶美爱的第一个男人是萧剑秋，一个浮在空中的现实生活中不存在的男人，所以，这个男人也从空气中飘走了。眼前的贾大华，是她爱上的第二个男人，这个男人有学识，善良，稳重，给人一种安全感。抱着这个男人，自己不怕未来的一切苦难。

贾大华从洗手间里出来，表情有些凝重，虽然叶美就在面前，但他好像没看见她一样。叶美奇怪了，说：怎么啦，亲爱的？

贾大华说：我觉得自己不中用了，完了。

叶美笑道：怎么会呢。我没有说你完，你永远不可能完。

贾大华说：我不是开玩笑的。

叶美说：我也是说真的。想知道你是不是真的完了，我们立马检验检验。

贾大华在叶美旁边的床头坐下，抚摸着她的头发，说:今天，我只想和你坐坐，说说闲话。

叶美说：开房间只为了说说闲话，太奢侈了。还不如坐在小公园里说呢。

贾大华说：外面不是冷吗？

叶美说：那我们坐在床上说话。

说着，两人便脱了衣服坐在床上说话。贾大华说：看来，他们真的是不容我了。

叶美说：牛大富看来真的怕王颂，逼着我退房子。

贾大华说：退就退，大不了我们再找一个地儿，怕个屁！老子有的是钱。

叶美说：不是钱不钱的问题。开麻将馆，忌讳的是换新地儿，人家上哪儿去找啊？

贾大华握着叶美的手，说：这都不是熟人么，一个个打电话通知。我想了，想租一个三居室，两个房间开麻将馆，一个留着给墨迹住。他住的那地儿太糟糕了。

叶美侧身抚摸贾大华的头发，轻声说：你这么一说，我心里有底了。对了，今天是不是学校里受气了？

贾大华闭着眼养神，没有马上回答。他就像一个刚跑完一万米的人，全身有些虚脱。

48

霓虹灯是天还没黑就亮起来的，现在在夜色里，已经熟透了。陈吉在家里泡的一碗方便面还没吃完，接到袁大可的电话就匆匆出了门。没想到，贾大华越来越明目张胆，不把她放在眼里了。这样的家庭生活，只有一张僵死的躯壳，留着它有何用呢？陈吉边开车，热泪散落在胳膊上。她想，这个僵壳必须要在今晚打破，她要打破一个旧世界，建立一个新世界。

快捷酒店是个克隆的店，管理并不规范。陈吉和袁大可说了半天，大饼脸服务员并没有完全拒绝。陈吉说：这样，我给你一百块的辛苦费，你在我们前面用钥匙开门，轻轻打开门后就马上走，我们再进去，与你没任何关系。要是他们提意见，就说不知道这个房里住了人，是去拿开水瓶的。你想，这么一会儿工夫，上哪儿去挣这一百块？

在金钱面前，没有多少人能抵挡住诱惑。大饼脸服务员很快拿了钥匙。此时，袁大可征求陈吉的意见后出酒店回家，陈吉跟着大饼脸服务员上楼。

这是一条长长的走廊，铺着肮脏的红地毯。白色的印花已经变成深褐色，肮脏向红色无限延伸。陈吉的高跟鞋走在上面，听不见回声。陈吉也听不到自己内心的声音。这么多年来，她感觉自己就像一具行尸走肉，没有爱也没有恨地活着。和袁大可的偷情，使她的人生犹如一个驼背前行的老妪，她累得慌，从没有优雅过，在阳光下晾晒过。今天，她到底想干什么呢？当门被打开的瞬间，她要看到这一对狗男女的不堪？特别是贾大华的虚伪面孔？不，这些，都不是她想要的。她只是有点儿恶作剧的味道，觉得生活太无聊，没有波澜，她并不想达到什么目的，她现在的策略是边走边看，走一步看一步。

然而，去见证自己的老公偷情，这件事无论如何是残酷的，即使这个女人再怎么不爱自己的老公，不把自己的老公当回事。大饼脸服务员轻轻看了房门退到身后，陈吉以迅雷不及掩耳之势推开门。她的视线像一张大网，大网抛向房间的每个角落，在床的方位停歇下来，将叶美和贾大华牢牢地罩住了。奇怪的是，叶美和贾大华像一对垂死的人，两人坐在床头，贾大华的脸颊上淌着泪，他们没有一丝的猥琐，只有生命的庄严。

这是陈吉完全没有料到的。

陈吉呆呆地站在门口，看着床上的叶美和贾大华。贾大华看见陈吉，略略有一点吃惊，但是，他并没有夸张地表现出来，只是拿手背擦了擦泪。这目光相对，先开口的应该是陈吉。她是侵入者，应该给叶美和贾大华一个解释。

陈吉说：打扰了，对不起，你们继续聊。

叶美已经从床上下来了，坐在沙发上，说：坐会儿。我们没做什么事，就是说会儿话，外面冷，说话不方便。

陈吉说：哦。

贾大华靠在床背上，没有做声。

陈吉决定变被动为主动，说：贾大华，你不想说点儿什么吗？

贾大华说：不想说什么，你都看到了。

陈吉说：我要是今天没看到，我还真的不相信你不是个男人。她又将头转向叶美，说：他不能做吧，做不了吧？

叶美尴尬地摇摇头，说：不知道。

陈吉说：还有一种可能，是你们刚做完，坐起来聊天。你们骗不了我。贾大华，我走了，你要给我一个说法。

说完，陈吉头也不回地出了房门。本来，她想自己的高跟鞋重重落在走廊上以表达她的怒意，可这该死的地毯什么声音都让她发不出来，倒好像做亏心事的是她一样。

刚才陈吉闯进来之前，叶美和贾大华聊天确实交了心。两个人谈了许多掏心窝子的话。贾大华谈到了学校里的你争我斗，他的受排挤，他的边缘化；叶美呢，谈了自己的心愿，她还想筹措一笔钱给儿子小宝的嘴巴做修复手术，她说自己的身子骨看上去还行，可以去卖几次血。说小宝就是因为兔唇，就自暴自弃了，就和小姐苏小琳勾搭上了。她不能看着儿子就这么滑下去，他是她的唯一希望。无论如何，她要卖血给儿子做手术。贾大华说：你这个傻女人。小宝做手术的钱，我出。我不会让你卖血的，你的血，也是我的。叶美就哭了，哇哇哭得很厉害，她抱着贾大华说谢谢他，下辈子如果不能嫁给他就给他做牛做马报答他，贾大华听叶美这么一说，也动了情，流着泪说：傻女人，谁叫你二十年前没遇到我？二十年前你遇到我，我就娶了你。我们好好过平平淡淡的小日子。

叶美松开贾大华，盯着他的眼睛问：现在呢？难道现在来不及了吗？

贾大华一脸认真：来不及了，只能这样了。

叶美说：那我这算什么？就这么被人睡了？

贾大华有些失望，说：你怎么这么说？我不也被你睡了吗？你怎么说你被我睡了呢？我们在一起睡觉，是你情我愿，是愿意的，像相互的。我们不是做生意，你不是小姐，我不是嫖客，不是吗？

叶美哭起来：我这与小姐有什么区别！小姐每做一次还能赚个五十、一百的。

贾大华吃惊地看着叶美从烟盒里拿出一根烟，吸了起来。他觉得一切显得是那么滑稽。

叶美说：没想到这个牛大富这么胆小怕事，这麻将馆真的开不成了。

贾大华皱着眉头说：干脆，你也歇一阵，马上要过年了。年过完了再另谋出路。今年过年，我想跟陈吉说一下，把慕容墨请到家里去吃个团年饭。

叶美酸溜溜地说：唉，到底你们还是一家子。

贾大华没有做声，刚才他一说到"过年"二字，好像外面有人知道似的，窗外立刻传来零星的鞭炮声。因为是在夜里，鞭炮声传得很远，然后，声音又从远处弹射回来，给人一种四面楚歌的凄寒。

49

腊月二十几，慕容墨还没有回家。

慕容墨的母亲从老家打来电话，问慕容墨怎么还不回，慕容墨说：春节期间生意好得不得了，赚钱也就指着这几天了，回去既费钱还赚不了钱，算了，我不打算回去了。慕容墨的母亲说：儿子，那我想你怎么办？慕容墨的心里动了一下，有了想回老家的愿望。此时，刚好有一个人在前面招手拦车，这个动作，像一个挥着剑的手，马上把他的思乡之情给斩断了。

大年三十，叶美陪着儿子小宝在草城附一医院的第五病房里，小宝的兔唇手术到底还是做了，贾大华出了三万块。叶美从心底对贾大华怀着深深的感激，甚至看到陈吉，她的眼眶也潮湿起来。小宝的心情很好，他躺在病床上，耳朵插着MP4听歌。苏小琳昨天提着一袋水果来过，叶美伸手不打笑脸人，当着小宝的面，她没说什么，下楼送苏小琳的时候，叶美不轻不重地说了苏小琳几句。叶美说：小琳，你是我看着长大的，我们一个村。你要知道，小宝还是个孩子，你呢，以后别理他了。你各方面条件并不差，到时候洗心革面好好做个好女孩，找一个不知道你底细的人家嫁了，这才是正道。这以前的事儿，我们都把它烂在肚子里，不提了，你看，怎么样？说起来，苏小琳也是个孩子，但这个早熟的孩子在社会这所大学里学的时间长，懂得的事情自然别同龄的女孩多，她很快明白了叶美的意思，挤出一副笑脸说：叶美姐，我明白了。以后我是不会主动找小宝的。以后呢，你也多关心关心小宝，这孩子也挺可怜的。

草城的外来务工人员平时塞满了大街小巷，现在临近年关，好像被一阵风刮跑了似的，不见踪影，连马路都宽敞了起来。慕容墨在澡堂子里洗了个澡，穿着那件白色羽绒服，去贾大华家吃年夜饭。对于贾大华的儿子失而复得，陈吉表面上也挺为他高兴的，责怪他没有第一时间告诉她。慕容墨到来之前，她已备好了给他的礼物：一个两百多块钱的剃须刀。虽然不知道慕容墨长没长着胡子，但男孩子总是需要这一类的东西的，今儿个不长明儿长，胡子，总有一天要冒出来的。贾大华一直在厨房里忙，系着一个大红格子围裙，他开了油锅，炸了肉丸和藕夹，走道里都能闻到他家门缝里飘出的香味儿。贾海在电脑上打游戏，听妈妈陈吉说家里要来个哥哥，也有些兴奋，不时看表。不远处的教堂传来浑厚低沉的钟声，这钟声，让坐在车里的慕容墨，也渐渐安静下来。对着镜子，他调整好自己的表情：不卑不亢。对，应该就是这么个态度，不卑不亢。他有手有脚，不需要倚靠任何人，也不想接受什么人的施舍。至于突然被贾大华贾老师称为儿子，这到底是不是事实，他一点都没有追究的兴趣。

贾海身高一米八，身材瘦而高，白皙的脸上戴一副黑框眼镜，无论是体型还是面相，与贾大华都有点儿不搭。贾大华平素不善于对儿子表达感情，现在儿子放寒假回了，他还是尽可能地待在家里陪贾海，与他聊聊学校的见闻和他自身成长的一些困惑。所以，贾海回家之后，家里倒额外添了一丝温馨。陈吉在贾海面前也很顾及面子，生怕和贾大华争吵伤着了孩子。这次请慕容墨到家里来吃年夜饭，是贾大华前思后想反复斟酌之后决定的。这个盖子，迟早是要揭开的。慕容墨也就是贾洋不是外人，是在贾海之前就存在的，不存在对贾海欺骗不欺骗的问题。现在慕容墨刚好没回老家去，理应接他到家里一起吃年夜饭，于情于理都说得过去。贾海听说有这么一个哥哥来吃年夜饭，一脸无所谓的样子，说：吃个饭有什么，不用跟我商量。陈吉笑着说：我们家贾海真的懂事了，好，我高兴！贾海说：只要你们两个高兴就成，你们高兴，我就高兴。

传来敲门声。慕容墨到了。

陈吉开门时，发现面前站着一个身高不过一米七左右的男孩，端正的面庞，硬硬的发梢，皮肤微黑。他手里提着一个红色礼盒，站立的姿势有点儿不自然。陈吉忙堆上笑，说：是慕容墨吧？快进来，快进来，来就来，还买东西干吗？

贾大华在厨房里听到门外的动静，忙把手在围裙上擦干，走了出来。

这是贾大华家里难得的一顿温馨的年夜饭。陈吉已经撬开了红酒，贾海接过，将每个杯子里倒满。陈吉举着杯，看着慕容墨，说：来，祝你新年大发！

慕容墨也端起杯子，向上举了举。一些词语堆积到了嘴边，可不知说哪句合适。他想说祝阿姨越来越美丽，或者，祝您万事如意，等等，都觉得腻味，俗气，干脆闭了嘴，嘴角浮出一丝若隐若现的笑意来。贾海举着杯向贾大华和陈吉说：祝老爸老妈白头偕老永远幸福甜蜜。

贾大华和陈吉尴尬地笑笑，将杯子在嘴边挨了挨，算是表示了一下。

贾大华拿出自己多年的厨艺积累精心做了几个菜：小鸡炖蘑菇、西红柿牛腩、羊肉萝卜火锅、红烧狮子头，外加几个青菜和冷碟，红酒喝在嘴里有一股怪味，贾大华还是咽下去了。陈吉手里的酒杯已经空了，嘴角还挂着零星的一滴，她抹了抹嘴唇，看着慕容墨，说：慕容墨，很高兴你能来我们家做客。以后，你有空的话，常来。

虽是满嘴的客气话，但慕容墨听起来却隐隐有些不舒服。他表面上还是微笑着点头。见陈吉起身，拿过一个包装盒，递给他，说：这是我送你的新年礼物，男孩子总是需要剃须刀的。

慕容墨接过，低声说：谢谢阿姨。

陈吉说：谢什么，一个剃须刀，不值得谢。陈吉又转过头对贾大华说，老贾啊，今天大家到得齐，我呢，把事情都说明白。慕容墨，你也应该了解一下我们家的情况，我和贾老师的经济方面，是完全分开的，这房子呢，写的是贾海的名字，我的存款当然是属于我的。贾老师有多少存款，我不知道，但他是要准备以后留给贾海出国留学，还有结婚用的。所以，家里的经济状况也大致是这个样子。听老贾说，他连翡翠戒指都送你了，你要知道，那可是老坑冰种的。看来，他对你这个突然冒出来的儿子是真的动了心了。以前我向他要这个戒指都要不来……

慕容墨的手伸向羽绒服的夹层内兜，从里面摸出翡翠戒指，放在桌上，说：其实，我真的不需要这个戒指。虽然我穷，但我还能靠自己的劳动活下去。

贾大华阴沉着脸，对陈吉说：大过年的，你怎么这么说话？

陈吉提高了嗓门，说：我该怎么说话？对你这种不负责任的男人，我这种态度还是好的！

贾海说：妈，你还让不让人过年啊？

陈吉说：是有人不让我们好好过年！今天一个情人，明天一个儿子，后天还不知道冒出个什么玩意儿出来呢!

贾大华拿起玻璃杯狠狠砸在地板上,杯子碎了。

慕容墨的眼里闪过一丝惊恐,他站起身,疾步向门口走去,门敞开着,外面的鞭炮声又是一阵此起彼伏。

鞭炮声里,张玲一个人在小宝麻将馆里。整个年,她过得清冷凄凉。不会打麻将的张玲为了打发无聊,将自动麻将机打开,一个人坐在空落落的厅里打麻将。自己左右手和前方的椅子都空着,但她还是感觉到了压力。儿子虽然找着了,可他现在在贾大华家里过年,与她这个十月怀胎的母亲没有丝毫关系。为什么?人家有钱,做着一份体面的工作,而她张玲又什么呢?住,住的地方没有;吃,吃的东西没有;亲人,亲人没有。可以说,她张玲真的是赤裸裸的一身干净,一无所有。有时,张玲真想找个勤扒苦做的男人嫁了,自己的晚年混口热菜热饭,也好安安稳稳地度个晚年。可如今,身处异乡,举目无亲,就是连条公狗也难碰见。张玲看着自己面前的一排麻将,三张白板,齐刷刷的,犹如荒芜的大地,苍白,贫瘠。七条,好像是地里刚绿的麦穗,透着旺盛的生命力,而一饼,又像一个沉甸甸的果实,原来,这麻将里也蕴含着农业生产的三个过程:开荒——种植——收获。想到收获,张玲的心,又是一阵剧痛:人生最悲哀的事,莫过于将近老年两手空空,莫过于吃了上顿愁下顿。

50

春节期间,张玲好像冬眠了一样,睡不醒,起不来。牛大富的那间平房,因为没继续开麻将馆,他倒没有再逼叶美她们搬出去。

慕容墨倒没有再来了。

张玲成天拉着叶美,叫她帮她分析慕容墨不来的原因。叶美说:我这麻将馆没开张，他来干吗？

张玲说：老贾不是认了他这个儿子吗？

叶美说：是啊，认啦。所以人家就去他家啦，来这里干吗。

张玲很不服气，说：毕竟，我是他的亲妈。

叶美一脸不屑，说：亲妈怎么啦？他不记得你。要是记得你，从心里承认你，肯定要天天来给你请安。

张玲觉得没什么话题，便说到麻将，她问叶美：你说，怎么要把这梅、兰、竹、菊印在花牌上呢？肯定有用意吧？

叶美笑说：老贾谈这些的时候你又没听吧？这梅、兰、竹、菊，占尽春、夏、秋、冬，被称为"四君子"。"梅"，表示高洁傲岸；"兰"，代表幽雅空灵；"竹"，象征虚心有节；"菊"，暗示冷艳清贞。老贾说，这些，表现了人们对时间秩序和生命意义的感悟，也是对某种审美人格境界的向往。

张玲点点头，说：那"中、发、白"呢？

叶美说：这三张牌，寓意着"中正"、"发达"、"纯洁"。

张玲说：我们能发达吗？我们还纯洁吗？

叶美说：发不发达纯不纯洁你自己还不知道？

张玲便不做声了。

第二天，张玲早早地来到慕容墨的出租屋，一个大肚子厨师占着厨房在准备麻辣烫，慕容墨还没起床。见是张玲，并没有往日的热情，只睁了一双清淡的眼睛看着她，甚至连一句问话都没有。张玲只好无趣地说明了自己的来意，说这么长一段时间都没见着他，怪想他的。慕容墨不吭声，好像没听到她说话一样，继续闭了眼睡。张玲觉得慕容墨变了，变得冷漠寡言，她不明白慕容墨怎么一下子就变了，说：洋洋，你这是怎么啦？

慕容墨听见张玲肉麻地喊她洋洋，怒了，说：给老子滚！谁是你的洋洋！老子是慕容墨！

张玲的身子不禁哆嗦了几下，她低着头，强忍着泪，像一个刚被皇上痛斥了的宫女，小心翼翼地退了出去。

叶美再次看见张玲，张玲就不再说话了。只拿出已完成大半身的毛衣出来拆，弯曲的绒线在空气中弹出烟雾般的灰尘。叶美叶懒得问，虽然小宝的手术做得很成功，但她丝毫没有什么喜悦，只是觉得儿子的手术早该做了，拖到现在才做，没什么可喜悦的。

草城无春。

但凡在草城住过一两年的人，大都知道草城的春天短，稍不留神，倏地一下，就过去了。

袁大可最近可谓喜事连连，一是开学那天路过体彩销售点，他机选了十块钱的彩票，没想到中了五千块的奖；二是他叫学生帮他攒的一本哲学书，已经出版了，学校还申报了科研成果奖，三，据内部消息，他进了草城大学副院长竞聘名单，是副院长候选人。人生在世，无非"名利"二字。现在，或多或少，他袁大可即将拥有或者都拥有了，这也算人生中的一件幸事。

袁大可的老婆近来倒有些反常。有天吃饭的时候，她把袁大可叫到跟前，说：老袁，这么多年，该收心了。你的所作所为，我全都知道。我为什么没有揭发你，是给我，还有儿子留一个面子。这个月底之前，你与外面的相好关系斩断，我就既往不咎，假如还牵牵挂挂的，就别怪我不客气。一，我的遗书已经写好，你要是想害我，我死的第二天你的丑行就会曝光；二，我还放了一些证据在别人那儿，你要不客气，我就不客气，自然会有人替我出气。

袁大可沉着脸，说：唉，你这是说什么话！我从来就没想到过抛弃你，从来就没想到过离婚。

袁大可老婆说：光这么想还不行，我要你死心塌地地和我过日子。

袁大可说：你把东西放在谁那儿了？

袁大可老婆说：我怎么会告诉你呢，我没那么傻。

一向老实巴交的老婆竟然有如此心计来算计他，这是袁大可没有料到的。他有些愤怒，但也只能无可奈何。与陈吉几十年的纠缠，袁大可觉得是到了该终止的时候了。袁大可不是一个无情无义的人，但是，他还是有道德感和羞耻感的。这么多年，他霸占着本该属于贾大华的女人，这是不对的，不应该的。这好像他向贾大华借了一件东西，可是，长期搁置在他这儿，而贾大华呢，好像也忘记了这事儿，丝毫不提及。贾大华不提及，并不意味着他袁大可不记得，所以，袁大可觉得很不好意思。

　　如何将本该属于贾大华的东西退还给他呢？而且还要做到神不知鬼不觉。

　　袁大可寻思着三十六计中到底哪一计适合他。"借刀杀人"、"落井下石"、"偷梁换柱"、"过河拆桥"、"瞒天过海"……这些，显然都不要想。美人计与他无缘，苦肉计只会勾起陈吉对他更大的同情和关爱，欲擒故纵更不合适，他需要的是纵，而不是擒。思前想后，袁大可决定将欲擒故纵换一下思路，改为欲纵故擒。当然，这也是孤注一掷。

　　时光沙漏咖啡屋，陈吉果然来了。

　　袁大可坐在咖啡屋一角，他没有看玻璃窗外，而是侧耳倾听。陈吉的脚步声与其他女人不同，她的节奏她的重音她的频率，袁大可已经烂熟于心。陈吉在袁大可对面坐下，将脖子上的长丝巾取下放在椅背上。袁大可三年前买的这条乳白色丝巾，陈吉一直戴着。她说这种乳白色什么衣服都能配，除了白色。

　　时值中午，正是咖啡屋生意冷清的时候。偌大的屋子，除了一两个服务员站在远处，就是他们两了。

　　袁大可看着陈吉，又看看表，说：挺准时的。

　　陈吉说：您老人家发话了，我还能迟到？什么事？

　　袁大可小声说：我们私奔吧。

　　私奔？陈吉忍不住笑出声来，今天你这是唱的哪一曲？

　　袁大可清了清嗓子，说：笑什么，我说的是真的。我们私奔。抛弃掉一切，远离草城，去偏远山区，在那儿买一栋小房子，开辟几块菜地，过农民生活。

陈吉半信半疑地看着袁大可，说：那我公司怎么办？我儿子怎么办？

袁大可说：辞掉，抛弃掉。我们只要爱情。

陈吉说：这好像不是你的风格。十年前，你说的这些，就是我的理想生活，可现在，变得不一样了。

袁大可说：怎么不一样了？

陈吉说：我觉得你的那种方法太自私。而且，为了所谓的爱情而抛弃整个世界的做法，我不提倡。

袁大可沉下脸，说：陈吉，你的话里露出破绽了。所谓的爱情？什么叫所谓的爱情？原来，你一直把我和你之间的感情当成是"所谓的"！你内心里对我们的感情并不是完全认可的，既然你并不认可，那我们为什么还要在一起呢？你不觉得可笑吗？好，算我白说，以后大路朝天，各走半边，我们不要再来往了。

陈吉沉默了几秒，说：奇了怪了，你今天葫芦里卖的是啥药啊？说话这么纠结。一来就是什么私奔，然后把我指责一番。现在我怀疑你说话的诚意了。你真的想和我私奔吗？那好啊，来吧，咱们就私奔，不私奔的是王八蛋。

袁大可说：说这些气话有什么用？这样的私奔又有什么意义呢。算了算了，不说了。我们彼此冷静一段时间吧。好好想想，还有没有继续在一起的必要。

其实，陈吉已经完全明白了。袁大可是想抛弃她了。如此说来，自己强求这段见不得阳光的孽情又有什么意义呢，既然心已走远。想到这里，陈吉站起来，对袁大可说：不用想了，我现在就给答案你，我们结束吧。再见。袁大可呆住了。虽然这是他头脑中一直期盼的结果，但这个结果来得如此之快，还是令他瞠目结舌。陈吉说罢，头也不回地走了。袁大可见陈吉的乳白丝巾还搭在椅背上，本想喊住她，话到嘴边，又缩回去了。他也站起来，拉过丝巾放进兜里，买单后，匆忙走出咖啡屋。

陈吉曾设想过一百种分离的理由和场面，唯独没想到这一种：如此虚伪，如此利落，如此绝情。想想那些过往，陈吉脑子里甚至跳出"羞耻"二字。这么多年来，她从没体会到羞耻的感觉，她一向自我感觉良好，与袁大可——这个人家的老公上床，觉得也是天经地义。其实，她是忘记了这世上有"羞耻"二字的存在。

51

慕容墨觉得在草城呆着越来越没有意思了。

过完年，房东就找上门来，说你们现在到中介去看看，咱们这一带的房租都涨价了，你们也得给我涨个百十块。慕容墨不满，说：不是有合同么，随你开口宰人啊？房东态度蛮横：是我的房子，这叫我的房子我做主，知道吗？

慕容墨说：现在是法治社会，合同上写的多少就是多少。

房东拿出合同，说：还有半个月，你们的合同就满了，以后每个月加八十，不想住就给我滚蛋！

说着，拉开门，气呼呼地走了。

草城的人情味儿一直是慕容墨留恋的，在叶美的麻将馆里，他总能吃上热菜热饭。可认儿子这一幕丑剧上演之后，慕容墨觉得一切都变了味儿。原来，他们是有企图的。想要他当儿子。穷人家为什么连自己的儿子都保不住呢，人家有钱，想要你当儿子就当儿子？还亲子鉴定，这些，他慕容墨都不信。他的人生理想就那么固定了：在这草城里开几年黑车，回老家做一栋楼房，娶个媳妇好好过日子。当然，最理想的是王诗跟着他回老家，但现在看来，这个理想是那么可笑。虽然打心眼里喜欢王诗，但慕容墨又瞧不起她。一个如花似玉有才有貌的女孩子，却倚靠一个老男人过日子，小猫小狗一样，有什么意思呢。

自从被贾大华的老婆陈吉要去了翡翠戒指，慕容墨就再没有见他过去生活圈子中的任何一个人，他像一个被伤害的小动物，躲得远远的。

三月中旬的一个下午，慕容墨懒洋洋地靠在车里趴活儿。在草城大学南门附近，车门被拉开了，一个长着胡子的男人问慕容墨。

胡子男说：去孝感吗？

"孝感"是慕容墨的家乡，在异乡听到这两个字，慕容墨心里一颤。好长时间没回去的慕容墨顿时来了兴趣，他说：去啊。开车的嘛，吃的就是这碗饭，哪里都去。

胡子男说：多少钱？

慕容墨说：这距离可不短，过路费和油钱不算，起码要一千块吧。

胡子男看着慕容墨脚上的那双灰白色耐克运动鞋，说：这么贵？那要是都加上呢？

慕容墨说：起码不低于两千吧。

说完，慕容墨自己也疑惑了。这人可真奇怪了，干吗不坐火车或飞机呢，又快又安全。非要坐他这黑车，慢不说，钱也花得多。但慕容墨又不愿意失去这个能回家的机会，他是不会提醒这个脑袋暂时短路的大胡子男人的。胡子男还在一旁算账，他又看了看慕容墨的车，说：这车跑了多少公里啦？

二十万公里。慕容墨说。

也不少了。安全吗？你驾照拿了几年？

慕容墨心里有些烦，简直把他当犯人审问了。但又不好发火，只得耐着性子说：当然安全，我是老司机了。

哈哈，老司机？看你一个，毛孩子，还老司机？现在的人哪！胡子男感叹着，显然，他对慕容墨的印象有了一些改变，态度和缓了好多。他将副驾驶的车门打开，然后钻了进去，说：走吧。

慕容墨说：啊，这就走？

胡子男说：当然啊，现在不走还要等到哪个时候？我是说走就走的人，是说一不二的。放心，车费不会少你一分。

慕容墨想去超市买点东西顺便带回家，但又怕暴露了自己是孝感人的信息，这样这位乘客有可能会杀价；出租屋里也没什么值钱的东西，房租还有三天就要到期了，暂时不操这份心。因为要回家，慕容墨的心情顿时敞亮起来，他愉快地看着前方，车，向离开草城的方向驶去。经过草城大道，慕容墨发觉有个路人很像贾大华，这个突然空降的父亲。但是，他没有停车，相反，他一踩油门，让自己的桑塔纳变成了离弦之箭。

胡子男饶有兴趣地欣赏着草城沿途的景色，他说：再见了，草城！

慕容墨说：您是孝感人吗？

胡子男说：不是。

慕容墨说：听口音您还真的不是孝感人，那去孝感干什么呢？

胡子男说：哟，你怎么知道我不是孝感人？你知道孝感的口音？

慕容墨连忙否认：不，不是，我在电视剧里听过孝感话。

哦。胡子男将头靠在椅背上，闭着眼，说：弄个歌听听。

慕容墨见他没说要听什么歌，就随手打开了音响，是郑钧的《灰姑娘》，胡子男并没有反对，他的手指还在椅子上轻轻打着拍子。

怎么会迷上你，我在问自己，我什么都能放弃，居然今天难离去，你并不美丽，但是你可爱至极，哎呀灰姑娘，我的灰姑娘……

车，突然停住了。慕容墨趴在方向盘上，肩头抽搐。胡子男醒了，不耐烦地说：怎么回事，怎么回事？你到底去不去？怎么像个娘儿们，哭个啥！

慕容墨说：我也不知道咋回事，听到这歌，就忍不住流眼泪。

胡子男说：你这种人很难成大事，一首歌竟能听得哭。男儿有泪不轻弹，一个大男人，哭哭啼啼的，像个什么样子！

慕容墨说：我有一种感觉，这次离开草城，我不会再回来了。这里的人，以后大概都见不到了。

胡子男说：那你为什么不回来呢？难道你要像我一样，到孝感去追一个女孩，要做人家的上门女婿？

听到这么一个五大三粗的男人竟然要去他的家乡给一个女孩当上门女婿，慕容墨一下子发觉出生活的可爱，他重新发动车，说：走，咱们出发——

草城大道两旁栽了不少白杨，车在飞驰的瞬间，慕容墨看到的还是灰扑扑的景象，他看了看胡子男，说：我不喜欢草城。

胡子男说：为什么。

慕容墨说：要是在我的家乡，这个时候，树叶早就绿了。

胡子男说：同感，同感！我喜欢绿色。绿色是希望和生机。像我这种人，是很受环境影响的。看见绿色心里就会产生美好和希望，看见灰色，我想到的是绝望和犯罪。

犯罪？慕容墨心里一惊。

胡子男以怪异的眼神看了看慕容墨，大概觉得这个词很刺激，特别是在这个黑车司机心中所激起的波澜，他说：是啊，犯罪。

慕容墨说：你犯过罪吗？

胡子男说：你看呢？

慕容墨没有看，他看着前方，心中滋生了无穷的勇气，说：你这样的人，不会犯罪。

是吗？为什么？

慕容墨说：一个要给人当上门女婿的人，是不可能犯罪的。

很快，慕容墨的桑塔纳出了草城，上了高速公路。车窗两边的风景顿时开阔起来，绿意也渐渐浓了。慕容墨这才明白：草城是一个遮挡视线的大砂锅，不仅阻挡了春光，而且还阻隔了清新的空气和呼吸。他深吸一口气，暗地里下了决心，沿着这条路一直开到底，不再踯躅，永不回头。这么一想：母亲做的排骨藕汤的香味扑鼻而来，醇厚的，芬芳的，饱满的。而这种味道，从来没有降临过草城。想起那一幕认爹的丑剧，慕容墨不觉哑然失笑。他从手机里拿出卡，扔了出去。属于草城记忆的东西，就让它在草城的土地上腐烂吧。

52

大宝麻将馆的生意在春节之后又兴旺了起来。返回草城的小姐、包工头、各等社会闲杂人员都回来了。他们回来了，大宝麻将馆的日子也好过多了。他们，是大宝麻将馆的上帝。王颂每天带了几盒大中华在麻将馆里发，男人女人都要接过一根，在嘴上叼着。

而叶美的小宝麻将馆则彻彻底底熄了火。因为她的生意一直不开张，周雅琴、王诗等人又回到了大宝麻将馆。他们可不管纠纷不纠纷，只要哪儿有牌打，他们就上哪儿去。叶美打电话给贾大华，问小宝麻将馆是不是应该重新找个地方开张了，贾大华对此事好像并不热心，说，再说吧。便挂了电话。因为没有了小宝麻将馆这个媒介，贾大华几乎不再见叶美了。要不是他拿了三万块给小宝做手术，叶美真想找到他学校去。此刻，心里还是念着他的好，便把思念和怨恨等情绪压抑了下来。

小宝每天在家里的唯一工作就是睡觉。每天傍晚出去，在网吧熬上一通宵，有时是两通宵，回来之后，倒头就睡。叶美对这个儿子简直是失望透了，想到自己辛辛苦苦把他养大，可他却是这样不争气。这天，小宝无精打采地从外面进屋，正准备倒头睡下去，叶美将被子从床上拿起转身就走。

小宝坐在床上，瞪着眼吼道：干吗呢，贱人！老子要睡觉，没看到吗？

叶美的后背爬上来一股凉气，她转身骂道：你骂谁是贱人！狗娘养的！老娘含辛茹苦把你养大，你竟然这样对老娘！

小宝嘲笑道：什么含辛茹苦！你不就是卖了三万块吗？

叶美快步上前狠狠扇了小宝一耳光，说：放你娘的臭狗屁！你给老娘住嘴！

小宝捂着脸，哭号起来：卖X养的，你就是个卖X的婊子，你别以为我不知道！老子不回来就是不想看你那种下贱样儿！

小宝的几句话，把叶美彻彻底底打蒙了。她没想到，到头来，最伤害自己的，竟然是自己的亲骨肉，不觉悲从中来，想大声哭，却又欲哭无泪。她只觉浑身无力，指着小宝说：你给我滚！滚得越远越好，我不想再见到你这个王八蛋！

小宝还没滚出去的时候，叶美先走出了屋子。她想和贾大华坐坐，说说话。叶美拨打贾大华的电话，电话通了，响了十几次，没人接。叶美安慰自己说，可能人机分离，等会儿再打。过了半小时，叶美再打，电话通了，又响了十几次，还是没人接。叶美挂了之后，过了两分钟再拨过去，通了之后，突然止住了声音，电话关机了。原来，贾大华是有意不接电话，叶美胸膛里的内脏顿时坚硬成了架空后的木材，被贾大华点燃了这笼篝火。篝火呼呼燃烧着，噼里啪啦，叶美的脸颊被烤得发烫，紧接着，她的脚也仿佛被人脱掉了鞋，赤脚走在炽热的大地上，她只得拼命向前奔跑以减少脚板与地面的接触。叶美一口气跑到草城大学哲学系办公室，随着她对贾大华的一声怒吼，她浑身的衣服被从办公室里射出的目光剥得精光。

叶美说：贾大华你这个王八蛋，你怎么不接老娘的电话？

贾大华的目光陌生得叫人害怕，他说：你是谁？我不认识你。

叶美说：不认识我？昨天还趴在老娘身上吃奶，今天就不认识老娘了？你真是他妈的抽了鸡巴不认人哪！

办公室里哄笑起来。走廊上陆续积聚了三五个学生，大家也抿嘴偷笑着。

贾大华眼前一黑，他恨不得地上有个缝好让他钻进去。或者两腋下立刻生出翅膀来，变作洁白的天使从敞开的窗户里飞走。叶美的几句话，将他身上的遮羞布剥得光溜溜的，天上去不了，地下更去不了，只得悬在空中，他简直无处藏身了。

稳不住的女人是没有智慧的女人，这一点，叶美不及陈吉十分之一。不过因为自己心情不好不接电话，她就兴师问罪找上门来。

两国相交，不斩来使。现在，不仅"使"来了，"国"也来了。贾大华顿感黑云压城，那一刻，贾大华虽斩不了这个女人，但他决定与这个女人永远不再性交，永远绝交。

53

火车站候车室的人不少，候车室变成了没有领导讲话的自由讨论的会议室。通道上全被行李堵死。小宝和大宝一人背了个旅行包，包里塞得满满当当的，看来，偷着准备这些家什还是花了不少心思的。他们坐在火车站快餐店里耗时间。从家里出走时，他们没有留下任何纸条向父母说明他们的去向，用小宝的话来说，反正没人关心自己会去哪儿。而大宝呢，觉得在草城的日子混得特没劲儿，经小宝一撺掇，从家里偷了一笔钱之后，下决心和小宝一起出走。没有具体目标，反正是南方的城市。小宝拿着大宝给的钱，在草城火车站买了两张去广州的火车票。这两个男孩子，去广州并非觉得广州如何好，而是他们有限的脑沟里，"广州"这个词犹如还没坏掉的路灯，在半瞎的街道上眨着眼。又好比发育刚刚好的男人，遇到一个丰乳肥臀的女性标志明显的女孩，便想娶回家算了，全然不考虑以后大半生的日子怎么打发。他们的计划首先是离开草城，离开草城，就意味着他们的计划成功了一半。

坐在快餐店里，小宝和大宝一人拿着一杯可乐，有一句没一句地说着。那些可有可无的话，好比看电影时明明十分饱却还往嘴里扔的爆米花。

大宝说：要是你妈打电话你怎么说？

小宝说：在我们还没到广州之前，我就说我们去天津耍几天，她不会担心的，天津离草城近。要是你妈打电话，你也这么说。

大宝说：这不是调虎离山之计吗？

小宝说：聪明！我们到广州后，换上广州的号码，把旧号码扔掉。

大宝说：那他们不是找不到我们了？

小宝说：要他们找到干吗？我们的目的就是不让他们找到。那多爽！以后再没有人在耳边絮絮叨叨了。

大宝说：你妈对你还不错啊，给你把嘴巴也看好了。

小宝说：她是当妈的，不应该吗？再说，她生的我，是她的责任啊。以前是我嘴巴没做手术，现在不怕了，能出去见人了。我想了，我要赚钱，赚了钱，先把那个贾大华给我做手术的三万块还了，然后，存上钱买车买别墅。再然后去找苏小琳。

大宝笑起来，说：得了，你不会真的要找个小姐当老婆吧？你想，多少人和她上过床！那你不亏大了？

小宝说：无所谓。我不计较这个。反正我觉得她挺好的，我自己喜欢就行。

说话间，大宝看有人群往一个入口流动着，忙站起身说：快，要进站了，别磨蹭了。小宝赶紧收拾好东西，跟在大宝身后，向那一堆人走去。远看，他们就像两个云朵，向那一堆乌云汇合。忙乱的脚步声之后，小宝和大宝淹没在人海里，没有激起一丝波澜。

说来，还是草城太小，容不下这两个男孩；或者，草城太大，大得让他们觉得呆在这儿空空荡荡。满世界闯荡闯荡也好，头可破，血可流，成长的真理不可丢。

一个月没见着慕容墨，张玲觉得有些不妙。她先找到慕容墨的住处，里面有人说，好几天没见着慕容墨的影儿了，谁知道他死哪儿去了？张玲为人家说的这个"死"字，还和人家不依不饶了很久。张玲又到草城大学找到贾大华，问怎么回事。贾大华刚刚下课，听张玲说起慕容墨，转了转眼珠，好像刚想起他的生活中有这么个人来。

是啊，好几天没见着他了。贾大华说。

张玲眼巴巴地看着贾大华：真的没见着他？

真的，我也不知道怎么回事。路上也没见着他的车。

张玲说话的语速加快了：是不是他病了？躺在出租屋里？

贾大华说：不知道。

张玲每天的工作就是在草城寻找他的儿子慕容墨。她沿着草城大道从两边的千百条小胡同做了地毯式的搜查，像一条猎犬一样。从草城火车站，到南门路，到天门东，还有舵落口的角角落落，都找寻遍了。最后，张玲还去了派出所。派出所将张玲反映的情况登了记，记下了她的电话号码，说一有消息就联系她。一个星期过去了，一个月过去了，慕容墨完完全全从她的生活里消失了。慕容墨消失之后，包括张玲在内的所有人才明白一个问题：手机号码是靠不住的，真是天大的疏忽，忘了问慕容墨老家的详细地址。

54

草城的夏季，漫长得十分了得。草城的天，就是上苍的脸，灰蒙蒙的，笼罩着一层雾气、灰气，不可捉摸。在那一团模糊不清的半凝固状的气体中，一切都好像被定格静止了，有一丝死亡般的气息，静寂中，又有那么一丝恐惧，时不时露出它狰狞的面目来。

大宝麻将馆里的空气近几天有点儿沉闷。夏末秋初，最后的一点暑热被老天爷作为资本攥在手心里炫耀。天气闷躁，大家心里都巴望着下几颗雨。但这个缺水的城市，这个季节，这点念想，几乎是不可能实现的。

叶美又回到了大宝麻将馆。王颂不计前嫌又接受了游子归来。那天晚上，叶美站在大宝麻将馆门口，刚好王颂从里面走出来，大概出去办事，王颂早就看见叶美，准备旁若无人地从她身边擦肩而过的。叶美低着头，弱弱地喊了一声王哥。王颂就站住了，笑道：哈，妹子，今天是什么风把你刮来了？好久不见！

叶美说：我是来投奔王哥的，希望王哥收留我。我现在是走投无路了。

王颂掩藏住自己的笑意，说：哦？有这等事？你现在不是当女老板娘当得好好的么？

叶美说：哪里能跟王哥的比，我那是小打小闹。王哥，你能收留我么？

王颂说：你说个理由，我为什么要收留你。

叶美说：像我这样的人，做不了保姆，喜欢呆在麻将馆里，热闹。

王颂说：你做不了保姆与我有什么关系？再说，你不是投奔了贾大华吗？

叶美说：那个王八蛋，我和他决裂了。

王颂说：好，就冲你这个理由，我答应你。

叶美重新在大宝麻将馆里呆了下来，她只觉得每日的光阴晃得特别快，就像有双无形的手搓着麻将，一圈一圈的，转眼一个风就打完了，一场牌就打完了，一天就过完了。那风，是春风、夏风、秋风、冬风。

草城的夏天充斥着蝉鸣，可就是发现不了蝉在哪一处藏着。

王颂几乎每天都要和叶美谈到贾大华，叶美起初不承认他和贾大华上过床，王颂说：你知道吗？我是男人，那种公狗一撅胯子我就知道他要干啥事。叶美便不做声了。

王颂说：现在这服务员的领班也给你当着，工资也不低，王哥可没亏待你。

叶美说：我知道，王哥是对我最好的人。

王颂说：老子真的是顶着多大的压力用你呀！俗话说，好马不吃回头草，当然，我不是说你不是好马，但你吃的是不是回头草，你说，是不是？

叶美小声说：是。是回头草。

王颂高声说：要我说，你还是一匹好马！因为你心里有我这个哥！

叶美说：我知道怎么办的。

王颂说：你知道就行。

中午，她打电话给贾大华，贾大华这次接了。叶美说中午一起吃饭，贾大华说没必要吧，吃什么饭。叶美说：一定要吃。不然，我去你学校闹。贾大华想了想，答应了。

叶美想对草城的事情做一个了结。

苏小杉打来电话，说半小时之后在草城旧货市场边的洞庭湘菜馆里见面（确切地说，是庭湘菜馆见面，那个"洞"字招牌，已经掉一两年了）。叶美不同意，用时下时髦的一个词来说，是"严重"不同意。

庭湘菜馆在马路的那一边，离叶美的出租屋很远，她以前和贾大华去过一两次。叶美盘算：说不定他们要叫上些杂七杂八的什么人。我虽然出身一般，但也并不是什么人都想见的，加上也是一个单身弱女子（通常这么说能引起别人同情，实际上我的内心还是相当强大的），还是提防着点儿好。叶美告诉小杉说：要见，就在老李头火锅店见。火锅店里谈判气氛"热烈"一些。叶美在"热烈"二字上加重了语气。隐隐的，叶美有些小期待，期待一伙人在一起热火朝天地争论某个事情，这是好多年没有的事情。

老李头？苏小杉反问了一句，叶美没搭理。对于这场谈判，叶美的心情是复杂的。说实话，叶美不想有结果，有结果意味着她和贾大华什么都完结了。有钱人觉得什么事都可以用钱搞定，叶美觉得不能，她恨有钱人，叶美希望用谈判来窥探他们的窘态，他们应该也有恐慌和措手不及的时候。苏小杉在电话那头问老李头火锅店在哪儿，叶美说，你怎么连老李头火锅店都不知道，亏你在北京读了这么多年书亏你嫁给北京人在北京混了这么多年。就在我出租屋巷子外的马路对面。苏小杉木木地哦，说，知道了，想起来了，听说这个火锅店里有很多小姐。叶美说：放你娘的屁，小姐在火锅店里干吗？苏小杉说：那……就是我记错了。半小时之后我们到，面谈。

面谈？谈什么？叶美心里也没底儿。事实上她没有什么目标，谈判没目标是最不好谈的，不着边际。叶美就是那个也许他们轻看了的对手。叶美对苏小杉说，贾大华必须去，否则，一切免谈。看来，叶美还是有条件的。苏小杉在电话那边停顿了几秒，说，行。

　　想想让苏小杉这个局外人在中间给叶美和贾大华传话，真是滑稽。最可笑的是，这次谈判，贾大华的老婆陈吉也会到场，而且，是这次谈判的组织者。起初，叶美对谈判是没有兴趣的，觉得不会有什么好的结果，至少对于她来说。不过，叶美并不怕陈吉，现在都这个样子了，怕不怕也无所谓了。人活一张脸，脸不要，什么都好办。前三十年叶美就是太在乎脸皮，所以活得人不人鬼不鬼。三十岁以后叶美总算明白了，那张脸看是搁在谁头上，人不值钱，脸也值不了多少。

　　叶美问到底哪些人到，苏小杉说，贾大华、陈吉、郑天一、我，还有袁大可。郑天一是贾大华的同事，袁大可是贾大华的领导，这个数字这些人与叶美预计的一样。叶美是不怕的，一个人去，他们也不会吃了她。叶美看看表，还有十分钟，于是，换了件贾大华最喜欢的那件低胸粉红短袖衫，用一个紫色的玻璃发卡把头发盘在头顶，将钥匙手机和零钱放进有些剥蚀的手提包，出了门。

　　昨天晚上叶美做了个梦，薄雾缭绕，梦里还和贾大华云雨了一番。和贾大华上床之前，叶美原以为对性没什么要求了，哪知，贾大华像一条公狗，唤醒了她这条母狗身体和灵魂深处的欲。叶美有一种陷入初恋的滋味，人生快过半，才知道初恋是什么样子的，不知道这是一种悲哀还是值得庆幸的一件事。叶美曾将这个秘密告诉苏小杉，苏小杉微张着嘴，说：你……是说你和贾大华搞上了？他老婆可是公司老总呢。叶美一抿嘴，笑道：老总怎么啦？老总在床上不理朝政，照样是个老蔫。苏小杉说：没想到贾大华去打个麻将你都能勾搭上，你可真够可以的。叶美说：话别说得这么难听，是他勾引我的好不好！

　　说来，叶美更喜欢没穿衣服的贾大华，就像刨了皮的老萝卜，无论是样子还是口感都要稍中看一些。贾大华穿上衣服后，就人模狗样一本正经了，看着他那种在人前正人君子的样子叶美就想吐，为了逗他玩儿，叶美有时故意当着人面将乳房抵着他的后背，他紧张异常，轻轻将她推开。

叶美走进老李头火锅店，一眼就看到了贾大华。此时的火锅店还不到营业的时候，大堂冷清清的，贾大华永远是火锅汤里最显眼的那块骨头。他背对着叶美，穿着长袖。倒是他的老婆陈吉，直面人生直面叶美，叶美一走进，视线和她相撞的瞬间，她的眼睛就变成了扫描仪。

叶美也盯着她看。没有原则的身材和脸蛋。肤黑如炭。叶美好像明白贾大华为什么喜欢肤白的人了。这是他生活中所没有的。

苏小杉站起来迎接叶美。苏小杉今天穿了件连衣裙，她的身材永远是做姑娘时的样子，不胖也不瘦。苏小杉说：叶子姐，坐。

叶美没搭理，径直在一个空着的椅子上坐下了。

袁大可说：你们想吃点什么？

苏小杉说：人家还没营业呢。

陈吉说：那就来壶茶。服务员，来壶铁观音——

叶美看陈吉那一副好为人师的样子，觉得可气，说：我不要铁观音，我要菊花茶。

贾大华大概怕叶美和小李子争执起来，忙说：菊花茶就菊花茶吧。

服务员问：还要别的吗？

叶美说：给我来瓶啤酒。

苏小杉说：现在喝什么酒！喝酒误事！

中午叶美和贾大华一起吃的饭，就在这老李头火锅店。她和他对吹了六瓶啤酒。边喝叶美边骂贾大华骗了她。贾大华说：我怎么骗了你？我对你不好？

叶美边哭边喝，说：你这个王八蛋，你骗了我。你勾引良家妇女！以前我在大宝麻将馆老老实实当服务员，干得挺好的。自打认识你这个扫帚星，我的生活就乱了。你叫我从麻将馆出来，说什么自己当老板做生意，生意生意也没做成，现在，你说你老婆知道了，要和我分。弄得我人不人鬼不鬼，你说，这不是害我是什么？

贾大华说：当初，是你每天向我诉苦，说当服务员累，说什么脚肿得比水桶还粗……

叶美说：我说说不行吗？你说我一没本钱二没技术，我拿什么赚钱？

陈吉明显听不下去了，用空玻璃杯敲击着桌子说：安静一下，安静一下，现在我们不是坐下来想办法吗？你提，提个要求，看我们能不能满足你。

叶美说：我没什么要求。

苏小杉说：你没什么要求来谈什么判？

叶美说：你要记住，不是我要来谈判的！

贾大华说：好，好，是我要求来谈判的。

一直没吭声的郑天一说：叶子，说良心话，你很任性。今天中午12点，你还在和贾大华吃饭喝酒，可一点半，你又骚扰他，到单位，到他家门口，你这样有意思吗？

叶美说：那他为什么不接我电话？

贾大华说：不是不接你的电话，是手机不在手上。

郑天一说：你是他什么人？他为什么要接你电话？

叶美说：那我不管，我打电话他就要接。

陈吉面带微笑地看着贾大华，说：贾大华，以后，你给我记着，在外面找女人，要找婚姻中的，不要找离异的单身的，那是自找麻烦。你说你现在活得还像个人吗？这么热的天，你穿个长袖，怎么不敢穿短袖？你身上被她抓成那个样子……

袁大可叹了一口气，说：唉，说实话，陈吉和贾大华结婚这么多年都没和他动过手，你把贾大华抓成这样，像话吗？

叶美说：抓他还是轻的。

陈吉说：你说吧，怎么才能了断？贾大华，我跟你说，现在我是处理敌我矛盾，等这个事处理完了，我再跟你算账。

叶美听到"了断"二字，看了看贾大华和他的厚嘴唇，昔日的恩爱场景一下子浮现在她眼前。她不想说什么。

苏小杉在桌子底下朝叶美伸出三个指头，小声问：三万怎么样？叶美茫然地点点头。

苏小杉看看大家，大声说：这样，我提个数字，看你们有没有什么意见。贾老师呢，作为对叶美的补偿，拿三万元出来，你们看怎么样？

贾大华补充说：这个补偿的意思是，当初我不该让她从小宝麻将馆出来，失去这份工作。没别的。

陈吉说：三万？可以考虑，不过，我要回去和儿子商量一下。我重申一点，三万元假如交到你手上之后，你要离开草城，永远离开。我要看到你回老家的火车票，并看着火车离开。

叶美心里很乱，凭什么她拿三万元就决定我的去向？叶美站起来，椅子在脚边呼啦响：不谈了，不谈了，你们自己谈去！

苏小杉起身将叶美抱住，说：叶美，你怎么这么不成熟？说好坐下来谈的，怎么又要走？

叶美说：有什么好谈的。

袁大可说：既来之，则安之。其实，我觉得三万块不少了。你拿去做点什么小生意，过日子，挺好的。

什么叫挺好的？这群道貌岸然的人，他们知道贾大华在床上的时候和我说过些什么？他说他爱的是我，想和我好一辈子，一起私奔到外地去过日子……可现在呢，一切都变了，他情愿守着性冷淡的老婆过日子也不愿意搭理我，把我像垃圾一样地扔掉。既然想扔我，当初何必又招惹我？我就那么贱吗？召之即来挥之即去？我倒要看看他们到底要玩什么把戏？好，既然给钱，那我就接着。三万块，为什么不要，我要！叶美心里有无数种声音。

郑天一说：你就答应拿下这三万元，如果同意，明天就给钱。

陈吉说：给钱之前，我们还是签个协议。

叶美心里的烦又像毒蛇一样翘首了：什么协议？

陈吉说：三万元也不是一个小数目，是不是？至少用得要有点价值吧？签协议的目的，就是对彼此有个约束。人，不能由着自己的性子来，毕竟，这是个法制社会。

叶美从话里听出陈吉含有威胁的意思，说：你是不是想把我送进大牢？那最好，我可没提出要钱，这三万元钱是你们说的。算了，我不要钱，你们别以为有钱就能搞定一切。

气氛一时紧张起来。大家都不再说话了。

郑天一和袁大可不时看看老贾，叶美也看了老贾一眼，老贾说话了。

贾大华说：其实，我觉得，这根本不是钱的事儿。

苏小杉说：那是什么？

贾大华说：有些事能用钱搞定，有的是搞不定的，我说了，你们又不信。我觉得叶美还是觉我好，放不下我这个人。

陈吉"呸"了一声，一脸嘲笑：贾大华！你真不要脸，现在你还说这种话！那你和她去过啊！你以为我真的钱多得没地放了，放在这个骚货那里？我是想用这三万块给我儿子和我买个平安！

看他们夫妻吵，叶美心头浮起一丝快意，感觉她这边的砝码稍稍重了一些，这也是她想看到的场面，叶美站起来，这一次态度坚决，说：不谈了，不谈了，这是谈的什么判！

一看叶美要走，陈吉急了，说：我受的委屈不比你小，我都没急，你倒急了。走？走能解决问题吗？

叶美一声冷笑，说：我要解决问题了吗？要了吗？我要解决什么问题？想解决问题的是你，你们！

　　郑天一起身，拉着苏小杉离开，边走边说：走，小杉，我们回家。和这样的人，拧不清。不管了！你怎么有这种老乡！

　　苏小杉跺脚：郑天一，你别添乱好不好？怎么都没一点耐心？走，谁都不许走！都给我坐回去！苏小杉一边说，一边把叶美拖住，重新按回在椅子上。

　　陈吉喝了一口水，喘着气，看着贾大华，说：你说吧，你惹的事，你说怎么办？

　　贾大华说：我也不知道怎么办。叶美说想跟我结婚。

　　陈吉脸上没有任何表情，说：那你的意思呢？如果你有意思，我可以退出。

　　贾大华说：我没有这个意思。

　　叶美看着老贾，他的一张大嘴失去弹性的样子，那些话在口腔里关不住，在嘴唇边肆虐着，她有些恶心，说：你没有这个意思吗？你这个出尔反尔的小人！

　　贾大华并不敢看叶美，说：我们说过的每一句话，都有具体的语言环境，不能割裂开来看。

　　叶美干脆撕开他的伪装，说：是不能割裂开来，你真是道貌岸然。你每天在我这里都要打炮到十点钟再回去，自从认识我，你倒省了找小姐的钱了。好，我承认，我喜欢的是你的下半身，行了吧？你别以为你有多了不得，在我这个单身女人眼里，你不过是条公狗！

　　袁大可站起来，说：我还有点事，提前告辞，你们好好谈，心平气和的，不要这么冲，坐在一起就要解决问题。相互埋怨相互发火能起什么作用呢？

　　贾大华冲袁大可点点头，玻璃门在袁大可身后里外晃荡了两三下，安静下来。

　　苏小杉用钥匙上的指甲剪剪了一大堆月牙般的指甲壳，郑天一看着皱眉头。苏小杉用手抹下放进烟灰缸，她接着理事。

苏小杉说：这样，就按我说的，叶美呢，拿三万元钱。然后你们俩断绝关系，永不来往。

叶美说：什么叫永不来往？那是不可能的。我病了怎么办？我换煤气罐怎么办？我春节回老家买火车票怎么办？

陈吉说：你为什么一定要找贾大华呢？天底下的男人死绝了？

叶美说：他是我男人，我不找他找谁？

陈吉说：那我是谁？我们是有结婚证的。

叶美说：那不管，他上了我的床就要对我负责。

郑天一大概听不下去了，说：对你负责？你是黄花闺女？你们都是成年人，既然玩感情游戏，就要遵守游戏规则！

叶美对郑天一的话有些反感，说：郑老师，你好像很懂游戏规则，是不是你找的女人从不给你添麻烦？

苏小杉看了看郑天一，又看看我，说：叶美，你可不能乱咬人。

郑天一站起来指着苏小杉的鼻子说：苏小杉，你现在马上给我回家！再要是管这些没油盐的事，我跟你没完！

郑天一和苏小杉一前一后地走了，现在，就剩下贾大华、陈吉和叶美三个人。贾大华脸上写着失望，他站起来要走，陈吉的脸上也写着无奈，她跟着贾大华，大概想看他到底干吗。叶美也紧跟着他们出了门，看他们并排走在前面，快到马路边，叶美突然烦了，右手从左脚上脱下凉拖，左手从右脚上脱下凉拖，分别朝两边一丢，朝贾大华扑去。贾大华听到叶美的号叫，往前逃窜着。叶美围着大樟树追了几圈，追不上抓不着，便赤脚跑到马路中间哭号起来，两头的车马上停了，堵了，喇叭声响成一片。贾大华跑到路中间扶起叶美，把叶美安置在对面马路花坛边坐着。叶美看着拥堵的车慢慢蠕动着，它们像腹中的大便，朝着肛门的方向走。叶美感觉自己活着就像一坨大便。臭烘烘，稀塌塌。

55

晚上回到家，叶美哭了三个小时。第二天，叶美给贾大华发了120条短信，在短信中，叶美表达了自己的悔意。贾大华一条短信都没回。叶美知道他生气了，这一天，叶美没敢打他电话，只有气无力地躺在床上。后来，有人喊叶美去麻将馆打牌，她就去了。在草城，麻将馆并不止大宝麻将馆一家，叶美从那里出来，当然暂时不会去那儿打。叶美迷迷糊糊地打了四锅牌，输了一千块，就回家了。回家后，她煮了几把米，就着咸菜吃了一顿稀粥，觉得很无聊，决定再去贾大华家门口看看。

从晚上八点坐到十一点，贾大华家的窗户都没亮灯，门口也没进人。倒是有邻居问叶美是不是找贾大华，叶美说是的，他们耐心地问叶美找贾大华什么事，叶美说贾大华借钱不还，邻居有口无心地应着，点点头，离开了。

贾大华家所在的院子都在传他在外面搞女人的事。贾大华在电话里警告叶美以后再也不许去他家。叶美说你除非回我短信接我电话。贾大华说我不想听你说话。叶美说，你以前不是说喜欢吗？不仅喜欢我说话，还喜欢我的所有动作。贾大华说：以前我不是人，是畜生，当然喜欢。

叶美说：贾大华，没想到你成人了，恭喜你！

贾大华说：你到底想干什么？

叶美说：我要钱。

贾大华说：你不是说不要钱吗？

叶美说：我想通了，还是想要钱。以前不想要钱，是觉得和你有感情，其实，我压根儿就不喜欢你，喜欢的，只是你的钱。所以，我还是要钱。

贾大华在电话里顿了顿，说：好，既然你想通了，那就好。今天晚上就可以叫我老婆给钱你。

叶美说：我不想见你老婆，我要见你。

贾大华说：我是不会见你的。

叶美说：我不单独见你老婆，你还是叫小杉陪着一起去吧。

贾大华说：人都被你得罪光了。

叶美说：我等你电话，过了今天晚上，我不伺候。另外，看在你过去曾照顾我的面子上，我只要两万。

贾大华说：三万就三万吧，当初说好的，我说话算话，反正你也缺钱。

叶美说：好。既然你有钱，三万就三万。

贾大华家里有钱，这是叶美知道的。虽然她以前并不关注这些。和贾大华在一起的时候，贾大华在叶美身上花的钱并不多，他掏钱包的动作好像特别慢。当然，也许是叶美的动作特别快。穷人就是这样，讲面子，生怕别人小瞧了自己，想通过买单来填补自己的自信，哪知是打着肿脸充胖子。贾大华和他老婆陈吉平素的消费是AA制，这点叶美特别不明白。比如，两人一起出去吃饭，要是花费六十元，那么一人从兜里掏三十买单。起初，贾大华和叶美在庭湘菜馆吃饭也要这样，被叶美骂了一顿。叶美说那成什么了？有意思么？骂的同时，钱已经被叶美从自己兜里掏出来了，虽然她知道那笔钱能够自己交几天房租。

晚上和苏小杉、陈吉见面的地点改在了麦当劳。是叶美改的。进麦当劳时，叶美一眼就看到了在喝可乐的陈吉和苏小杉，她们也看见了她，向她招手。表面那样子，好像她们就是一起逛街一起血拼的亲密无间的三个闺密。

陈吉说：你的可乐。

叶美接过，在她们对面坐下。

陈吉背着一个黑色皮包，她看看叶美，从包里拿出一张纸，说：这是协议，你先看看。

叶美说：不用看。

苏小杉说：还是看看为好。签协议，总要看看上面写着什么东西。

陈吉说：小杉也看过，上面应该没有对你不利的条款。

叶美匆匆扫了一眼，无非就是拿了钱以后不许再联系老贾之类的话，叶美觉得很没意思。既然她答应了，还会反悔吗？她们还把老贾这种男人当个宝。

陈吉在对面又指指协议的右下方，说：身份证带来了吗？

叶美说：带身份证干吗？

陈吉说：不带身份证，怎么签协议呢？

叶美说：你们搞得真是复杂！以前我借钱给别人，借条都不写，你们给这点钱，又是这又是那的，弄得这么麻烦。身份证我没带。

陈吉说：不是说好了带的吗？身份证没带，我连你的名字都不知道。

叶美说：我叫叶美。

陈吉说：这是你一面之词呀，我们怎么知道你叫叶美？

叶美觉得太可笑，指指苏小杉，说：她可以作证呀，我和她是老乡，是同学，难道她不能作证？

陈吉说：她虽然是你的老乡和同学，可她很早就考大学出来了，她对你后来的经历也不了解，谁知不知道你后来改名换姓了没有呢？

叶美气愤地说：我为什么要改名换姓？我杀人了还是放火了？

陈吉仍然不依不饶，说：是呀，所以说我们不知道呀。

麦当劳里很吵，陈吉在里面的贡献最大。叶美感觉自己都没争吵的力气了，说：身份证我拿来了，不过，只能给你们看一眼，看我是不是叶美。至于身份证号码，我是不会签在上面的。

见叶美退了步，陈吉说：行，我看一眼，确认一下身份就还给你。

陈吉捏着叶美的身份证，眼神狠狠的，好像要把那个小塑料片挖出一个洞来。叶美问她看完没有，还给叶美前，她最后又看了一眼，叶美感觉她是在大脑里拼命记忆什么数字似的，看来，陈吉真够狡猾的。不过，四十多岁的人，身份证这么长的数字，她未必记得住。

叶美在补偿协议的右下角签上了她的名字，陈吉拿出钱，交给苏小杉又数了一遍，苏小杉交给叶美，说：叶美，今天，你和贾大华就算两清了，以后就是陌路人。

叶美说我知道的。

陈吉见叶美把钱直接塞进包里，说：你还是数数。

叶美说：不用了。

接着，陈吉和苏小杉一前一后站起来，苏小杉说：我们先走了，再见。陈吉则没有回头。

叶美守着她们留下的空可乐杯，坐了大约一刻钟，然后，起身，去柜台买了一大包薯条，回家了。

麦当劳对面，是一处建筑工地，半成品的高楼被绿防护布遮掩着。人行道上有些冷清。叶美用脚尖追着自己的影子，听着单调的脚步声。

56

叶美一直等待陈吉和贾大华清算的消息，可是，看到的却是他们亲亲热热在湘菜馆吃饭喝酒。那天晚上，叶美不顾协议规定，拨通了老贾的电话。

电话响了好久，叶美感觉手机就在贾大华的手上，他大概在犹豫到底该不该接。三分钟后，他还是接了。

什么事。贾大华说。

你们什么时候离婚？叶美单刀直入，你老婆不是说处理完我们的事再找你算账吗？

贾大华似笑非笑的语气，说：算账？没有。

叶美说：为什么？

贾大华说：女人到这个年龄了，还算什么算？再说，对不起我的是她。她现在也意识到这一点，说冷落我了。

叶美说：我问个愚蠢的问题，假如你老婆一定要和你离婚，你怎么办？

贾大华说：还真没想过这个问题。也许单身吧。

叶美说：那我呢？怎么办？

贾大华说：那是你自己的事。

叶美怒了，没想到老贾的嘴脸变得这么快，叶美咬牙切齿：我要让你下岗！

呵呵，下岗？你这个词好像过时了。你问问袁大可，他会让我下岗吗？贾大华浑身轻松。

叶美不信这个世道真的什么也不管了，袁大可是贾大华的领导，贾大华搞婚外情，和外面的女人瞎搞，不讲道德，难道他真的就不管？第二天，从一大早就开始打雷下雨，叶美不管不顾，向门卫打听后，直接冲到袁大可的办公室，袁大可看见叶美，有点儿意外，说：你怎么来了？

叶美说：贾大华你们单位就不管了？

袁大可说：管什么？他的业务挺好的，单位也没犯什么事儿。

叶美说：你应该明白我说的是什么。

袁大可看了看表，说：我还有个会，你呢，劝你一句，见好就收。贾大华那个协议，其实对你是有利的，人家要是不为你着想，可以让你蹲号子。

叶美说：你在威胁我？

袁大可已经从桌前起身了，他说：我去会议室了。

贾大华听说叶美要将三万元钱退给他，火了，说：你到底想干什么？

叶美说：我想离开草城。

贾大华在电话那头咳嗽了几声，说：回老家么？

叶美说：我想去天津找我老乡，想在那边找点儿事做。

贾大华说：那把这三万元拿着，正好当本钱。

叶美说：我手上还有点钱，不想用你的。

贾大华说：这三万给你了，就是你的了。随便你怎么花。

叶美说：你想我么？

贾大华说：不想。有什么好想的？

叶美说：老贾，我不想要这个钱，钱有什么用，轻飘飘冷冰冰的。

贾大华说：那你想要什么？

叶美说：我想要你。

贾大华说：那不可能。

叶美说：那你的性生活怎么解决？

贾大华说：大不了把鸡鸡割了。

叶美一声冷笑。

贾大华说：我自己有手。自己动手，丰衣足食。

叶美说：那有意思吗？

贾大华说：再不成，还有洗浴中心呢，又不贵。

叶美说：你就不怕得病？

贾大华说：这个年纪了，有什么好怕的。死就死呗。

叶美说：我现在是想死不能死，死不了。

贾大华说：那你就好好活着。

叶美说：好不了。老贾，那三万元我退给你老婆，我还另外给她五万。

贾大华说：你到底想干吗？

叶美说：我想叫你老婆把你让给我。

贾大华说：那不可能，你就死了这条心吧。要说以前，我还有这样的想法，可你太让我失望了，把我的名声都弄臭了。

叶美哭起来，说：你原谅我好不好？以前是我错了。

贾大华的语气冷冷的，说：原谅不了，我们回不到从前了。说完，贾大华毫不犹豫地挂了电话。

叶美坐在床上，想贾大华这种男人到底有什么好，其实，他真的一点也不好。她的前夫长得要比他帅气得多，她从没见过贾大华这么猥琐邋遢的男人。可她为什么还揪着他不放呢？叶美也说不清。叶美想，也许是我骨子里不肯认输吧，手心里想攥一点真正属于自己的东西。哪知，越想攥，越攥不住，越逃得快。不过，叶美是不肯轻易认输的。这么多年，她就是活那么一口气。如果不是憋着那一口气撑着，她的坟上早长了草。

接下来的十天，叶美给贾大华发的短信加起来不超过一百条，他一条都没有回。叶美相信他都看了，看了就好。

贾大华的几件衣服还在她这儿，叶美叫他来拿衣服，说过三天假如还不拿，就烧掉。三天后，叶美就烧掉了。

贾大华放在她这儿的一辆自行车，叶美叫他骑走，说三天假如还不来骑，就随便送给过路的人了。三天后，叶美把它送给了一个乞丐。

叶美又来到贾大华的单位，在门口，她碰到郑天一，叶美问他看到贾大华没，郑天一警觉地说：你怎么又来了？

叶美说：我来找他有事。你看到贾大华没？

郑天一说：没看到。你到底想干什么？

叶美说：我想让他下岗，他是个流氓。

郑天一说：你让他下不了岗。

叶美摸了摸身上的刀，说：那我就杀了他。和他一起死。

郑天一笑起来，说：你死了你儿子呢？

叶美说：我儿子反正也是要死的。

郑天一耸耸肩，说：请便。

贾大华的人间蒸发让叶美感到愤怒，但她也无可奈何。一次次地捏紧拳头冲出去可碰着的都是空气，时间一长，自己也泄了气。像她这样的人，是要靠憋着一口气才能活下去的，气不能散。在大宝麻将馆门口，叶美截住东北男人，说：能帮我找一个人吗？

东北男人说：你想找谁？

叶美说：和你打架的那个。

东北男人想了想，说：出多少钱？

叶美说：三万。

东北男人又想了想，说：你不仅仅是要我找他吧？这么大的单子我还没接过，我还有老婆孩子呢。要不，你找别人？

叶美骂了一声胆小鬼，东北男人耸耸肩，苦笑着进了麻将馆。

接下来的几天，叶美拼命呕吐，她决定去医院弄个究竟，作为过来人，虽然她能猜到这是怎么一回事。医生给叶美一张化验单，明确告诉她她怀孕了。叶美没想到这个烂俗的故事竟还有这么一个桥段，它是个孽种，这是毫无疑问的。叶美想，贾大华是不是有预感，所以给了我三万叫我去打胎。这三万元钱花在这上面是叶美没想到的。叶美告诉贾大华她怀了他的孩子，她说假如三天之内不给她回信，她就去医院打掉。三天后，叶美没有去医院。贾大华当然也没有回信。叶美用三天的时间想了很多问题，她决定生下贾大华的孩子，然后，用贾大华孩子的一生，去照顾她和她的小宝。

这个决定虽然定下了，可叶美还是去市场找了个摊位卖水果，苹果、梨子、芒果、葡萄什么的，叶美进了一大堆，叶美坐在它们后面，也不吃喝，看着它们一天天腐烂。水果亏本之后，叶美又去草城火车站倒票，她认识一个售票员，以前经常在大宝麻将馆打麻将，叶美从她那里拿票然后在火车站广场附近询问那些拖着行李箱的人，结果，一个傍晚，在永和豆浆门口，叶美被一个脸上有疤的男人痛打一顿，他说这里是他的地盘，你一个贱女人有什么资格在这里卖。有疤男人打叶美的时候，叶美故意挺着肚子，说，有种的你就朝这儿踢，踢他妈的这个小王八蛋。有疤男人愣住了，他住了手，朝叶美身边狠狠吐了一口浓痰，骂道：神经病！

一个月后，叶美带着两个大皮箱，离开草城，准备去广州。昨天半夜，小宝的电话是从广州打来的，他在那边哭泣着，说求妈妈救他，说他现在身陷传销魔窟。叶美便连夜收拾行李。一出地铁口，在草城火车站，叶美碰到戴着墨镜的贾大华，贾大华看见叶美大包小包的，还是上来打了一把手。在候车室，他说：叶美，祝你好运。

叶美说：总是那么巧。

贾大华说：刚送走一个老同学。你……要走？

叶美说：我这一走，也算永别了。

贾大华说：以后别砍哪杀的，我老婆说，别以为我们不知道那个萧剑秋是怎么死的。

叶美说：还调查我了？

贾大华说：陈吉说的，我不知道。我只是不想走萧剑秋的老路。

叶美冷笑道：没想到你也怕死。

贾大华的视线好像在叶美的肚子上停留了几秒，显然，他并没发现什么，说：你还是隐姓埋名好好过你的日子吧。

叶美说：……你也是，找小姐的时候最好戴两个套儿，别弄一身病。

贾大华说：这个，你就甭操心了。

在进站之前，叶美扭头问了一句贾大华：你觉得咱俩真就了结了吗？

贾大华的一身皮肉陷在老头衫里，凹凸不平。整个身体就像一个被雨水长久浸湿的土堆，说不定哪个时候就会坍塌成一地稀糊。在我怀里时是个宝；不在我怀里，管他是个什么玩意儿呢。叶美想。

叶美把自己隐入人群，她走进一截盲肠，慢慢蠕动着。这时，在进站口，前方的一列火车停歇着，它吐空了垃圾，等待着接纳新的疲惫不堪的生命。

57

叶美从贾大华的生活中消失后，陈吉提出了离婚。贾大华心如止水，对她的提议不置可否。陈吉说自己对不住他，这么多年来，自己一直出轨，孩子贾海也不是他的。贾大华顿时明白，问是不是袁大可的。陈吉点头。贾大华已经没有热情去吵架了，他说他早就知道，说如果她还愿意继续一起过的话，大家可以搭伙过日子。陈吉想了想，说还是分开好。儿子贾海既然不是他的，还是跟着她为好。贾大华问陈吉今后打算怎么办，陈吉说打算出国，和儿子。贾大华说这个主意好，如果钱不够，他还可以资助一点儿。

陈吉搬家那天，院子里停着搬家公司的两辆封闭货车，贾大华从窗户里能看见搬家公司印在车身上的电话号码。为了避嫌，他走出了屋子。陈吉在屋里指挥着搬家的工人，她搬走的基本都是她后期添置的一些红木家具，贾大华的几十把紫砂壶摆在博古架上，与其他的物件比起来，光辉不少。陈吉看着快走出门的贾大华，她站在博古架前，说：紫砂壶我拿几个走。

贾大华顿住了，说：紫砂壶不能拿，其他的都可以拿。

陈吉说：这里面也有我买的。怎么不能拿？

贾大华说：可都是我养出来的，我舍不得。

陈吉说：贾大华，儿子也是你养的，你怎么舍得？你不让我拿，好，干脆都砸了，谁也甭想得！话音未落，她的手忽的扒拉过去，只听得一声声闷响，紫砂壶落在地上乒乒乓乓挨个摔了个嘴啃泥。

紫砂壶落地的瞬间，贾大华准备上前扑救，可他的双脚好像沦陷在沼泽地里，拔不出来。这时，耳朵却不自觉地搜集着紫砂壶破碎的声响，这声响，并不尖锐，甚至是柔和的，安静的。贾大华内心的反感渐渐消融，他平静下来。

那一刻，贾大华倒觉得自己轻松了。什么时大彬，什么顾景舟，统统的不再伺候了。

贾大华对于陈吉还是有一点不明白。贾大华说：既然你和袁大可爱得这么深，他为什么不离了婚娶你呢，反倒和你分道扬镳。

陈吉说：所以说，我对男人这种动物已经看穿了。没什么好留恋的了。其实，贾大华，算起来，你还真是好的，是男人中的男人。老婆偷人偷了20年，你都能装作不知道，这粗要何等的胸怀和气量！

贾大华说：我向来有成人之美之心。人做事，都是凭良心。

话虽然是这么说，陈吉离开的那个夜晚，在空旷的屋子里，贾大华还是伤心地大哭了一场。他打开电视机，让屏幕上的欢笑遮掩他的哭泣。他可以在垃圾场一般的世道里活着，但是，他害怕自己被人当做垃圾一样无情地扔掉。

半夜，贾大华拿出麻将牌，坐在灯下一个人打麻将。四方的位置，只有他这一方坐着大活人。他将东南西北四个方向的牌码好，然后，依次坐在这四个方位打着。一圈下来，因为每一方的牌他都知道，相反，他倒不知道接下来该怎么打了。这一瞬间，捏着麻将牌的贾大华才明白：人生，不要如这样把每一方的底牌都看透，要在懵里懵懂中去面对，不然，剩下的，除了无趣，还是无趣。

贾大华手里捏着一张白板，看着空洞的空白，这个空白，给了他无尽的遐想。贾大华想起老子《道德经》的第三十七章，"道常无为而无不为"。一张小小的白板，实际昭示的，就是这样一句话：无为而无不为。这也是自己多年奢求的境界。

而袁大可，最近有点回避贾大华，有时一个在教学楼三楼走廊的东头，一个在西头，袁大可必然要改变路线。贾大华把这理解我做贼心虚。对于陈吉的离开，贾大华觉得是他们的缓兵之计。什么出国，什么移民，都是屁话。这一对狗男女既然能在一起纠缠这么多年，不是说分就马上分开的。

58

草城大学教务处处长马雁在经历又一次短暂的婚姻后，重新回归到单身女人的行列。系里竟有老师打起了贾大华的主意，说他们两个还是可以凑到一起的。贾大华开始觉得倒无所谓，可以交往交往，马雁经历两次婚姻的打击之后，显然对男人失望透顶，她听人提及贾大华，笑道：我还是觉得单身好，单身自由。此事因此不了了之。事后，贾大华想起这个不觉后背发凉。竟还真有人把他的玩笑话当真，传话到马雁那儿示好去，真是可悲可叹。

贾大华觉得自己虽然经历了几个女人，但一直不懂女人为何物。独身的叔本华曾凶恶地把女佣推下楼梯，导致女佣终身残疾。康德也是独身，他对女人看得更透。他对婚姻的定义是：一纸男女性器官和相互利用的契约。

少了叶美的草城对于贾大华来说，单纯了许多。只是，犹如臃肿多年的身体突然被挖去一团肌肉，偶尔觉得脚下软绵绵的，有些虚空。好长一段时间，贾大华都没有过女人了。他承认自己喜欢女人，离不了女人，他需要女人这种液体打湿和浸泡自己。他太硬了，硬邦邦的，随时都有折断的危险。也不能否认叶美是个好女人，但她的热情她火热的爱，让他无法受用。现在消失，贾大华说不清该喜，还是忧。

贾大华买了几斤苹果去了一趟草城第二精神病院。精神病院的招牌大概有十多年未换了，字迹斑驳，木板的竖纹依稀可见，竖纹里嵌了些泥巴和灰尘。张玲面无表情地坐在椅子上，看贾大华削苹果，忙奔上前来夺刀子。贾大华喝道：坐着！张玲便乖乖地坐下了。她的眼睛一眨也不眨地盯着从贾大华手边垂下来的苹果皮，嘴里喃喃着：风筝，风筝——

贾大华有些心酸，他忆起若干年前曾在上海和张玲忆起放风筝的情景，不觉悲从中来。眼前，这个人终于摒弃了一切情感，重新认知和命名这个世界上的事物。她可以把"苹果皮"命名为"风筝"，也可以把他贾大华命名为别的东西。总之，他终于从"贾大华"这三个字中逃离出来，从他那个废旧的躯壳中逃离出来。这样，轻松多了。人，是不是也得学习那些蜕皮的动物，一次次，化作一个全新的哪怕弱小的自己？

贾大华削完苹果后递给张玲，张玲并没有伸手去接，她缓缓从椅子上站起来，来到装了防盗网的床前，空洞洞地看着，仿佛外面的世界就是贾大华刚才修理过的苹果。她大吸一口气，将手交叉放在胸前，踮起脚尖，提起嗓子唱了起来。开始起音准备很高的，没想到刹那间变成了软绵绵的越剧，一句"天上掉下个林妹妹"，唱得凄婉酥耳，贾大华最怕的就是张玲这一招儿，赶紧放下苹果，风也似的逃掉了。苹果搁在报纸上，上面竟然有一个熟悉的名字：乔国安。贾大华返回，重新在报纸上搜寻，发现上面确实写着"乔国安"三个字。是一则新闻：著名影星昨日吸毒在某酒吧被抓。贾大华将削了皮的苹果重新放在报纸上，慢慢走了出去。

从精神病院出来，贾大华上了两节课，改了作业备了课，本应该回家的。可想到家里空空如也，怕回去惊扰了那凄冷的空气，只好作罢。他径直去了大宝麻将馆。王颂正在吧台里面喝茶，看见贾大华，笑道：贾教授，来啦？王颂的表情看不出丝毫曾经与贾大华有过过节，他是一个具有强烈职业精神的经营者。

贾大华点点头，并没有应声。

王诗、周雅琴还有韩老爷子已经坐在桌子上了，三缺一，她们看见老贾，忙热情地招呼他过去。

打麻将就是这样，只要凑齐四个人，牛鬼蛇神坐上去，牌局就开始了。

周雅琴说：贾教授，最近对麻将有什么研究？

贾大华说：中国的问题，就出在中国人的思维习惯上。

王诗说：洗耳恭听。

贾大华接着说：思维习惯是文化问题，文化问题是哲学问题。中国自独尊儒术以来，就不讲哲学了，他们用世界观代替哲学。

王诗说：世界观只是哲学的一部分。世界观主要解决世界"是什么"的问题，方法论主要解决"怎么办"的问题。

周雅琴说：怎么听不懂你们的话啊？

贾大华并不理会周雅琴，说：方法论的核心是严密的逻辑体系。可是现在即使搞哲学的，也偏离了哲学。中国自汉到近代，统治阶级的注意力都放在为老百姓洗脑上，用虚伪的道德和世界观代替哲学，用死记硬背去代替智慧。所以，中国在世界科学史上难出大师啊。

周雅琴说：说麻将，麻将！这与麻将有什么关系啊？

贾大华说：麻将就是数理逻辑。现在的中国人普遍缺乏数理逻辑。

周雅琴说：哦。

贾大华说：最开始抓牌的时候，牌是散的，系统是混沌的；和牌的时候系统是有秩序的，集合状态。人的一生也是由混沌发现秩序。谁的人生，能由秩序的必然王国进入个人意志的自由王国，便是成功的人生。

王诗笑道：贾教授给我们讲课了，你应该在课堂上的呀。

贾大华说：我思，故我在。

说完这番话，贾大华觉得身子骨一阵轻松，这是他自当教授以来上得最痛快的一节课了。这节课，是对着一群牌客上的。贾大华觉得世间最可笑的，就是他到大宝麻将馆打麻将这件事。最初，他不过是大宝麻将馆的一个小小的不起眼的牌客，到后来，带走叶美，另立山头，小宝麻将馆的开张并没有给王颂带去打击，直到他们自己的麻将馆倒闭。叶美对他的反水，回到大宝麻将馆，这对他来说，简直是个天大的笑话，而现在，叶美离开草城，他重新回到大宝麻将馆，竟又作为顾客的身份，成为王颂的上帝。世间还有比这更可笑的事么。

王诗永远波澜不惊，她的世故和成熟让人想起长了胡须的三岁小男孩，她手里夹着烟，问：有人要四条么？

韩老爷子说：我要四条。

王诗伸出的手又缩回了，笑着说：我可没说要打四条哦。

韩老爷子顿时变了脸色，说：做人要讲诚信，既然你问我要不要四条，为什么又不打呢？看着王诗一脸无所谓的样子，韩老爷子端瓜果紫砂壶的手有点微微发抖，说，麻将虽说是游戏，但游戏都是要遵守规则的，这体现出一种教养、一种学问、一种智慧、一种德行、一种秩序；体现对别人的尊重、对自我的尊重、对礼仪的尊重、对公正的尊重。

王诗可不怕韩老爷子发抖，说：抖也没用，公平竞争。这叫兵不厌诈，懂吗？你以为牌桌上有友谊啊？牌桌上就俩好朋友，一个左手一个右手。

周雅琴说：算了算了，一张麻将算个屁。

王诗笑道：鲁迅从不打麻将，但在《读书杂谈》中，他说，"嗜好读书，犹如爱打牌一样，天天打，夜夜打，连续的打，有时被捕房捉去了，放出来之后还是打。诸君要知道真打牌的人目的并不在赢钱，而在有趣。"王诗特意在"捕房"二字上加重了读音。

韩老爷子的脸沉了下来，说：你这丫头片子，又在笑我？什么被捕房的捉去了，你这不是笑我是什么？

周雅琴忍住笑，忙岔开话题道：对了，墨迹死哪儿去了？失踪啦？

王诗吐出一口烟，说：管他呢。他不惦记我们这些牌友，我们凭什么惦记他呀！

贾大华的心一痛，很自然地应了一句，说：就是。

贾大华摆摆头，好像要把过去的记忆摆脱掉似的，他的头晕晕乎乎的。接下来的牌，令贾大华瞠目结舌，只要他想，想什么就来什么。王诗说：贾老师，您今儿个怎么啦？怎么是这个火气？

贾大华说：我……我也不……不……知……知道。

韩老爷子感到奇怪，他看了看贾大华。贾大华意识到韩老爷子看他了，他想说看什么，可话在他嘴里打着卷儿，很难出来，等好不容易出来时，却是这样一句：我……我……我也……不……知……知道。

　　贾大华意识到，几十年前的口吃，又重新回到了他身上。而中年的口吃，又绝不同于少年时代的口吃，很大程度上，它有可能是：中风。

　　眼前的牌是贾大华自从走进麻将馆以来从未遇见的，四个一万在手，一对五条，一对八条，一对南风，还有三张白板，也就是说，如果能再抓一张白板，和下来，就是一个超豪华的七对。

　　贾大华喜欢摸牌，他的手慢慢探过去，发现大拇指上没有得到任何摩擦，而麻将牌周边，有一道细细的边纹。他明白，第四个白板已经在手里了。贾大华的心跳得极快，而胳膊却变得异常沉重起来，他的嘴角有些歪斜，那块白板在空中划了一道美丽的弧线然后重重落了下去。王诗手疾眼快抢过那张牌，一看白板，嘴里说道：还以为什么呢，原来是——白茫茫大地一片真干净。

　　说话间，草城的上空突然一声炸响，一场暴雨不由分说地就倾倒了下来。不下雨，还真不知道这草城的污浊，地上黑水横流，流着流着，才见一泓清泉，上面驮着一片叶，慢慢往前。

　　一沙一世界。

　　草城的世界，是微小的，不足挂齿的，被大浪淘打的世界。

这是一个焦虑和自摸的时代

　　我有一个朋友，在微博界不是大V，粉丝数为个位数，但她每天更新微博，乐此不疲。我问她：没人看的微博，为何如此热衷更新？她笑道：我自摸还不行吗？我的世界不需要旁观者。我自己有足够的乐趣和自信，这叫自得其乐。

　　她的话不无道理。没有粉丝的生活岂不更自由快意？那些动辄十万百万千万粉丝微博红人的生活很多时候被粉丝绑架，相反，倒没有了隐秘的尊严。

　　也许有人会问，微博与麻将有何联系？与这本书有何联系？

　　在我看来，微博与麻将都是工具，都可称为娱乐工具，很多人喜欢使用这个工具。有的被其绑架，沉溺其中，没有了自己和自由；有的自得其乐，拿得起放得下，进出自如。

　　《中年荒芜》里，我就写了这样一群与麻将相关的人。草城是一座浮躁无聊的北方城市，我把笔触放在了生活在草城边缘的一群人。这其中，有麻将馆服务员、黑车司机、发廊小姐、二奶等，草城大学的教师贾大华在其中就尤其扎眼了。贾大华可谓是中产阶层，因为感情没着没落、生活百无聊赖，也在麻将馆里消耗着时光。随着前妻的到来，贾大华在麻将馆里找到自己被拐卖多年的儿子。同时，因为与麻将馆服务员叶美一段剪不断理不清的婚外情，加上前妻和老婆的逼迫，他的生活陷入混乱纠结之中。然而，没多久，一切都宛若一场梦，一切都成了得而复失的游戏，宛若桌上废弃的麻将城池。

在我眼里，麻将不仅仅是麻将，还是多米诺骨牌。我极力想写它与时代的关系。我在文中写道——"生活是一个苦工，人人都须作之。贾大华不明白自己的命运为什么和眼前的这个女人捆绑在一起。这并不是一个忠贞的女人，她时时在出轨的边缘，试图以廉价的肉体去换取生活的某种成本，她的羞耻隐藏在她的靴子里，是那只臭烘烘的袜子，等夜晚来临上床之后，将荡然无存。"确实，这是一个焦虑的时代。当中产的无聊碰撞上无产的无奈，故事就发生了。没钱人，有钱人，活得都不快乐。

麻将游戏中有这样一个专业术语：自摸，是指和牌所用的那一块牌是赢家自己摸回来，而非其他玩家打出。正因为是自己摸回来，所以，自摸，带给赢家以更多的快乐。这是一个自摸的时代，我那位自得其乐、粉丝个位数、喜欢发微博的朋友也好，其他人也好，他们都从社会这个大围城里冲出来，封闭自己的内心，构筑着属于自己的小围城和小欢乐，不知这是一种进步，还是悲哀。

很多人看麻将，更多的是想到"东南西北风"，而我看到的，却是白板。在小说的尾部有这样一段话——

"贾大华喜欢摸牌，他的手慢慢探过去，发现大拇指上没有得到任何摩擦，而麻将牌周边，有一道细细的边纹。他明白，第四个白板已经在手里了。贾大华的心跳得极快，而胳膊却变得异常沉重起来，他的嘴角有些歪斜，那块白板在空中划了一道美丽的弧线然后重重落了下去。王诗眼疾手快抢过那张牌，一看白板，嘴里说道：还以为什么呢，原来是——白茫茫大地一片真干净。"贾大华因为自摸到豪华七对而失去控制，中了风。精神家园终于坍塌。是他病了，还是这个时代病了？

　　垒起来的麻将就是厚厚的城墙。在我看来，麻将城池就是一个低成本的虚幻田园，农民、工人、各种失业者等深陷其中，他们渴望用这虚幻的劳动来创造生活，他们推倒，再建造，再推倒，再建造……循环往复中，我们听到了什么？听到的，是毁灭者的喘息和被毁灭者的呻吟，是绝望的无聊和无聊的绝望。

　　然而，绝望中隐隐好像还有那么一丝希望，贾大华和前妻所生的儿子——逃离草城的慕容墨，小说中写道：……很快，慕容墨的桑塔纳出了草城，上了高速公路。车窗两边的风景顿时开阔起来，绿意也渐渐浓了。慕容墨这才明白：草城是一个遮挡视线的大砂锅，不仅阻挡了春光，而且还阻隔了清新的空气和呼吸。他深吸一口气，暗地里下了决心，沿着这条路一直开到底，不再踟蹰，永不回头。这么一想：母亲做的排骨藕汤的香味扑鼻而来，醇厚的，芬芳的，饱满的。而这种味道，从来没有降临过草城。想起那一幕认爹丑剧，慕容墨不觉哑然失笑。他从手机里拿出卡，扔了出去。属于草城记忆的东西，就让它在草城的土地上腐烂吧。

图书在版编目（CIP）数据

中年荒芜 / 千里烟著. –– 南昌：百花洲文艺出版社, 2013.10
ISBN 978-7-5500-0813-7

Ⅰ. ①中… Ⅱ. ①千… Ⅲ. ①长篇小说 – 中国 – 当代Ⅳ. ①I247.5

中国版本图书馆CIP数据核字(2013)第268350号

中年荒芜

千里烟　著

出 版 人　姚雪雪
责任编辑　胡青松
美术编辑　方方
制　　作　张诗思
出版发行　百花洲文艺出版社
社　　址　南昌市红谷滩世贸路898号博能中心A座9楼
邮　　编　330038
经　　销　全国新华书店
印　　刷　江西千叶彩印有限公司
开　　本　720mm×1000mm　1/16　印张16.75
版　　次　2014年4月第1版第1次印刷
字　　数　180千字
书　　号　ISBN 978-7-5500-0813-7
定　　价　28.00元